SOPRO DOS

FÁBIO KABRAL

DEUSES

OS ANCESTRAIS DO AMANHÃ

intrínseca

Copyright © 2024 Fábio Kabral

Esta é uma obra de ficção inspirada na mitologia afro-brasileira dos orixás e na cultura iorubá. Elementos culturais, históricos e geográficos foram utilizados e adaptados como base para a criação do universo fantástico proposto pelo autor.

EDIÇÃO DE TEXTO
Sabine Mendes Moura

PROJETO GRÁFICO, DIAGRAMAÇÃO E DESIGN DE CAPA
Anderson Junqueira

PREPARAÇÃO
Kathia Ferreira

ARTE DE CAPA
Breno Loeser

REVISÃO
Anna Clara Gonçalves

CIP-BRASIL. CATALOGAÇÃO NA PUBLICAÇÃO
SINDICATO NACIONAL DOS EDITORES DE LIVROS, RJ

K12s

    Kabral, Fábio, 1980-
        Sopro dos deuses / Fábio Kabral. - 1. ed. - Rio de Janeiro : Intrínseca, 2024.
        272 p. ; 23 cm.

        ISBN 978-85-510-1037-2

        1. Ficção brasileira. I. Título.

24-88890   CDD: 869.3
                                                   CDU: 82-3(81)

Gabriela Faray Ferreira Lopes - Bibliotecária - CRB-7/6643

[2024]
Todos os direitos desta edição reservados à
EDITORA INTRÍNSECA LTDA.
Av. das Américas, 500, bloco 12, sala 303
22640-904 – Barra da Tijuca
Rio de Janeiro – RJ
Tel./Fax: (21) 3206-7400
www.intrinseca.com.br

*Olhe para as estrelas.
São os deuses observando você.*

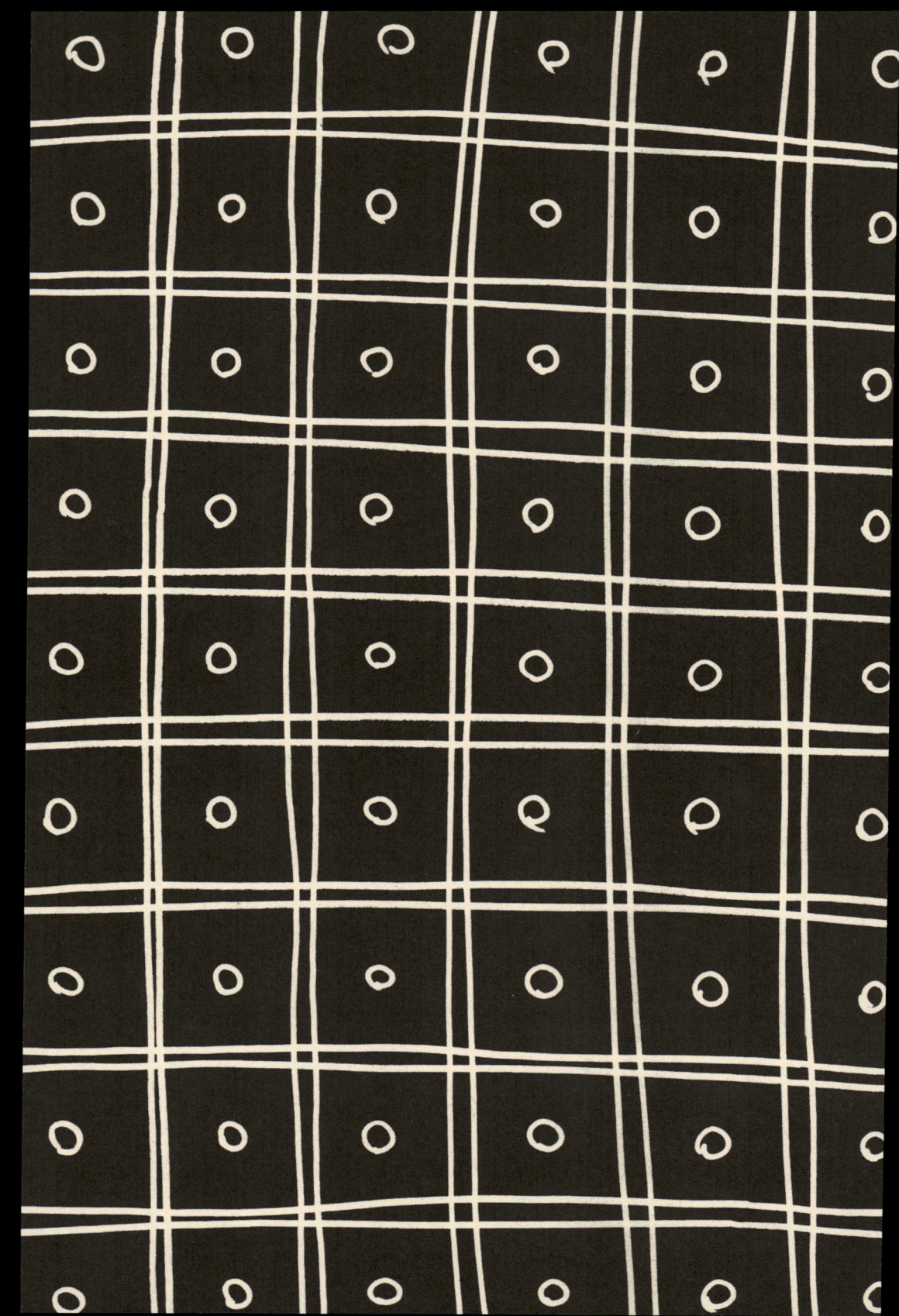

PRÓLOGO

Saudamos Exu antes de qualquer coisa e pedimos permissão para iniciar os trabalhos cósmicos que vão mudar todo o universo para sempre.

Segundo nos contam as oralituras sagradas de Babá Ifá, o sábio do multiverso, antes de tudo havia Exu. E esse conhecimento nos é passado por nossas mais velhas, de geração em geração.

◆◇◆

Exu morava no Vazio anterior à Criação. Até que Olodumarê, a Suprema Existência, soprou sua Luz, seu próprio espírito, para preencher o multiverso. Desde então, essa Luz primordial se espalha por dimensões sem fim...

Espantado, Exu perguntou:

— Quem é você, que se atreve a iluminar minha morada?

A Suprema Existência respondeu:

— Eu sou Olodumarê. O Vazio não permite que a existência seja plena, então espalho minha Luz para que a vida possa germinar.

— Mas eu gosto de como tudo aqui é calmo e nada acontece — retrucou Exu.

— Pois isso está prestes a mudar! É hora de você alcançar seu verdadeiro potencial, transformando tudo o que existe, existiu e existirá, até o fim dos tempos — decretou a Suprema Existência.

Exu se alegrou e aceitou a tarefa de se tornar o Fim e o Início de todas as coisas, trazendo o fluxo temporal para a existência. Nada, nunca mais, ficaria parado. Exu, o Senhor da Encruzilhada, passou a ser tudo o que se move, comunica e dinamiza, em qualquer lugar do multiverso.

◆◇◆

Para que sua Criação se mantivesse iluminada, Olodumarê criou as estrelas, os Orixás, deuses cósmicos de todo o multiverso, dando origem ao Espaço Astral. Olodumarê seguiu soprando seu hálito vital até preencher cada galáxia e, depois, satisfeito, pôs-se a descansar. Antes de partir, no entanto, chamou os Orixás para uma grande festa, um verdadeiro xirê. Mandou avisar que viessem com trajes de gala, pois dariam continuidade à sua obra, partilhando as riquezas da Criação.

Os Orixás acataram aquele desejo: trajaram-se com as maiores belezas dos infinitos planos de existência. No dia do grande baile, atravessando o tempo e o espaço interdimensionais, compareceram ao Barracão do palácio de Olodumarê, no centro do multiverso como o conhecemos, para dançar o aguardado xirê.

Ogum, o Senhor da Tecnologia, apresentou-se primeiro. Vestia uma couraça brilhante, feita de aço forjado em seu núcleo estelar e enfeitada com folhas de palmeiras interplanetárias. Em sua dança, manifestou a guerra que atravessa os planos, representando o progresso tecnológico e a força para enfrentar obstáculos, duas características de que a humanidade precisa para evoluir. Toda a existência estremeceu perante seus passos.

Em seguida, apresentou-se Oxóssi, o Senhor da Humanidade. Escolheu uma túnica de tecido lunar enfeitada com peles e plumas de feras lendárias, das mais perigosas. Em sua dança, exibiu técnicas de caça em meio às matas interdimensionais, representando a busca por alimento, conhecimento e pensamento estratégico, dos quais a humanidade precisa para estabelecer suas civilizações. Toda a comunidade do multiverso aplaudiu sua bravura.

Oxum, a Senhora da Vida, não deixou por menos, optando por cobrir-se de ouro estelar, tão resplandecente quanto os maiores sóis existentes, e por enfeitar os cabelos com os rios que correm através das galáxias. Ao longo de sua dança, hipnotizou a todos com feitiços de amor cósmicos, que representam a magia de viver e a esperteza imaginativa de que a humanidade precisa para prosperar. Todo mundo se curvou diante de tamanho resplendor.

Oiá, a Senhora dos Espíritos, apresentou-se coberta de ventanias interestelares, que varriam planos de existência inteiros, e com os cabelos adornados por trovões sinistros de magia e destruição. Em sua dança, mostrou a impetuosidade que atravessa os ciclos de ascensão e declínio do universo, representando o calor da paixão e o frio da morte de que a humanidade precisa para se movimentar até morrer. Todos baixaram a cabeça sob os raios e o cortejo de espíritos já falecidos que acompanhavam aquela tempestade.

Iemanjá, a Mãe dos Deuses, chegou vestida com a espuma dos mares cósmicos, ornada, da cabeça aos pés, com pulseiras de algas estelares, corais e madrepérolas colhidos nas profundezas das águas primordiais. Ao dançar, tudo se alinhava conforme sua vontade, elevando as marés do multiverso para representar o equilíbrio e a individualidade de que a humanidade precisa para fortalecer a coletividade. Todo o multiverso chorou de emoção, agradecido.

Xangô, o Rei dos Deuses, não podia ficar para trás: cobriu-se com o trovão magnânimo das dimensões imemoriais, exibindo uma coroa de vulcões destruidores de planetas e cuspindo chamas capazes de derreter estrelas. Em sua dança, trovejou seus poderes em cada canto de cada galáxia, representando a majestade, a autoridade e a justiça de que a humanidade precisa para se organizar como sociedade. Todos, absolutamente todos, se ajoelharam diante do Rei.

Assim, aquelas e muitas outras divindades foram se apresentando e dançando. Olodumarê se alegrou imensamente, e o multiverso inteiro se alegrou também. Nunca mais se veria, em plano algum da existência, um evento tão grandioso e estupendo como o xirê dos deuses na aurora dos tempos.

No final da festa, o objetivo de Olodumarê tornou-se conhecido por todos. A Suprema Existência declarou que as riquezas do multiverso já estavam devidamente distribuídas, visto que cada divindade havia escolhido para si o tesouro que melhor a representava. Graças à dança de cada uma, novas terras e novos seres haviam sido criados, povoando os infinitos espaços interdimensionais.

Foi assim que os Orixás se tornaram criadores da humanidade e soberanos de tudo o que existe a serviço dos homens e das mulheres.

◆◇◆

Mas e se eu dissesse a vocês que houve um multiverso anterior a este que conhecemos?

Conquiste o universo que existe dentro de você e conquistará o poder dos deuses.

ATO

1
KAYIN

**RUÍNAS DO ANTIGO REINO DE KETU
ILHA FLUTUANTE DO PÁSSARO, MANHÃ
OJÓ OBATALÁ 16
OXU CORUJA
ODUN 4990**

— Quando eu crescer, quero ser um grande herói caçador! Que nem você! Que nem o Adebayo Odé Leye!

Do alto de seus dez anos, Kayin estava tão animado que se tremia todo. Falava aos borbotões, gesticulando e saltitando ao redor da mãe em meio às ruínas do Antigo Reino de Ketu. A alegria do menino contrastava com as pedras desgastadas e as madeiras apodrecidas que os cercavam.

— Meu lindo... — A mãe sorria, afagando a cabeça do garoto. — Você sabe o que um caçador faz?

— Um caçador bate em caras maus, mata feras perigosas e mostra pra todo mundo que é o melhor! — respondeu ele, de bate-pronto.

— Acho que preciso lhe ensinar mais... — observou a mãe, baixando os olhos.

Era uma manhã sombria, típica daquele lugar esquecido nas Terras Encantadas do Aiê. Em uma clareira de grama azul, no coração da Ilha Flutuante do Pássaro, Kayin e sua mãe caminhavam de mãos dadas, ignorando o odor pungente da floresta e apreciando a companhia um do outro. Nem parecia que haviam passado por poucas e boas.

Como narradora oficial desta história, posso garantir que não foi nada fácil chegarem aonde chegaram.

O garoto exibia seu penteado novo — um cone trançado para o alto, coroado com trancinhas menores enraizadas ao redor da fronte —, enquanto a mãe, Iremidê Odé Wunmi Akueran, carregava um enorme arco de prata às costas, o Desprazer Único, arma que continha apenas uma flecha de cristal espiritual.

Naquela época, a Ilha Flutuante do Pássaro, uma imensa ilha dotada de asas, servia de cenário para uma miríade de construções destruídas, tomadas por trepadeiras. Folhas, flores e pequenos animais se amontoavam por entre os espaços arruinados que, um dia, haviam sido longuíssimos corredores desembocando em suntuosos salões. Aqui e ali, pedregulhos gigantes, escombros de tempos melhores, flutuavam pelo ar impregnado de magia. Sem medo algum, Kayin ouvia o rosnar incessante das feras que os espreitavam das sombras.

Afinal, estava com a mãe, a maior heroína de todos os tempos.

Iremidê, no entanto, não se sentia tão poderosa. Esforçava-se para esconder do filho a própria tristeza. Observando aquelas ruínas, refletia sobre as muitas lições que seu rebento ainda teria que aprender. Sim, Adebayo Odé Leye, herói máximo de Kayin, era uma figura lendária. Conhecido como o maior entre os filhos de Oxóssi, viajava pelos sistemas solares para caçar grandes feras interdimensionais como se fosse, ele mesmo, uma divindade.

Mas sonhos de grandeza não transformam meninos em caçadores...

Iremidê agachou-se, como de costume, para ficar cara a cara com o filho.

— Deixe-me olhar pra você. Tão lindo! Um odessi perfeito, um verdadeiro omorixá da linhagem de Olodumarê...

Os povos das Terras Encantadas do Aiê chamam a si mesmos de "omorixás", ou seja, filhos dos Orixás. E, sim, os odessi, filhos de Oxóssi, são bem bonitos, garbosos, coisa e tal. Seus cabelos são azul-claros, a cor favorita do Grande Caçador. Sua pele preta é do tipo realeza, refletindo a beleza do céu e o brilho das estrelas em corpos longilíneos e elegantes. Tudo muito belo, sem dúvida. Mas não convinha dizer isso a eles, pois se achavam perfeitos. Naquele momento mesmo, os olhinhos de Kayin brilhavam, embebidos nos elogios da mãe.

Já as feras, escondidas ao redor deles, pareciam bufar com desdém.

— Mamãe é a mais linda de todas! — exclamou o garoto em resposta. — Mamãe é a maior e mais linda heroína do mundo!

— Sou, sim, obrigada. — Iremidê sorriu, brevemente aliviada. — Agora, vou lhe mostrar o que a maior caçadora faz... Afaste-se um pouco para não se machucar.

Quando Iremidê fechou os olhos, seu rosto mudou.

Naquele instante, a realidade se alterou diante da nova presença que se anunciava.

A deusa Odé Wunmi soltou seu ilá, um grito cortante de pássaro que indicava sua presença ali, e o som reverberou em direção aos céus, rasgando o tecido existencial do mundo. Os pássaros atenderam a seu chamado, entoando uma ópera magnífica. As criaturas do entorno saíram das sombras, ajoelhando-se perante a fera alfa.

Kayin viu, ouviu e sentiu o poder da deusa distorcendo o espaço-tempo, invisível, porém tangível. Então, sua mãe — ou melhor, Odé Wunmi — sacou o arco e o apontou para cima, sustentando a posição de ataque por um tempo. Quando finalmente atirou, os céus se abriram para recebê-la. Flexionou os joelhos e saltou, veloz, na mesma direção da flecha de cristal.

Kayin ficou olhando, boquiaberto.

Passaram-se alguns segundos...

...até que Odé Wunmi pousou com um estrondo, pulverizando parte da grama azul ao redor. Kayin permaneceu ileso: tinha visto aquela cena um milhão de vezes e aprendera, desde pequenino, a se proteger do pouso de odés que sabiam voar — a elite dos caçadores de Ketu. Sorria, como de costume, radiante de orgulho da mãe.

Só que ela não voltara sozinha.

Empalada na flecha, jazia uma criatura corpulenta, uma ave reptiliana com cinco patas, três chifres e oito asas. Tinha a pele coberta por escamas reluzentes repletas de pó estelar, e seu bico bifurcado era, literalmente, um imenso diamante orgânico, farpado como um arpão.

Enfim, a caçadora abriu os olhos, e a realidade relaxou.

Voltara a ser apenas Iremidê, mãe de Kayin, ao dizer:

— A flecha de Oxóssi nunca erra o alvo. A carne desta belezinha aqui vai alimentar nossos companheiros por dias e dias...

— Um ajeji eié! — exclamava o garotinho aos saltos. — Uma fera alienígena!

— Este é o meu filho! Tão sabido... — Iremidê sorriu. — Se você deseja se tornar como eu ou como...

— ...o grande Adebayo Odé Leye — interrompeu Kayin, animado.

— Sim! Se é esse o seu sonho, viva para torná-lo realidade, mas seja seu próprio tipo de herói. E o mais importante: não vá tentar uma coisa dessas antes do teste de combate, hein?

— S-sim, mamãe... — disse o garoto, em voz baixa.

Deixando o bicho de lado, Iremidê tomou o rosto do filho nas mãos...

— Lembre-se: você está destinado a mudar o mundo. Deverá cumprir o destino determinado pelos deuses...

— C-certo, mamãe... — sussurrou Kayin, sem graça.

Com um só braço, Iremidê levantou o corpanzil da fera morta, jogando-a sobre os ombros.

— Para onde vamos agora, mamãe? — perguntou o garoto.

— Para o Lago do Príncipe Pescador. Vamos oferecer a cabeça e as entranhas deste bicho ao Pai Oxóssi...

— E o que vamos pedir ao Pai? — Kayin estava alegre de novo.

— Que se apiede de nós — disse Iremidê, lançando um olhar dolorido às ruínas que os cercavam. — E que nos permita reerguer a grandeza do Reino de Ketu. Chega de mortes! Você e eu, meu filho, vamos precisar ser fortes... Vamos realizar um ebó, uma oferenda das mais importantes.

— Por quê, mamãe?

— Porque esse ebó tem o poder de mudar o mundo. Se os deuses assim o quiserem...

◆◇◆

Infelizmente, naquele dia, Iremidê Odé Wunmi Akueran não teve a chance de pedir nada. A verdade, como posso atestar, é que ocorreu um verdadeiro massacre... E muito se perdeu.

Sem dúvida, Iremidê foi a maior heroína odessi de sua época. Aos treze anos, defendeu sozinha sua aldeia natal, Ibikan, de inúmeros espíritos monstruosos. Já adulta, passou a caçar criaturas interdimensionais, como vocês viram.

Não era surpresa que sua magia, como a de todo o povo odessi, viesse das matas fechadas. Aliás, não se metam com os odessi se não quiserem que florestas inteiras se voltem contra vocês. Já falei que esse povo é arrogante, né? Pois bem! O tal Antigo Reino está todo em ruínas por conta de picuinhas de gerações passadas. Agora, estão aí, vivendo no chão, divididos em cinco principados minúsculos, que perdem tempo brigando entre si para decidir qual seria o "verdadeiro Reino de Ketu".

Realmente, uma pena! E pena, também, que Iremidê não tenha conseguido realizar a tal oferenda em sua última empreitada nas Terras Encantadas... Tinha um nome tão bonito e poderoso: Ebó Andança do Caçador e da Feiticeira.

Só digo isto: ela tem meu respeito.

E mais uma coisinha: ainda assim, os deuses terão o que desejam...

• • • • •

PRINCIPADO ILÊ AXÉ IRUBIM
ARENA DOS CAÇADORES, TARDE
OJÓ ONILÉ 18
OXU PÁSSAROS
ODUN 4997

Kayin tentava não vomitar ao assistir a mais um infeliz perdedor cair ferido na arena. Estava de frente para o círculo onde ocorria o combate. Naquele início de tarde, com o sol a pino, via a terra marrom ser tingida com o sangue do rapaz estirado no chão. O vencedor da batalha erguia sua lança para o alto, em sinal de triunfo. Enquanto isso, Kayin se concentrava em controlar o conteúdo de seu estômago para não passar vergonha mais uma vez.

Tanto o vencedor quanto o perdedor eram rapazes magricelas de dezessete anos, a idade de Kayin. Vestiam apenas bermuda e pinturas rituais esbranquiçadas. Eram aspirantes a integrar a fileira dos odés.

E ser um odé, como vocês já sabem, não era tarefa para fracos.

Quando alcançavam certa idade, os rapazes e as moças eram "gentilmente" convidados a desafiar outro jovem em combate singular perante toda a população, para mostrar o quanto cresceu, ou não, com os treinamentos de guerra. Quem ganhava tinha a chance de ingressar na elite de caçadores. Já quem perdia...

Em um povo orgulhoso como os odessi, não era à toa que alguns até preferissem morrer a serem marcados como fracassados...

A Arena dos Caçadores se localizava nas cercanias do Principado Ilê Axé Irubim, bem ao lado da densa Floresta das Feras, mas ainda sob a proteção mágica do Ilê. A arena consistia em apenas um círculo desenhado no chão de terra, com arquibancadas feitas de matéria vegetal pulsante que se adequava às necessidades da plateia.

O lugar estava lotado. O lucro seria alto, os búzios de ouô correndo soltos, do jeito que a elite gosta!

Kayin se ajoelhara em uma das muitas esteiras estendidas no chão, junto à multidão animada dos abiãs e iaôs, os não iniciados e os iniciados de baixo orçamento, que serviam à comunidade vinte e quatro horas por dia, sem pagamento, conforme mandava a tradição. Nas confortáveis arquibancadas atrás deles, acomodavam-se em assentos acolchoados por folhas verdejantes os nobres, senhores e senhoras ebomis — aqueles com ouô suficiente para pagar todos os rituais obrigatórios de seus mais de sete anos de iniciação. Quanto mais alto estivessem na arquibancada, maior era o status na Hierarquia.

Com a afetação que lhes era característica, os nobres se limitavam a soltar risinhos insossos, sabendo que haviam pagado caro pelo ingresso. Restava-lhes, portanto, manter a pose. Apesar do sol forte, vestiam fartos panos e plumas, vistosos e coloridos, enquanto os abiãs, o nível mais baixo da Hierarquia, trajavam as usuais roupas brancas de tecido barato — manchadas do sangue da arena, por sinal.

O combate havia sido rápido, uma vez que os lutadores se moviam na velocidade do som. Um deles estivera armado com lança, enquanto o outro atirara flechas. A plateia vibrara vendo-os saltar, dar cambalhotas, trocar chutes e sopapos, disparar para o alto e para baixo, mas, ao final, vencera o mais esperto. O lanceiro se deixou ser atingido por várias flechadas até se aproximar do oponente, perto o suficiente para incapacitá-lo com um único golpe.

Assim havia terminado o teste de combate daquele dia. Não muito diferente do dia anterior, a não ser pelo fato de que Kayin tinha sido o perdedor. Só estava ali, respirando, porque Bajo, ebomi e sua treinadora, interviera, pedindo que poupassem a vida do abiã.

"Preferia que tivesse me deixado morrer", pensara o garoto.

Com os olhos fixos no rapaz todo cravado de flechas que poupara sua vida, Kayin massageava os próprios ferimentos, adquiridos em meio à vergonha. A ânsia de vômito tinha passado.

Típico, não acham? Esconder-se atrás da vergonha... Acontece que, se Kayin quisesse ser honesto em relação ao que estava sentindo, reconheceria que seu maior medo era a escuridão. Sim, porque, exposto ao primeiro combate, vira dentro de si uma sombra tão poderosa que temera aceitá-la.

Isso eu sei, e posso lhes dizer, mas vocês mesmos verão...

Em defesa de Kayin, informo-lhes que o jovenzinho não se rendeu à morte. Engoliu o orgulho, pensando na decepção que causaria à mãe.

Principalmente agora que Iremidê estava morta.

• • • • •

PRINCIPADO ILÊ AXÉ IRUBIM
FUNDOS DO BARRACÃO, MANHÃ
OJÓ OLOKUM 19
OXU PÁSSAROS
ODUN 4997

"Preciso treinar." Esse pensamento amanhecia com Kayin todos os dias desde sua derrota. Deitado e sonolento, olhava para o teto de sua casinha, um pequeno domo de cômodo único, cuja pele de madeira pulsava, coberta de raízes, realizando sua fotossíntese matinal. Os poucos pertences do garoto estavam espalhados pelo chão.

Levantou o corpo magricela da esteira, vestindo o calçolão e o camisu de sempre. Pegou seu arco velho de madeira e algumas flechas.

Ajoelhou-se para colocar o fio de contas azuis ao redor do pescoço. Então, fechou os olhos e cantou baixinho:

Oxóssi, meu Pai
Grande Caçador
Senhor da Humanidade
Que a caça de hoje seja farta
Que os espíritos perversos não nos alcancem
Rei Oxóssi das Alturas
Que o dia de hoje seja tranquilo na medida do possível
E que um dia eu realize meu sonho
Com apenas uma única flecha.

O oriqui, a louvação entoada diariamente, era uma tentativa de lembrar-se por que ainda estava vivo. Saindo de casa, foi recebido por Órum, o deus sol, com uma alegria fria. Gotas de chuva do dia anterior resistiam à ideia de evaporar entre os grasnados dos pássaros de duas cabeças. Era muito cedo. Kayin estava certo de que não haveria ninguém acordado além das plantas e dos bichos.

O jardim do Barracão do Ilê Axé Irubim era uma área ampla e arborizada. Espraiava-se ao redor do templo, o Barracão em si, que ficava no centro da aldeia. A vegetação, em tons de azul-claro bem vivo, continha todas as ervas necessárias para o culto aos ancestrais. Ao pé das árvores, que cobriam o céu com suas copas frondosas, havia vários domos como aquele em que Kayin morava. Cada casinha funcionava como uma extensão do Barracão, destinada aos mais zelosos abiãs e iaôs.

Naquele dia, quando Kayin me encontrou, devo dizer que não era bem o que ele esperava. Estão surpresos? Não fiquem! Acontece que, além de narradora, também faço parte desta história. Lembro como se fosse ontem: ele tinha ido ao rancho ver como estavam os bichos. Galinhas gigantes de três cabeças, cabras bestiais de sete chifres e ossos pontiagudos brotando de suas costelas e articulações, vocês sabem como é...

O cercadinho de folhas e tentáculos de madeira se abriu, muito obediente, para que o garoto entrasse. E estava tudo bem: o alimentador de bichos seguia produzindo comida, os animais mordiscavam pelotas recém-sintetizadas com desinteresse, o extrator acumulava ovos e leite, enfim...

O alimentador e o extrator eram duas das engenhocas vivas mais velhas da aldeia, com membranas e tentáculos já meio ressecados. Eu mesma os vi nascer! Mas o importante é que davam conta do recado.

Não que Kayin fosse engenheiro. Nem eu, então não vou saber explicar. O que sabemos é que a infraestrutura das Terras Encantadas, lar de toda a linhagem descendente de Olodumarê, baseia-se no conceito de engenhocas vivas. Tecnologia biológica, entendem? Criaturas encantadas que concordaram em trabalhar para os seres humanos mediante certas condições. Há um sem-número delas: os próprios fios de contas, as residências vivas, as peles-armaduras que endurecem quando atingidas, as flechas orgânicas...

Mas estou divagando.

Fato é que Kayin adorava começar o dia vendo se estava tudo em ordem com as tais engenhocas. Especialmente as que cuidavam dos bichos. Só que preferia fazer isso enquanto todos dormiam e sem eu estar ali, de pé, tirando uma com a cara dele.

— Como ele é um bom abiã... — debochei.

— Bom dia pra você também, Yinka — resmungou ele. — Só tô vendo se está tudo em ordem e tal...

— Alguém tem que trabalhar, né? — insisti. — E trabalhar é só o que você faz... Mesmo quando não tem ninguém olhando. Fale a verdade, você vai treinar, né? Acha que ninguém percebeu ainda?

— Nada a ver, tá? — respondeu ele, sem graça.

— Passando a outras notícias, então... Você sabia que nosso querido babalorixá vai receber hoje um delegado do Ilê Axé Alagbara Odé?

— Não... — Kayin ficou surpreso de verdade. — Nosso Babá não faria isso. O babalorixá deles é um bruto! Um detrator! E eles nos detestam... Querem acabar com o nosso ilê!

Dei de ombros. Confesso a vocês que até hoje me divirto com a ingenuidade de nosso querido Kayin.

— Menino... — comecei a dizer, em tom conciliatório. — Política é política. Os poderosos se maldizem abertamente para incitar as massas, mas, a portas fechadas, são todos amiguinhos. Afinal, o que importa é o lucro.

— Não é bem assim... — O garoto vivia em estado de negação. — Nosso Babá jamais faria acordos com essa gente.

— Então tá bom! — rebati.

— Chega desse papo! Vou treinar antes que todo mundo acorde.

Kayin se virou, correndo para longe com o arco às costas. Ainda tentei alertá-lo, para vocês verem como sou caridosa.

— Os odés saíram pra caçar antes do amanhecer. Cuidado pra Ebomi Bajo não ver você!

— Não vai rolar! Ela me ensinou muito bem a me esconder!

Nisso o garoto até que estava certo. Tinha alguma perícia em usar o ambiente a seu favor para se manter incógnito. Em vez de cruzar a área do Barracão, Kayin contornou a Praça de Irubim por trás, escondendo-se entre as moitas do jardim. Saltava de moita em moita, numa brincadeira furtiva, um dos raros momentos em que se sentia um ser humano decente, digno do povo a que pertencia.

O Ilê Axé Irubim era o menor dos cinco principados odessi, integrantes do fragmentado Reino de Ketu. Ainda assim, sempre achei um local belíssimo de se contemplar. Quando Kayin deixou a área do Barracão, grandes feras de vários tipos dormiam preguiçosamente diante das residências vivas, protegendo-lhes a entrada. Ele avançava pelas avenidas vazias de terra laranja e de capim azul, concentrado em seu propósito. O principado inteiro era protegido por uma barreira invisível, um círculo de proteção que impedia a entrada de feras selvagens com as quais só os odés experientes conseguiam lidar.

Kayin estava prestes a pôr os pés fora dessa bolha.

Nos limites do ilê, encarou o risco branco no chão, que separava Irubim do mundo lá fora. Além da barreira, viam-se apenas mato colorido de azul e verde, muitos arbustos e árvores, passarinhos voando e cantando. Nada de mais.

Então, por que Kayin tremia tanto com o arco na mão?

Deu um tapa no próprio rosto e atravessou a barreira.

Foi quando se deparou com uma cabeça de monstro. Havia sido arremessada bem a seus pés.

— Volta pro ilê, moleque, senão você vai se machucar! — gritou alguém para o abiã.

Mas era tarde demais. Outro monstro voava em sua direção e por pouco não rasgou o pescoço do garoto. Apavorado, ele saltou para se esconder em um arbusto próximo. Dali pôs-se a observar a criatura, ainda à sua procura.

Era uma fera abrutalhada, de pele pálida e macilenta. Não tinha pelos, mas planava com asas de inseto, e Kayin conseguiu contar, no mínimo, seis patas. Por alguns instantes, viu-se hipnotizado pelo tom azulado e doentio daqueles olhos e pela bocarra arreganhada, babando, faminta.

Sabia muito bem o que aquele aspecto horripilante significava. Tratava-se de algum pobre animal possuído por um ajogun. Não me peçam para explicar o que esses espíritos são. Pensem em tudo o que há de ruim no universo. Melhor: pensem na mais pura maldade. Agora, imaginem que isso virou uma praga, infectando seres vivos de forma consciente e transformando-os em paródias pálidas e grotescas de si mesmos...

E o pior nem é isso! Esses seres alienígenas são feitos de dor, ódio, medo, inveja, intolerância... Ou seja, no fundo, são apenas inimigos que a humanidade criou para si mesma ao despertar sentimentos tão baixos. Só sei que quando Kayin viu aqueles olhos fixos nos dele ficou paralisado. Por alguns segundos, é verdade, mas pareceu uma eternidade encarar a escuridão que existe no fim de todas as coisas.

"A escuridão que existe em mim também", pensou ele.

Então, encolheu-se em posição fetal e começou a chorar.

— Mãe! Me ajude! — gritava, com a voz esganiçada.

Quem ouviu aquele chamado, conforme previ, foi sua treinadora, Ebomi Bajo. Surgiu como uma flecha, perfurando o monstro por trás com sua lança mágica. A criatura soltou um grito horrível, liquefazendo-se numa poça fétida. Depois de garantir que Kayin não ficara ferido, a caçadora desapareceu tão rápido quanto surgira.

De onde estava, ele ouviu mais gritos, urros assustadores de criaturas sem conta. Imaginava o ilá de cada caçador, invocando o poder dos deuses, mas não teve coragem de dar uma espiadinha sequer.

Uma pena! Porque tudo terminou em instantes, com seus heróis se movendo à velocidade de flechas. Além disso, como estava ficando evidente, ele tinha se mijado todo. O que os outros iriam pensar?

Felizmente, não foi preciso esperar que Kayin criasse coragem para sair do arbusto ou esta história talvez nunca chegasse ao fim.

Flecheiro, com sua destreza de ogã tocando o atabaque, agarrou-o pelo cangote. O caçador não hesitou em atirar Kayin para fora do esconderijo.

Acho graça dessas coisas, como vocês já devem ter percebido.

Diferentemente de certas pessoas...

— Não precisa tratar o garoto assim! — exclamou Ebomi Bajo.

— Aquele que se esconde e grita feito um covarde perde qualquer direito de ser tratado com dignidade — rebateu Ogã Flecheiro, em tom casual.

Arremessado ao chão de capim e barro como um saco de batatas, estatelado em meio à lama fedida composta pelos cadáveres liquefeitos de vários monstros, Kayin não teve escolha a não ser se levantar e encarar os odés.

Eram seis — três mulheres e três homens —, vestidos com trajes elegantes, porém práticos. Entre eles havia ebomis, ogãs e uma ajoié — a zeladora dos Orixás. Vinham acompanhados de suas feras fiéis: lagartos gigantes, pássaros de montaria ou felinos ferozes. Além de Ebomi Bajo e Ogã Flecheiro, Kayin se viu cercado por Ebomi Abiona, Ogã Peralta, Ajoié Certeira e Ebomi Ajayi, todos bem conhecidos dele. Traziam carnes suculentas e fartas, como se voltassem de uma caçada quando se depararam com os ajoguns.

— Você está bem? — indagou Ebomi Bajo.

— Tá respirando! — constatou Ogã Peralta. — Tá ótimo!

— O que veio fazer aqui fora, afinal? — perguntou Ebomi Bajo, agora não tão amistosa. — Sabe que abiãs não podem ultrapassar a barreira!

Até o pássaro de Bajo fitava Kayin com olhar de desaprovação. Tinha uma pomposa crista azul e amarela, um pescoço longo e penetrantes olhos de um negro profundo. Já os demais bichos, a exemplo de seus donos, observavam Kayin com desdém. Todos esperavam por uma resposta.

— E-eu... — gaguejou Kayin. — Vim treinar.

Odés e feras caíram na gargalhada. Sim, até as feras grasnavam com gosto. Quer dizer, todo mundo exceto Ebomi Bajo e seu pássaro.

— Olhem só... — escarneceu Ebomi Abiona, de olho em Bajo. — Isso que dá treinar esses moleques quando acha que ninguém tá olhando...

Ebomi Bajo devolveu um olhar feio à colega.

— Ah... — Ogã Peralta deu uma risadinha. — Esse aí é o "filho covarde da Iremidê".

— Lamentável... — Ogã Flecheiro suspirou. — Parece mais um delirante do que um aprendiz de caçador.

— De joelhos, abiã! — ressoou a voz imperativa de Certeira.

A ajoié era uma das mais velhas entre a elite dos caçadores de Irubim.

Kayin prontamente obedeceu, prostrando a cabeça no chão de terra gosmento. Em seguida, pediu a bênção aos mais velhos. Afinal, ele era um bom abiã, não é mesmo? Aqueles senhores odés estavam abaixo apenas do babalorixá e do babakekerê na Hierarquia.

Dali em diante, os odés ignoraram Kayin, largando sua caça no chão para atender a assuntos mais urgentes.

— Ajoguns estão tentando atravessar a barreira de Irubim! — rosnou Ebomi Ajayi. — E em plena luz do dia!

— Isso é muito grave — comentou Ogã Flecheiro. — Estão devorando nossos animais, ameaçando nossas crianças...

— Culpa das feiticeiras! — acusou Ogã Peralta. — A magia perversa delas está distorcendo a ordem natural das coisas!

— Não descartaria o envolvimento dos outros quatro ilês... — ressaltou Ogã Flecheiro. — Pode ser uma ação para nos atormentar e desestabilizar.

— Não passam de uns marmoteiros! — resmungou Ogã Peralta.

— Sabia que no Ilê Axé Agbara Odé permitem que as iaôs usem roupas coloridas? — lamentou Ogã Flecheiro. — Uma afronta às tradições!

— Gostam é de imitar as feiticeiras de Ijexá! — comentou Ajoié Certeira.

— Imagine se a moda pega aqui? — alarmou-se Ebomi Ajayi.

— Nada disso estaria acontecendo se vocês não fossem uns molengas — repreendeu Ebomi Abiona. — Devíamos ir logo caçar esses malditos. Todos!

As feras fiéis grasnaram e rosnaram em aprovação, ansiosas por rasgar mais carne e beber mais sangue. Kayin só se encolhia, afundando a testa no chão.

— Não podemos agir sem autorização dos deuses... — lembrou Ebomi Bajo.

— Peça audiência urgente com Babá Alabi — decretou Ajoié Certeira.

Alabi Odé Kole Ibualama era o babalorixá do Ilê Axé Irubim, comumente chamado de Babá Alabi, como manda a tradição.

— Outro molenga... — sussurrou baixinho Ebomi Abiona.

— Ei! — exclamou Ebomi Bajo em desaprovação.

Kayin estremeceu. Sabia que não se devia falar uma coisa dessas sobre o babalorixá. Inocente, não é mesmo? Porque, à exceção de Ebomi Bajo, todos os odés pareciam concordar com aquela desonra.

— Vamos — ordenou Ajoié Certeira. — Agora!

— E as carnes? — perguntou Ogã Peralta, notando que ninguém parecia se preocupar com a caça.

— Deixem aí pro covardão levar... — respondeu Ogã Flecheiro.

Foi assim que os odés, nos quais Kayin tanto se inspirava, adentraram o círculo de proteção do ilê naquele dia, deixando o garoto ali sozinho para carregar, sabe-se lá como, quilos e mais quilos de caça. Verdade que Ebomi Bajo e seu pássaro tiveram a decência de lançar-lhe um olhar apiedado antes de irem embora. Kayin ainda ouviu Ebomi Abiona dizer:

— Só eu percebi que esse moleque abiã se mijou todo? Além de molenga, é nojento!

Pena que a ebomi não viu a expressão de ódio no rosto de Kayin.

Mas eu vi. Não era a primeira vez, e sabia bem onde isso ia dar...

• • • • •

PRINCIPADO ILÊ AXÉ IRUBIM
INTERIOR DO BARRACÃO, NOITE
OJÓ OBATALÁ 24
OXU PÁSSAROS
ODUN 4997

— Você é um microcosmo — disse Babá Alabi. — Reúne, dentro de si, todas as forças do mundo.

Kayin sorriu como pôde. Era tarde da noite, e os dois estavam sozinhos no Barracão, sentados de frente um para o outro. Entre eles, havia uma mesa redonda, uma peça de vidro circular, emaranhada em raízes. Do centro da mesa, brotava uma haste vegetal, cuja ponta brilhava com uma lâmpada orgânica de luz fraca. Era a única iluminação sobre a tábua opon-ifá, onde Babá Alabi jogava búzios para verificar o destino de seu filho mais dedicado.

Pelo menos era assim que Kayin enxergava a si mesmo — o órfão mais dedicado daquela roça —, por mais que eu tentasse dizer a ele que aquilo não era necessariamente verdade. Todo mundo precisa se agarrar a alguma coisa, não é? E Babá Alabi, à sua maneira, reforçava as crendices do abiã. Talvez porque, no fundo, se identificasse com ele...

Acontece que Alabi Odé Kole Ibualama era o quinto babalorixá do Ilê Axé Irubim. E, ao contrário de seus antecessores, senhores odés voluntariosos que acabaram perdendo a vida de formas estúpidas, gostava de ser uma voz pacífica. O que não o tornava muito popular, como vocês já viram.

O que eles não sabiam é que, ao longo dos vinte anos em que Babá Alabi se mantinha como autoridade máxima, Irubim havia se tornado um dos ilês mais prósperos do Reino de Ketu. Sinceramente, tiro meu chapéu, mas não sei se pagaria o preço: ter de enfrentar a inveja de babalorixás vizinhos e o descontentamento do seu próprio povo, que preferia resolver logo os conflitos com os rivais.

Enquanto o velho não se atentava, Kayin ficava lá, imerso na atenção que o Babá lhe dedicava e encantado pelo Barracão, o maior e mais importante domo em Irubim. Já expliquei, certo? Tecnologia biológica! Os móveis iam brotando à medida que se faziam necessários. Sentar-se confortavelmente em cadeiras moldadas por raízes emaranhadas, sentindo o aroma de flores que emanava de todos os cantos, era uma experiência única.

— Você é muito mais que um abiã servindo à comunidade sem questionar nada — disse Babá Alabi, levantando os olhos dos búzios para encarar o garoto. — É realmente capaz de fazer a diferença no mundo. Gostaria que você entendesse... Não deve lealdade a mim e sim a seu Orixá, ou seja, a si mesmo.

Kayin permaneceu calado e reflexivo. Naquele dia, como de costume, varrera as ruas da aldeia, carregara baldes e mais baldes de água, dedicara-se à gloriosa caça de ratos e baratas, limpara uma centena de bichos imolados, aventurara-se nos limites da barreira de proteção para catar folhas, ouvira desaforos sem motivo dos mais velhos, tomara uns cascudos de moleques mal intencionados e ainda conseguia se sentir satisfeito, esforçando-se para ver algo positivo em sua vidinha ingrata.

Confesso que eu achava bacana, por mais que soubesse que era tudo negação. Sim, o ódio ainda estava lá. Aquele mesmo, testemunhado por nós um dia desses, quando o garoto andava com a cara enfiada na lama. E o ódio é poderoso, minha gente! De qualquer forma, creio que vocês entendem por que Kayin achava tão difícil acreditar nas palavras de Babá.

Ainda que fosse uma mensagem enviada pelos deuses...

Enquanto o garoto olhava para o vazio, Babá Alabi chacoalhava quatro búzios nas mãos ossudas, sussurrando alguma coisa que Kayin não se atreveu a escutar. Então, jogou os búzios na tábua, observando por um tempo a disposição em que se apresentavam antes de dizer:

— Persista, acreditando ou não em si mesmo. Às vezes, os ancestrais exigem que você viva, mesmo que lamente estar vivo.

Kayin arregalou os olhos.

— Você tem alguma pergunta, meu filho? — inquiriu Babá.

— Babá... Qual é o meu Odu?

O sorriso sempre presente de Babá Alabi desapareceu. Kayin não soube onde enfiar a cara. Sendo um abiã, um não iniciado, como podia exigir a revelação daquele segredo ancestral? Mesmo iaôs tinham que completar sete anos de iniciação na graça dos Orixás e só muito depois passavam a conhecer seu Odu pessoal...

Que audácia!

Kayin pôs-se de joelhos, encostando a testa no chão aos pés de Babá para solicitar seu perdão. O babalorixá voltou a sorrir. Levantou-se e, gentilmente, colocou o abiã sentado na cadeira outra vez.

— Tenha paciência, meu filho — falou Babá em tom suave. — Tudo será revelado no seu devido tempo... Um dia, você entenderá que é um arquiteto do futuro da humanidade.

"E como é que vou cumprir tal destino glorioso se me negam o conhecimento mais importante sobre mim mesmo?", pensava Kayin, lampejando o ódio que eu tanto gostava de ver. Mas o que disse foi:

— Agô, Babá. A bênção, Babá.

De repente, as portas do Barracão se abriram. Kayin quase pulou de susto ao me ver entrar, acompanhada por Morayo, filho de Babá Alabi.

— A bênção, Babá! — pedi, me curvando. — Seu convidado chegou.

— Cabeça no chão, abiã! — rosnou Morayo para Kayin.

Aqueles dois não se bicavam, devo dizer. Kayin obedeceu, ajoelhando-se, à espera do convidado que era anunciado. O homem que entrou era grande e vestia trajes pomposos, repletos de penas e plumas. Excessivos, a meu ver. Passou por Kayin como se o garoto não existisse. Não era um mero delegado: tratava-se do próprio babalorixá do Ilê Axé Alagbara Odé, isto é, Babá Biyi.

— Motumbá, Príncipe Alabi — saudou o convidado.
— Motumbaxé, Príncipe Biyi — saudou de volta Babá Alabi.

Agora, notem bem: vocês estão prestes a assistir ao resultado de uma rivalidade que começou mil anos antes, quando o Antigo Reino de Ketu caiu em desgraça. Naquela época, o último entre os reis dos cinco principados foi assassinado, desencadeando uma guerra civil que destruiu a capital flutuante, enquanto os cinco filhos acusavam uns aos outros de matarem seus pais.

Desde a guerra, nenhum governante, príncipe babalorixá ou não, pôde se considerar rei, isso sempre foi um consenso geral. Nada impedia, no entanto, que cada um se considerasse dono do "verdadeiro Reino de Ketu" ou da "verdadeira tradição".

— Quer dizer que você não só permite que a ralé se sente em cadeiras como também joga búzios para abiãs? — zombou Babá Biyi.

Babá Alabi não respondeu. Nem precisou. Tinha um defensor.

— Babá... o senhor não pode... Não deve...

Pois é! Hora estranha para ter coragem. Kayin acabara pondo pensamentos em palavras, sussurrando um pouco alto demais. Todo mundo ouviu.

Sem aviso prévio, Morayo se aproximou. Pisou com força na mão direita do abiã, forçando-o a engolir as palavras e o grunhido de dor. Em seguida, o filho de Babá Alabi se curvou perante os dois babalorixás.

— Perdoe o atrevimento, Babá Biyi. Esse moleque abiã será punido de acordo.

Babá Alabi suspirou de tristeza.

— Bom — Babá Biyi começou a dizer, sem dar muita atenção ao ocorrido. Vamos nos adiantando, sim? Temos muito o que conversar. Os outros chegarão em breve.

— Certamente — disse Babá Alabi — Por aqui...

Ainda com a testa no chão, Kayin ouviu os dois babalorixás deixarem o salão, dirigindo-se aos aposentos externos.

— Política é política... — sussurrei para meu amiguinho, tomando cuidado para que ninguém mais me ouvisse, enquanto acompanhava os demais de cabeça baixa.

A essa altura, você deve estar se perguntando: o que ela vai fazer na reunião dos poderosos? Servir a mesa, ora essa. Sou uma narradora multifacetada!

A humilhação de Kayin não acabaria ali. Assim que saímos, recebeu um violento chute na bunda que o fez voar longe e dar com a cara numa das paredes. Ainda tonto e ofegante, viu Morayo deixar o Barracão, satisfeito com mais um ato de agressão gratuita contra seu saco de pancadas favorito.

Cuspindo sangue, meu Kayin favorito trovejou, aos murmúrios:

— Vocês... são... podres! Podres!

E estava tomado pela escuridão.

Ver, não vi. Mas sei.

Como sei? Não importa.

◆◇◆

Naquele mesmo dia, Babá Biyi perguntou a Babá Alabi, certificando-se de que ninguém mais ouvia:

— O garoto sabe? Você contou a ele?

— Não... — Babá Alabi tinha a voz cansada. — Cumpro a vontade do conselho.

— Ótimo — respondeu Babá Biyi. — Ele nunca deve saber. Ou estaremos todos condenados...

HISTÓRIA QUE KAYIN ADORA SOBRE ADEBAYO ODÉ LEYE

ESTA É UMA DAS HISTÓRIAS QUE A HEROÍNA Iremidê contava para seu filho, Kayin. Chama-se "Flecha Certeira de Adebayo Odé Leye". É da época mágica em que o Antigo Reino de Ketu flutuava majestoso nos céus, com a bênção dos Orixás.

Prestem atenção, portanto!

Contemplando a vastidão do universo, Adebayo Odé Leye imaginava se, um dia, seria possível retornar para a segurança do Aiê, a dimensão terrena. Voando no Espaço Astral em altíssima velocidade, não se deixava distrair pelos choques e as explosões, capazes de destruir planetas, nem pelos espíritos malévolos que tentavam abatê-lo a todo instante. Conhecedor dos horrores ancestrais que habitavam a infinitude galáctica, o caçador seguia, com os olhos atentos e determinados, como dois sóis prestes a estourar, fazendo cintilar as escarificações e os fios de contas sobre sua pele.

O Espaço Astral é um mar de escuridão pincelado por pontos coloridos e brilhantes, os deuses que chamamos de estrelas. Lá, seres espirituais — heróis e vilões de proporções divinas — se enfrentam em batalhas épicas para decidir o futuro de todas as coisas. Adebayo Odé Leye sabia que, quanto mais se distanciasse do Aiê, mais dificuldade teria para voltar. Tornaria-se cada vez menos *homem e mais espírito, mas aceitava sua missão, como filho de Oxóssi, tendo em mãos o destino da humanidade.*

O herói caçador perseguia sua presa, o pavoroso destruidor de mundos: o Pássaro do Silêncio. E ainda que não ouvisse o guinchar do Pássaro com seus ouvidos, sentia o grito medonho ecoar em sua mente...

Adebayo Odé Leye tinha apenas uma flecha.

E não podia errar de jeito nenhum.

ODU 1
EJIOGBE

O Rei é o Pai, o princípio de todas as coisas.
Olhou para o Leste, onde nasce o sol.
Dupla salvação, contas de prata,
Respeita e é respeitado.
Senhor, por favor, mostre-nos o caminho.
Senhor, por favor, cure-nos de nós mesmos...

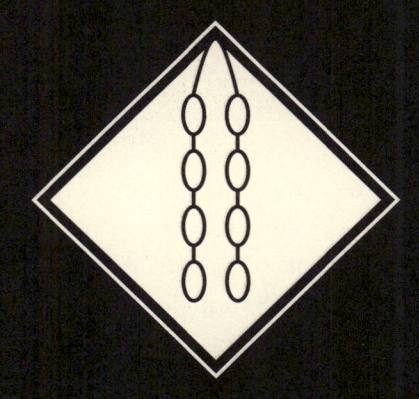

2
AINÁ

**REINO ILÊ AXÉ WURA IJEXÁ
PORTÕES DOURADOS, MANHÃ
OJÓ EXU 13
OXU CORUJA
ODUN 4990**

— Não vou fazer porque não acho certo. E ponto-final!

Ainá proferiu seu discurso com o dedo em riste, toda cheia de si, do alto de seus dez anos de idade. Insistia em ficar de pé, enquanto os filhos de Ijexá se ajoelhavam diante dos Portões Dourados do reino. Não que fossem portões de verdade... Eram barreiras invisíveis, criadas com feitiços que açoitavam estrangeiros burros o suficiente para tentar invadir aquele território.

Meu ponto é que quase todos os moradores estavam devidamente ajoelhados às margens do imenso rio Oxum, em esteiras espalhadas pela grama amarelada, de frente para a Estrada dos Pesares, única ligação do reino com o mundo exterior. Quem não podia comparecer à cerimônia por algum motivo se ajoelhava onde quer que estivesse.

Então, imaginem a situação... Primeiro dia da semana, consagrado a Exu. Todo o povo oxunsi a postos para atender à demanda do Senhor da Encruzilhada Cósmica. Somente a Rainha Daramola e a Rainha-Mãe Kokumo permaneciam de pé. Além de Ainá, é claro. Um escândalo! Por mais que estivessem em família.

— Filha, por favor... — sussurrou a Rainha Daramola, sem saber onde enfiar a cara. — Você deve...

— Não quero, mãe! — teimava Ainá. — Não estou sentindo Oxum...

A Rainha-Mãe, a iaegbé Kokumo, avó da menina, observava sem nada dizer.

Também em silêncio estava o axogum Esbelto, marido de Daramola e pai de Ainá. Ogã e sacerdote responsável pelo sacrifício de animais, ele tinha acabado de cortar um bicho para o ritual. Postava-se em frente ao assentamento de Ogum, uma grandiosa engenhoca de ferro. Ondulando no ar, ouviu-se o suave ilá das ebomis e iaôs de Ijexá, indicando que haviam entrado em transe. Aquele poder distorcia o ambiente como se fosse mel, e todo o mel se espalhou pelo ar, fortalecendo e embelezando ainda mais o Reino do Axé Dourado.

Ajoelhada aos pés da Rainha Daramola, Dayo, sua filha mais velha, de treze anos, havia entrado no transe de sua Oxum Kunmi. Já a filha mais nova, Yemi, de apenas oito, virava na Oxum Funke.

Mas Ainá, a filha do meio, recusava-se a colaborar.

— Ajoelhe-se pelo menos... — pediu a mãe. — Lembre-se do que passamos juntas...

— Já disse que não tô sentindo nada! — Ainá tentava argumentar. — As deusas não gostam de quem finge!

— Infelizmente, não importa o que as deusas querem... — murmurou Daramola, pesarosa.

— Como não importa?! — A menina arregalou os olhos, deixando a mãe desconcertada. — Não foi isso que a senhora me ensinou...

Enquanto isso, o alabê entoava cantigas de Ogum ao som do batuque ritmado dos atabaques, empunhados pelos ogãs dedicados que estavam sob seu comando. Todas as Oxuns presentes se levantaram para dançar. Notem que, com ou sem escândalo, é um prazer assistir às oxunsi. Belíssimas mulheres gordas, que ostentam formas volumosas e estonteantes. Seus cabelos escuros e sua pele preta são de um dourado tão intenso quanto seu axé, sinalizando o ouro e a magia de que suas almas são feitas.

Muito provavelmente, são as maiores feiticeiras do mundo, capazes de comandar as águas dos rios, os líquidos que compõem setenta por cento do corpo humano, a fertilidade e os encantamentos sobre ilusões e emoções. Quem se mete com elas costuma, simplesmente, deixar de existir!

Embora algumas delas prefiram resolver seus problemas no fio da espada, dizem que a maioria é capaz de vencer guerras inteiras só na base da lábia. Talvez por isso a pequena Ainá continuasse argumentando. De pé.

— Você está envergonhando sua mãe — sussurrou Daramola, cada vez mais aflita. — E na frente de todo mundo...

— Não tô envergonhando ninguém! — retrucou a menina. — Só estou dizendo que isso tá errado! Por que vocês estão sempre se preocupando com o que os outros vão achar? Por que temos que fazer todo mundo ficar de cabeça baixa, em silêncio? Por que temos que humilhar os outros? Não é assim que se cuida das pessoas!

Até os ogãs ergueram as sobrancelhas diante daquele argumento, desviando os olhos de seus instrumentos por alguns segundos. Sim, todo mundo ouviu. Foi quando Daramola, a ialorixá, estapeou a filha. Ainá pôs-se a rosnar de raiva, com os olhos cheios de lágrimas e massageando a bochecha dolorida.

— Água é vida... — começou a dizer Ainá, dotada de uma dignidade que extrapolava, em muito, sua idade. — Estamos aqui para cuidar das pessoas. Não devíamos bater em ninguém...

Calou-se antes de conseguir terminar a frase. Em pânico, viu que a avó, a Rainha-Mãe Kokumo, olhava bem no fundo de seus olhos e percebeu que a voz dela já não lhe pertencia. Não sei se vocês sabem, mas a Rainha-Mãe Kokumo Oxum Funmilayo Abalu é a maior feiticeira que já pisou nestas Terras Encantadas do Aiê.

Nem sonhem em atravessar o caminho dela...

Por um instante, as águas do rio Oxum pararam de fluir. Os ogãs pararam de tocar. Mesmo as Oxuns manifestadas se ajoelharam. Todos baixaram a cabeça.

Restou Ainá, desfazendo-se em lágrimas, soluçando muito e se tremendo toda. Finalmente, ajoelhava-se diante de todos, tocando a testa no chão. Permaneceria nessa posição, sem conseguir se mover, até o final do dia.

— Se não respeita nem sua mãe nem quem está aqui testemunhando sua pirraça, vai respeitar os deuses. — A voz da Rainha-Mãe era terrivelmente doce. — Vai respeitar Mãe Oxum...

Depois de alguns instantes, as ajoiés, responsáveis por despertar quem estava em transe, foram ajudando as oxunsi a se levantarem. Em silêncio, todos bateram cabeça para os atabaques, para a ialorixá e para a iaegbé — isto é, Iá Daramola e Iá Kokumo —, e o povo começou a se retirar para prosseguir com seus afazeres. Apesar dos percalços, uma nova semana havia começado, com a graça dos deuses.

O ritual terminara.

Apenas Ainá permaneceu ajoelhada onde estava. Chegou a ouvir quando a avó puxou sua mãe para lhe dizer ao pé do ouvido:

— Isso é culpa sua! Eu disse pra você não levar a menina na sua aventura idiota... Tudo o que você fez foi piorar as coisas!

Então, a mãe assentiu, baixando a cabeça. Disso Ainá não se esqueceria jamais. Estava começando a perceber que, ali, as duas não eram apenas sua mãe e sua avó. Eram a Rainha e a Rainha-Mãe. Pois é como eu digo: muda o reino, mas política segue sendo política.

Tempos depois, quando já não havia ninguém por perto, a tia mais velha de Ainá, Ademola, aproximou-se dela. Ajoelhou-se ao lado da garota e disse:

— Sinto muito. Cá entre nós: também não acho certo, mas é o que manda a tradição. Apesar de tudo, não odeie a sua mãe...

Esperava que a menina compreendesse o quanto a Rainha Daramola se sacrificara. Tornara-se a ialorixá de Ijexá muito jovem, aos dezessete anos, ainda grávida de Dayo, de acordo com a vontade dos deuses, ratificada no jogo de búzios. Dias como aquele, no entanto, pareciam confirmar os rumores maldosos que circulavam a seu respeito. Por ali, diziam que Iá Kokumo, a Rainha-Mãe, nunca lhe entregara de fato o cargo de ialorixá...

— O espelho de Oxum sempre reflete o mal de volta ao malfeitor — lembrou Ademola, tentando encorajar a menina a não guardar rancor.

Como Ainá só conseguia soluçar, a tia não lhe disse mais nada. Ficou ajoelhada ao lado da sobrinha por mais ou menos uma hora, mas teve que se retirar ao ser solicitada para suas tarefas como iakekerê, mãe-pequena do Reino de Ijexá.

Ainá permaneceu ali sozinha, na mesma posição, até a lua enfim subir ao céu.

◆◇◆

Enquanto estava ajoelhada, Ainá só pensava na mãe. Além de ser uma das maiores e mais belas feiticeiras das Terras Encantadas, a Rainha Daramola, com sua Oxum Ijimú, também costumava ser o coração mais amanteigado de que se tem notícia, algo no mínimo complicado quando se governa um dos maiores reinos existentes...

Se Dayo exibia a bravura da mãe, Yemi herdara sua beleza e Ainá, sua convicção. Difícil a garota se resignar quando a mãe a tratava daquele jeito. Cá entre nós, quando era mais nova, Iá Daramola se aventurava pelo mundo, respondendo apenas por si mesma e se jogando em amores de mulheres e homens enquanto crescia, livremente, em força e axé...

Naquele momento, a pequena Ainá desejava apenas ter a atenção da mãe, como quando partiram para o Antigo Reino de Ketu, naquela que seria a última aventura da Rainha fora de Ijexá. Juntas, tinham compartilhado momentos de pura alegria, com o objetivo de realizar um ebó que protegeria o mundo inteiro. Fato é que voltaram quase às portas da morte e nunca chegaram a contar para ninguém o que havia acontecido...

Que ebó era esse? Ah, um velho conhecido de vocês, o ebó Andança do Caçador e da Feiticeira, do qual Ainá, é claro, preferia nem se lembrar...

Afinal de contas, só falharam porque Ainá não gostava de fingir.

• • • • •

REINO ILÊ AXÉ WURA IJEXÁ
BARRACÃO DO PALÁCIO DOURADO, MEIO-DIA
OJÓ EXU 21
OXU PÁSSAROS
ODUN 4997

— Laroyê, Exu — repetia Ainá, baixinho. Ajoelhada, saudava a entidade perante o sacrossanto otá de Ijexá. — Abençoe nossas vidas e nos mostre o melhor caminho!

Rodeada de girassóis e espelhos vivos, iluminada pelos raios de sol refletidos em todos os cantos, Ainá vestia branco da cabeça aos pés — uma saia longa, camisu e pano da costa, além de um ojá volumoso que lhe cobria os cabelos. Em seu colo, os fios de conta de Oxum remexiam-se, satisfeitos.

— Agô, Iá — sussurravam as ebomis e iaôs a seu redor, pedindo licença para dar início ao ritual. Trajadas de branco e ajoelhadas, elas tinham a cabeça baixa em sinal de respeito. — A bênção, Iá.

No comando da cerimônia, a tia de Ainá, Iakekerê Ademola, era a única de pé. Sua roupa, também branca, era nitidamente mais ornamentada e vistosa, com pequenos detalhes cintilantes em dourado. Solene, balançava o adjá, uma sineta feita do mais puro ouro, entoando:

— Neste início de semana, pedimos todas as bênçãos de Pai Exu e Mãe Oxum.

As paredes do Barracão se agitaram em resposta, vibrando alegremente. Transpiravam uma seiva adocicada que escorria rumo aos cálices e louças dourados espalhados pelo salão. Perfumes dançavam no ar, oscilando entre os desejos e anseios dos presentes, e a magia tremulava no esforço de várias vontades buscando se tornar realidade.

No centro de todas as coisas, o centro exato do Reino de Ijexá, estava o otá de Oxum, uma imensa pedra orgânica, repleta de raízes, caules e veias, toda coberta de mel, dendê e sangue, pulsando no ritmo das batidas de um coração. Sim, pois esta é a função de um otá: ser o coração de todo ilê existente nas Terras Encantadas do Aiê. É onde se fixa a força sagrada do Orixá. Sem um otá, a existência das comunidades humanas simplesmente não é possível. Dele brota toda a energia que alimenta as engenhocas vivas, incluindo as barreiras mágicas que protegem cada reino.

Essas pedras vivas adoram receber tudo do bom e do melhor, dinheiro, comida saborosa, sangue de animais imolados, entre outras coisas. Quanto maior e mais bem alimentado é o otá, maior é o poder mágico da comunidade, mas cada otá assume uma forma única. Ali, em Ijexá, apenas o topo da pedra estava visível — um fragmento do coração da gigantesca criatura em forma de peixe em cujas costas repousava o Palácio Dourado. Mais de noventa por cento dele estava imerso no rio Oxum, que cruzava o reino.

Ainá respeitava e amava aqueles rituais. Sabia que o axé, a força mágica que existe dentro e fora de todas as coisas, é a fonte real de toda magia, pulsando no otá, dentro dela e a seu redor. Por isso recebeu o adjá das mãos da tia com deferência. Em silêncio, a iakekerê fechou os olhos e se encolheu. Quando voltou a erguer a cabeça, Iá Ademola soltou um grito, o ilá que indicava que sua Oxum Yomi assumira o controle.

Imediatamente, as ebomis e iaôs puseram-se a tremer, acessando o estado de transe com a mãe-pequena do reino, levantando-se à medida que suas deusas entravam em cena. Todas exceto Ainá, que seguia consciente, de olhos bem abertos, tocando o adjá.

Era o Axé Orixá, a magia do transe. Dramática e espalhafatosa? Sim, mas a única realmente capaz de provocar alterações no tecido da realidade. Ainá conhecia o Axé Ofó, a magia das palavras, performada com entoações, gestos e rituais. Estável, sutil e segura, a magia das palavras era lenta e, muitas vezes, imperceptível. Conhecia também a magia das equedes e dos ogãs, iniciados que nunca entravam em transe, mas apresentavam diversas habilidades físicas sobre-humanas, inclusive a de anular transes, motivo pelo qual eram muito respeitados.

No entanto, enquanto a princesa tocava o adjá e assistia à Oxum Yomi de sua tia levitar, lembrava-se de quem dizia que o Axé Orixá era a única e verdadeira magia. Em instantes, todas as deusas incorporadas puseram-se a levitar em resposta àquele poder. Viu gotas dançarem no ar à medida que os líquidos do ambiente foram se erguendo, aquiescendo ao chamado, resplandecendo atravessados pela luz do sol refletida nos espelhos.

"Será que algum dia serei forte o suficiente?", pensou Ainá. "Como posso acessar meu poder sem fingir?" O fracasso nas ruínas de Ketu pesava em seu peito, mas nada justificaria mentir para si mesma. "A deusa não admite mentiras", sentia, tocada pelo fluido vórtice de mel e águas a seu redor.

Cerca de uma dúzia de peixes acabou sendo sugada por aquele vórtice mágico. Agora, os bichinhos flutuavam no ar, sem entender o que estava acontecendo. Com um gesto rápido e cortante, a Oxum Yomi de Ademola os decapitou de uma só vez. Cuidadosamente, o restante foi depositado sobre o otá, que pulsava, satisfeito. Abençoada pela pedra sagrada, Ainá redobrou o vigor com que tocava o adjá de ouro.

"Sim", pensou. "Um dia, cumprirei o ebó e protegerei o mundo da insanidade em que nos metemos..."

• • • • •

REINO ILÊ AXÉ WURA IJEXÁ
JARDIM FLORIDO, MEIO-DIA
OJÓ ONILÉ 22
OXU PÁSSAROS
ODUN 4997

Ainá caiu ajoelhada no chão, mas se levantou rapidamente. Sangue escorria de um corte em seu antebraço, molhando o cabo cada vez mais escorregadio do idá. Agarrou a espada, empunhando-a com força na mão direita.

Aquela arma era a chave para sua liberdade.

Sob o sol escaldante do meio-dia, a Princesa Ainá Oxum Femi Opará lutava por sua vida. Estava no Jardim Florido de Ijexá, uma área particular tão repleta de energias mágicas que as flores cintilavam como se fossem madrepérolas, as árvores caminhavam como pessoas e os animaizinhos silvestres confabulavam animados entre si, bêbados de mel — um verdadeiro pedaço do Orum no Aiê! Os céus na terra.

Ainá, no entanto, não podia prestar atenção em nada disso. Sua oponente era uma das melhores guerreiras do reino, e também sua irmã mais velha, Dayo. A plateia era composta por sua irmã mais nova, Yemi, as três tias, as primas e a mãe. Estavam sentadas em belas cadeiras de madeira, vestindo trajes cerimoniais brancos.

Sim, aquele era um teste de combate. No caso, a Oxum Opará de Ainá estava sendo testada contra a Oxum Ipondá de Dayo.

Qual Oxum guerreira sairia vencedora?

Ainá trajava apenas um saiote amarelo, já todo rasgado, um singuê da mesma cor, cobrindo-lhe o torso, e argolas douradas nos braços — as famosas idés. O traje revelava escoriações e cortes deixados pela lâmina afiada da irmã. Colocou-se em posição de combate: pernas flexionadas, idá erguido à altura do ombro e mão esquerda segurando o espelho na altura do rosto, como contraponto. Dayo ignorava a tensão, em posição de guarda relaxada, como se não estivesse em meio à luta.

— Vou arrebentar você! — gritou Ainá.

— Garota, você tá apanhando feito um bicho — respondeu Dayo, calma. — Tô só esperando...

Ainá avançou. Corria em linha reta, preparada para o confronto aberto, tendo o braço direito como único escudo. Parada Dayo estava, parada permaneceu... Pelo menos assim parecia.

Ainá passou correndo pela irmã, que se desviava mais rápido do que as pessoas presentes conseguiam acompanhar. Acabou dando de cara no chão, com o pé de Dayo enfiado entre seus calcanhares, sob os risinhos debochados de Yemi e das primas. As tias e a mãe permaneciam em silêncio.

Mas Ainá não ia desistir tão facilmente.

"Nem que os deuses assim o desejem", pensou.

Levantou-se de novo e, mais uma vez, avançou, tão veloz que quase deslizava no solo molhado. Quando chegou perto o suficiente, deixou escapar um sorriso esperançoso...

No último segundo, Dayo agarrou seu antebraço, desferindo-lhe um violento chute na boca do estômago.

Ainá foi projetada para longe. Caiu de costas bem na margem pedregosa do rio. Tudo doía, como vocês devem imaginar, mas a Princesa Ainá apenas lambia o próprio sangue e sorria.

— Saiba que não estou usando qualquer feitiço por respeito à sua... condição — disse Dayo, com um olhar de desdém.

— Não tenha pena de mim — retrucou Ainá, irada.

— Não é pena, é desprezo mesmo. — Dayo cuspiu. — Por que marmotas você não vira na sua Oxum na frente dos outros?

— Não se meta onde não é chamada — rebateu Ainá, ríspida.

Com dificuldade, Ainá se levantou para mais uma tentativa. Àquela altura, começou a sentir algo queimando por dentro. Perceptível, mas muito sutil. Seria o Axé Orixá? Não sabia. Só sabia que precisava fazer o que era certo pelo bem de todas. E o certo, naquele momento, era não desistir.

— Criança teimosa! — reclamou Dayo. — Por que não se deita no rio para lavar essas feridas? Não quero machucar você ainda mais.

— Nos seus sonhos...

Então, Ainá lançou-se para cima de Dayo novamente. E conseguiu se desviar do chute seguinte a tempo, deixando-se escorregar pelo chão encharcado. Dayo desceu-lhe a espada pela direita, mas Ainá aproveitou a abertura concedida para mergulhar sobre o flanco esquerdo da irmã, esticando-se para atingir-lhe as costelas. De imediato, Dayo dobrou o braço esquerdo para trás, usando a própria lâmina para se proteger, estilo típico das guerreiras de Oxum.

O som dos metais se chocando era ensurdecedor.

— Você fingiu que ia me acertar! — bradou Ainá.

— Acha que sabe fintar, né? — zombou Dayo. — Pois o que você sabe, eu que ensinei. Aprenda de uma vez!

Com o cotovelo, Dayo mandou Ainá para o chão, rolando sobre os seixos pontiagudos mais uma vez. Ainá ficou ali por alguns instantes, amargando a lembrança de ter sido aprendiz daquela que, agora, a derrotava. Obedecendo à mãe, as duas treinavam juntas por horas a fio, em dias intermináveis, tão íntimas quanto gatas rivais, que se estranham toda hora, poderiam ser.

Iá Daramola costumava dizer que Dayo, assim como Oxum Ipondá, era um lago traiçoeiro, violento e imprevisível, enquanto Ainá, a exemplo de Oxum Opará, era um rio turbulento, certeiro e mortal.

Quem pensa que Oxum é só doçura nunca teve que lidar com Opará e Ipondá...

Antes que Ainá ousasse se levantar, Dayo lhe deu um chute.

— Chega de teimosia! — decretou Dayo, vendo a irmã voar longe. — Fique onde está...

Então, de repente, Dayo se engasgou.

A lâmina de Ainá havia perfurado sua barriga. Ao longe, Ainá ainda estava caída no chão, com o braço da lâmina erguido.

— Espada... segmentada? — Dayo cuspiu sangue.

Sim, a lâmina havia se desmontado, estendendo-se em inúmeras folhas, e voado em disparada rumo ao alvo desejado.

— Não preciso usar o Axé Orixá contra você. Minha arma mágica é suficiente! — respondeu Ainá, sorrindo.

Tinha que vencer.

Tinha que se tornar mulher, adulta.

Tinha que, finalmente, ser livre.

Pelo bem de todos e por quaisquer meios necessários.

Yemi e suas primas estavam boquiabertas. As tias ergueram as sobrancelhas. A Rainha Daramola, no entanto, não se alterou. Com um gesto, Ainá chamou a lâmina para si, observando enquanto a espada voltava a ser um idá curto.

— Uma guerreira de verdade espera o momento certo para destruir seu oponente — provocou Ainá, levantando-se. — Foi você quem me ensinou isso.

Dayo bufou, momentaneamente paralisada. Ainda cuspia sangue e encarava a ferida aberta em sua barriga, incrédula. Logo seu rosto se transformou em puro ódio.

— Sua... *idiota*! Vou matar você!

O ilá de Dayo ecoou por todo o jardim, reverberando em uma onda de choque que empurrou Ainá para trás. Era um grito de guerra gutural e profundo, que terminava em uma nota musical — doce, porém terrível. Dayo virava na deusa Oxum Kumni. Admirada, Ainá tentava não tremer. A deusa gritou mais uma vez, convocando as águas do rio a se levantar em seu auxílio.

E as águas se ergueram muitos metros acima do chão, sob a forma de facas, espadas, lanças e machados cristalinos. Assobiando impiedosamente, aquelas lâminas pareciam cortar o ar de tão afiadas, perfilando-se ao redor de Oxum Kunmi. A deusa, mesmo de olhos fechados, postava-se de frente para sua oponente, como se a encarasse. Era a primeira vez que Ainá via a divindade da irmã em um estado tão furioso. Seu coração disparou, tomado pelo medo genuíno de morrer.

— A bênção, Mãe — conseguiu dizer, impressionada.

Em resposta, Oxum Kunmi arremessou suas armas, uma a uma. Algumas se chocaram contra as encostas do entorno, fatiando sólidas rochas como se fossem feitas de manteiga. Apavorada, Ainá fez o melhor que pôde: saltava e dava piruetas, flexionando as pernas no limite para evitar que seus membros fossem decepados.

Um espetáculo angustiante! As lâminas cortavam sua pele só de chegarem perto. E absorviam cada gota de sangue derramado, tornando-se ainda mais viciadas e focadas em seu alvo.

Armas perdidas se lançaram em direção à plateia, provocando pavor em Yemi e em suas primas, que se encolheram nos assentos. Logo estariam envergonhadas, vendo a Rainha e as tias erguerem escudos mágicos invisíveis contra os quais aqueles projéteis simplesmente se desfaziam. Ainda assim, o impacto das armas aquosas era tremendo, como o som de vários martelos tentando esmagar bigornas.

No epicentro daquele caos, Oxum Kunmi flutuava a poucos centímetros do solo, gesticulando para criar armas que fazia girar sem a menor ideia de onde iriam parar.

Foi quando Ainá sentiu o tempo desacelerar. Cansada de tanto pular e se esquivar, a garota fechou os olhos para se concentrar. Sim, ainda sentia a queimação, o fogo poderoso e suave, bem no centro de seu peito. "Eu amo esta comunidade", pensou. "Será este o início da invocação?" Se fosse, pensava, pedia à deusa que lhe mostrasse o caminho. "Um caminho de verdade, cuidado e amor..."

Abriu os olhos no último segundo, a tempo apenas de se abaixar evitando que um machado a decapitasse. Não, nada de especial tinha acontecido. Sem opções, escorava os golpes com seu idá, até que uma espada aquosa conseguiu cortar-lhe o antebraço, com idá e tudo.

O membro decepado rodopiou no ar, e Ainá nem pôde gritar de dor. Oxum Kunmi estava diante dela, erguendo-a pelo pescoço.

— Mãe Oxum... — sussurrou Ainá, sem ar. — Me ajude...

Ao que parece, a deusa atendeu à súplica. Dayo saiu do transe no momento em que a espada de Ainá lhe atravessou o corpo pela segunda vez. A lâmina mágica, ainda empunhada pelo antebraço decepado, havia se estendido para estocar Dayo por trás. Ela caiu de joelhos, soltando Ainá, que também foi ao chão, já quase sem sentidos.

— A Princesa Ainá Oxum Femi Opará está aprovada no seu teste de combate das deusas guerreiras de Ijexá — Ainá conseguiu dizer à mãe, antes de, finalmente, desmaiar.

SONHOS E PESADELOS DE AINÁ [1]

Q UANDO AINÁ DORMIA, OUVIA VOZES DESCOnhecidas, contando histórias imemoriais. Diziam-lhe:

"Filha, sabemos que está nos escutando agora. Preste muita atenção em nossas palavras, pois só assim você cumprirá seu destino.

"Tudo começou com a fogueira no meio do lago, de onde saíram todas as maravilhas e mazelas do planeta. Nós deixamos a escuridão e descemos ao mundo, atraídas por aquela luz que boiava...

"Nossa primeira morada no mundo foi a árvore do Orobô, cuja semente determina a sorte e os sortilégios do caminho. Dizem que, se estamos no Orobô e pensamos em alguém, esse alguém desfrutará de muita felicidade. Assim acreditam, sem nos consultar, sem olhar para a fogueira boiando no meio do lago.

"No início, a fogueira tremeluzia, tímida, como se não se sentisse digna de habitar o universo, mas sua mera existência foi suficiente para estremecer as estruturas da realidade.

"Alguns acreditam que somos o princípio de tudo — do bem e do mal, no começo e no fim.

"Se nos consultassem, diríamos: olhem para a fogueira no lago.

"Filha, preste atenção nas nossas palavras. Você nutre ardentemente o sonho de ser livre, sair em busca de novas realidades. Um dia entenderá que seus sonhos são poderosos o suficiente para criar novos mundos e novas realidades...

"...tal qual a fogueira queimando no meio do lago."

Quando acordava, Ainá não se lembrava de nada.

Bem, de quase nada.

ODU 2
OYEKU MEJI

A Mãe é a Rainha,
Olha para o Oeste, onde nascem as trevas,
Olha para a Morte, sua filha,
Olha para a Doença, sua sobrinha,
Olha para os humanos, cheios de medo.
Acalmem-se, crianças.
A Mãe orienta como lidar com a filha e a sobrinha,
Aceitem o abraço da noite e sejam felizes.

3
YINKA

**PRINCIPADO ILÊ AXÉ IRUBIM
PRAÇA DA FEIRA, TARDE
OJÓ EXU 25
OXU PÁSSAROS
ODUN 4997**

— Kayin, você tá me ouvindo? — gritei bem alto, direto no ouvido do garoto. — Deixe de ser inútil por um segundo e me ajude a vender!

O moleque acordou do cochilo, dando-se conta de que estava trabalhando comigo na Feira de Irubim. Se eu sentia pena? Nem um pouco... Bem, talvez, um pouco. Seres humanos são engraçados, contraditórios: tão fortes e tão frágeis ao mesmo tempo... Tudo bem que Kayin apostava no lado frágil, apanhando dia sim, dia não. Tinha levado uma surra daquelas de Morayo, lembram-se dele? O filho de Babá Alabi. E a verdade é que ainda estava se recuperando, mesmo com os cuidados especiais do babalorixá. Não era à toa que Morayo morria de ciúme do abiã.

Tudo aquilo fazia parte do destino de Kayin, eu sabia. Nem adiantava ter pena.

Nada pode mudar o destino de um ser humano, nem mesmo os deuses.

— Hora de trabalhar, preguicinha! — incentivei, enquanto Kayin se aprumava diante da nossa barraca.

O garoto estava quieto demais para o meu gosto, mas, se me ajudasse, já estaria de bom tamanho.

A feira acontecia todas as tardes de Ojó Exu, em frente ao Barracão, após o padê matinal, oferenda para o Senhor da Encruzilhada. Kayin era fraco demais para pegar na enxada por horas a fio. Então, vinha vender comigo, um serviço considerado especialidade de mulheres.

Posso dizer que era divertido! A feira estava sempre movimentada, uma festa de cheiros e sons, pois, nas Terras Encantadas, a colheita e a caça eram sempre abundantes. Principalmente entre os odessi. Afinal, são o povo caçador, não é mesmo? Infelizmente, faziam um uso bem desajuizado da fartura à qual tinham acesso...

Ô gente para gostar de briga!

Mas não deixava de ser bonito, sabem? As donas do comércio vestiam ojás vistosos, o que ajudava a atrair mais clientes. Gritavam, anunciando seus produtos, dispostos em mesinhas de madeira ou esteiras no chão, tão variados quanto possível. Havia milho, inhame, galinhas, ervas, grãos, panos, roupas, colares, couro, flechas e um sem-número de frutas coloridas e reluzentes. Algumas mercadorias eram encantadas, peças caríssimas, confeccionadas por artesãs eleguns, aquelas sujeitas ao transe de incorporação. As presas e as peles de monstros eram consideradas artigos de luxo. O chacoalhar constante dos búzios indicava que a riqueza — o ouô — estava circulando. A magia do comércio determinava quem tinha poder e quem não tinha.

Laroyê, Pai Exu. Tudo ocorrendo conforme sua vontade.

Ali, compradores se vestiam com porte e elegância — tecidos coloridos, saias multifacetadas, calçolões de corte reto, pulseiras ornamentadas, fios de contas brilhantes. Nas cabeleiras azuladas, os penteados eram um espetáculo à parte: crespos abundantes ou curtos, ostentando cachos, tranças ou topetes encaracolados. As fiéis feras de estimação desfilavam igualmente elegantes: aves gigantes emplumadas com orgulho, lagartos arrogantes com cristas enormes, felinos de penugem multicolorida, cheios de pompa.

Cada troca de mercadoria, acordo, sorriso ou aperto de mão era um ritual de magia, alterando a realidade sem que as pessoas percebessem.

Enfim, os antigos odessi perceberiam...

— Vamos comprar! Se acheguem mais! — eu gritava, sozinha, tentando fazer com que Kayin me ajudasse. — Produtos de extrema qualidade! Vamos comprar pra ajudar o Barracão!

Ninguém estava dando a mínima. Muito menos Kayin que, agora, dizia:

— Fico admirado vendo você tentar vender esses emaranhados esquisitos aí que você chama de arte... "Nunca desista dos seus sonhos", né?

Olhem que abusado este moleque!

— Olha como fala, garoto — adverti. — Sabe que temos que ficar aqui porque...

— Porque eu sou um abiã e você é uma iaô — interrompeu ele, impaciente. — E tudo que fazemos é trabalhar.

Sorri internamente. Quando Kayin começava a questionar as coisas, ficava bem mais interessante. Eu estava cansada de saber que não era muito boa em chamar a atenção dos outros. Transmito muita sabedoria, mas a verdade é que atualmente sou uma jovem muito da sem graça, se querem saber. Então, dificilmente me ofenderia com ataques à minha capacidade de venda. Já aquela conversa valia a pena esticar...

— Por acaso — comecei, dando corda —, você já se perguntou o motivo de as coisas serem assim?

— Você sabe muito bem o que acho de tudo isso — respondeu ele, seco.

E eu, de fato, sabia. Poder financeiro e espiritual eram sinônimos inevitáveis na tal da Hierarquia em que vivíamos. Pensem comigo: se os Orixás têm porta-vozes, quem garante que não vão escolhê-los na hora de determinar quem é iniciado ou não? É, pessoal, porque haja búzios para ser iniciado! E se os abiãs trabalham sem remuneração... Bem, basta fazer as contas, né?

Alguns até conseguiam juntar dinheiro para a aguardada feitura de iaô, quando deixariam a base da Hierarquia, mas não passavam disso. Tinham que seguir trabalhando da mesma forma, com o agravante de serem obrigados a virar no Orixá durante os xirês cotidianos. Enquanto isso, ebomis, babalorixás e ialorixás adquiriam seus luxos em rituais extravagantes, para se gabarem perante a elite de outros reinos.

Dinheiro é magia, e magia é dinheiro.

— Se não gosta do que vê — falei, estreitando os olhos —, por que não dar vazão à raiva que existe dentro de você?

Eu sei. Nada sutil. Não foi um dos meus melhores momentos.

— Você não faz ideia do que existe dentro de mim.

Só que eu fazia, né? Bem mais que apenas uma ideia. Via todo o ódio e o tamanho exato do medo sob o qual Kayin se escondia. De qualquer forma, eu tinha ido longe demais. Kayin voltara a ser um garotinho assustado, propondo, de repente:

— A gente podia jogar Conta-história amanhã. O sistema de magia que você criou é muito bom...

— Prefiro jogar sozinha — respondi, amuada.

— Você é esquisita.

— E você é entediante! Só quer jogar pra ser o Adebayo Odé Leye de novo... — E acrescentei, marcando bem as palavras: — Ser herói de men-ti-ri-nha!

— Ah, vê se me erra! — exclamou ele.

Já estava dando aquela conversa por perdida, quando Kayin me entregou outra deixa, assim, de mão beijada:

— Você sabe que eu quero ser um herói de verdade. Como Adebayo, como minha mãe, mas...

— Mas?

— Eu me pergunto: valeu a pena? Tentar salvar todo mundo? Minha mãe simplesmente morreu por nada?

— Bom... — arrisquei dizer. — É só você ir lá... e fazer a oferenda que ela não conseguiu fazer.

Confesso que era estranho lidar com um garoto, ainda mais um odessi, que não respondesse a uma sugestão daquelas com uma bravata qualquer de heroísmo estúpido. Vendo Kayin se calar, a face tomada por pensamentos sombrios, soube que minha parte estava feita. Pelo menos, por enquanto. E passei a tópicos mais leves, na medida do possível...

— Você ainda está chateado porque nosso amado Babá Alabi se encontrou a portas fechadas com o tosco do Babá Biyi — sussurrei, muito íntima. — Já disse a você que...

— "Política é política." — Ele suspirou. — Só quero saber quando é que vão deixar as vaidades de lado para que possamos voltar a ser um Reino de Ketu unido...

— Você está pedindo demais de seres humanos — gracejei.

— Enquanto eles brincam com seus joguinhos particulares, pessoas morrem. Caçadores contra monstros, caçadores contra caçadores, caçadores contra feiticeiras. Você não sente raiva de tudo isso?

— Sinto muitas coisas que não lhe dizem respeito... — cantarolei, distraída.

"Tudo no seu tempo, garoto", pensei.

Algo me dizia que Kayin já estava quase no ponto.

• • • • •

PRINCIPADO ILÊ AXÉ IRUBIM
PRAÇA DA FEIRA, FIM DE TARDE
OJÓ EXU 25
OXU PÁSSAROS
ODUN 4997

— Você está se deitando com uma feiticeira oxunsi! Vi vocês dois no capim!

— Ela não é feiticeira! E isso não é da sua conta!

— Essas ajés estão prestes a invadir Ketu e você se deitando com elas!

— Já disse que isso não é da sua conta!

Foi tudo o que consegui ouvir entre os urros e tabefes daqueles dois homens, engalfinhados em cima de nossa esteira. A feira estava quase chegando ao fim — Kayin e eu nos preparávamos para guardar nossos pertences, depois de horas de conversa inocente —, quando um dos homens foi, literalmente, arremessado ali.

Pelo visto, a desordem inicial dera origem a uma luta generalizada. Entre socos e sopapos, homens descontrolados derrubavam barracas, espalhando frutas e grãos pelo chão; vendedoras xingavam e chutavam os brigões; feras de estimação latiam e mordiam... A maioria dos clientes se afastou, mas havia quem preferisse fazer rodinha em volta dos desordeiros, incitando ainda mais a baderna.

Enquanto eu tentava recolher meus produtos destruídos, Kayin ficou caído de bunda no chão, com uma expressão apalermada, sem saber o que fazer. Àquela altura, até as crianças travessas já participavam do caos, jogando frutas a esmo.

É adorável e lamentável ao mesmo tempo assistir às pessoas se reduzirem à sua natureza mais básica.

De repente, um grupo de odés aterrissou no meio da confusão. E, quando digo aterrissou, estou sendo bem objetiva. Cheguei a vê-los voando em nossa direção, mas, como estavam todos de olho na briga, só se assustaram ao perceber a poeira e o estardalhaço do pouso. Tremendo de medo, brigões de toda espécie se ajoelharam com a testa aos pés dos caçadores.

— Arrumem essa bagunça — ordenou Ogã Flecheiro. — Agora.

Os arruaceiros obedeceram-lhe prontamente. As mulheres da feira foram as primeiras a falar, exigindo pagamento pelas mercadorias destruídas, enquanto outros se adiantavam para ajudar com as carnes e os espólios de caçada trazidos pelos odés. E eu? Bem, tinha me mandado para longe dali, porque não sou idiota. Sem graça, talvez, mas idiota, não!

Kayin, para variar, não foi rápido o suficiente. Quando deu por si, estava cara a cara com Ogã Peralta, que ordenou:

— Aí, filho de heroína! Você vai arrumar tudinho! Anda! Não entende ordens?

Para surpresa de zero pessoas, Kayin lhe obedeceu. Terminaria a tarde varrendo, esfregando, catando, limpando e lavando a praça inteira. Praticamente sozinho, é bom que se diga, já que quando os odés deixaram a praça muitos dos presentes foram se dispersando, como quem não quer nada.

O que eu estava fazendo enquanto isso? Minhas obrigações diárias de sempre, ué! Levei os poucos búzios que conseguimos para o Barracão. Depois, enchi de água as quartinhas, varri o chão do salão, arrumei os ibás — os assentamentos das divindades —, preparei a janta de Babá, comi junto com ele...

Então, Babá Alabi recebeu mais uma visita do terrível Babá Biyi. Coisa séria! Ele veio em comitiva, cercado por babalorixás de outros principados. Claro que fui posta para fora do Barracão. Não podia ouvir o que aqueles senhores mais velhos tinham a dizer.

Mas, olhem, estou sentindo que vocês estão querendo saber demais sobre o meu dia a dia. Impressão minha? Pode ser. Sou a iaô Yinka Odé Kunle Otin e estou aqui para contar uma história. Só isso. Ora essa...

Não tenho nada a dizer sobre mim.

Bem, se vocês precisam mesmo saber, digo que, nesta vida, fui iniciada ainda muito criança. Foi, como direi, uma espécie de *emergência* apontada pelo jogo de búzios... Então, meus pais, que não tinham recursos, passaram a trabalhar triplicado para me iniciar. Eles mesmos permaneceriam abiãs até morrer...

Meu ilê natal foi uma das muitas aldeias destruídas por ajoguns. Fui acolhida por Babá, como muitos órfãos e órfãs vítimas desses ataques. E cresci junto com Kayin. Na Hierarquia atual, sou Odun Etá. Estou uns passos à frente do moleque, preciso dizer.

Nessa minha vidinha, aprendi que o mundo é movido a dinheiro, e dinheiro se consegue com acordos e negócios a portas fechadas — não importa o quanto as pessoas finjam se odiar em público.

É só isso que vocês precisam saber por ora.

• • • • •

PRINCIPADO ILÊ AXÉ IRUBIM
PRAÇA DA FEIRA, NOITE
OJÓ EXU 25
OXU PÁSSAROS
ODUN 4997

Quando terminei minhas tarefas, fui ver como Kayin estava. Cheguei bem no momento em que um soco no estômago interrompia os pensamentos sombrios do abiã. Se eu ia me meter? Ajudar? Nem pensar! A cena era tão previsível que dispensava intromissões.

— Não é pra ficar apoiado na vassoura olhando pro nada, garoto! — gritou Morayo.

E estava apenas começando.

Morayo Odé Bunmi Dana Dana não era exatamente um orgulho para o povo odessi, mas, a julgar pela maneira como Kayin o via, podíamos estar diante do mais temível vilão. Se me perguntassem, diria que Morayo era apenas um garoto mimado, superprotegido pela mãe, e que morria de medo de ser visto como fraco. Aliás, um segredinho, cá entre nós: vivia com medo de não ser escolhido pelo oráculo para suceder o pai como príncipe babalorixá...

Em geral, as pessoas sabiam que ele não passava de um valentão inseguro que foi se tornando cada vez mais problemático depois da morte da mãe. Obedeciam a seu comando por pena. Ou porque assim mandava a tradição.

Não era o caso de Kayin.

Tudo bem que aquele soco tinha um quê de sobrenatural e teria sido capaz de apagar grandes feras. Kayin se curvou de dor, fazendo um esforço extraordinário para não expelir os sucos gástricos que se remexiam em seu estômago vazio. Antes de perder a consciência, no entanto, recebeu um chute no rosto. Quando abriu os olhos, sentiu o sangue escorrendo do nariz. Viu duas frestas pequenas em meio ao inchaço. O céu estava limpo, era um início de noite sem nuvens.

"Um bom dia para morrer", pensou Kayin.

O pensamento não durou muito porque outro chute foi desferido em sua barriga. Imaginou que algumas costelas tinham se quebrado no impacto, e devo dizer que ele estava certo.

— Meu pai, tão prestativo, curou você da surra que lhe dei outro dia, não foi? — perguntou Morayo, com a ferocidade que lhe era característica. — Responda!

Kayin só conseguiu confirmar com a cabeça. Viu a perna de seu agressor se erguer para um novo chute, envolta no calção azul enfeitado com penas. Viu o conjunto de seis fios de contas azul-turquesa, balançando no pescoço dele, e se permitiu esquecer a mãe, o ebó que não conseguiram realizar e qualquer missão ou sonho infantil que ainda carregasse.

— Não cruze meu caminho, entendeu? — vociferou Morayo, chutando e esmagando a cabeça de Kayin contra a poeira e a sujeira do chão. — Não quero ouvir, ver nem sentir você por perto! E fique longe do meu pai!

Ao dizer isso, saiu. Obviamente, aqueles dois tinham muito o que aprender. Kayin ainda esperaria um bom tempo antes de se levantar. Mais uma vez, estaria sozinho para arrumar a bagunça deixada por outros, além da própria bagunça interna.

E ainda bem que ninguém me viu, logo ali, atrás de uma casinha de esquina, porque não tenho nada a ver com isso. Fora que, na maioria das vezes, não tenho paciência para machezas de moleques. Só acho fascinante ver como são capazes de causar tanta dor com os punhos...

Tanto em quem apanha quanto em quem bate.

Agora, se algum de vocês se enganou com o showzinho amedrontado de Kayin, talvez devesse olhar com mais atenção. Aproximem-se um pouco e verão o que vi naquele dia. O que tenho visto vezes sem conta.

Kayin ofegava, cheio de raiva e frustração. Por toda a podridão ao seu redor. Pela perda da mãe. E, momentos depois, tornou-se ele mesmo a podridão.

Sim, aproximem-se e verão! Por um instante ínfimo, os olhos de Kayin faiscaram num tom azulado doentio...

Quase no ponto, com certeza!

ODU 3
IWORI MEJI

O espírito deve se reintegrar
Olhando para o Sul,
Olhando para a origem de todas as coisas.
Profetize o destino, ofereça na encruzilhada.
Lembre-se do plano de existência puramente espiritual,
Lembre-se de que somos divindades...

4
AINÁ

**REINO ILÊ AXÉ WURA IJEXÁ
PALÁCIO DOURADO, MANHÃ
OJÓ ONILÉ 26
OXU PÁSSAROS
ODUN 4997**

Ainá abriu os olhos, assustada. Envolta em panos brancos, macios e cheirosos, foi reconhecendo a esteira acolchoada, os espelhos cintilantes e os inúmeros girassóis que giravam e giravam contra a luz da bela manhã. Partículas de um perfume cor-de-rosa dançavam no ar, rodeando as inúmeras imagens de madeira que representavam as deusas e as rainhas feiticeiras de outrora.

Aquele era seu quarto. Tinha passado um dia inteiro inconsciente após a luta contra a irmã. Agora, acostumava-se novamente com a extravagância excessiva que tanto lhe desagradava. O Palácio Dourado era um exemplo de opulência levada ao extremo — um verdadeiro labirinto de pátios e salões, com quinhentos quilômetros quadrados dispostos em três andares, cujas formas arredondadas se apresentavam revestidas em ouro e pedras preciosas.

No interior do palácio, cada quarto era um imenso salão circular, com paredes cor de âmbar que mais pareciam mel solidificado. Colunas de bronze, incrustadas com um sem-número de joias, sustentavam um teto cristalino e abobadado. Cada princesa tinha o próprio salão luxuoso, além de uma equipe de iaôs à sua disposição, que trabalhava sempre em silêncio, de cabeça baixa, conforme a tradição.

Aos poucos, Ainá foi reparando naqueles que a serviam. Uma iaô polia a sola de seus pés, enquanto outra fazia suas unhas. Uma terceira varria o chão de terra, enquanto a quarta regava os girassóis. A quinta saiu do quarto em disparada, enquanto Ainá se sentava, provavelmente para avisar alguma autoridade que a filha da Rainha estava acordada. Quase esbarrou nos dois guardas logunsi, responsáveis pela proteção pessoal da família, armados com espadas e escudos espelhados.

A princesa percebeu-se de cabelos soltos, vestindo camisu e calça brancos, totalmente curada das feridas. O antebraço estava no lugar, como se nunca tivesse sido decepado. Tal era o poder curativo das feiticeiras filhas de Oxum! Esfregando os olhos, viu suas bonecas de pano mágicas perambularem pelo quarto como sonâmbulas sem direção. Olhou para as iaôs, incomodada. Tinha muitas perguntas a fazer, mas sabia que nenhuma delas estava autorizada a lhe dizer qualquer coisa.

— Bom dia, ó venerável Princesa Ainá Oxum Femi! Como foi o sono da campeã mortal?

O rapaz surgira do nada, atrás de Ainá.

— Ah, corta essa — disse ela, virando-se para responder: — Fica se achando só porque sabe se camuflar, ó Ogã Lindo Odé Tunji, caçador queridinho de Logun Edé.

As iaôs seguraram o riso o máximo que puderam. A tradição proibia interações como aquela quando estavam em serviço, mas a verdade é que Ainá não se incomodava. Provavelmente, eu teria rido também. Bem mais que um guerreiro caçador, Ogã Lindo era um dançarino que amava todo tipo de diversão.

E, como o nome sugeria, era lindo. De corpo parrudo, nalgum meio-termo entre gordo e magro, trazia o cabelo crespo trançado em um coque no alto da cabeça. Tinha olhos sorridentes e lábios grossos, mais sorridentes ainda.

Nascido com Ainá no ritual iniciático para despertar o Orixá interior, era irmão de barco da princesa, mais íntimo até que suas irmãs carnais. Pertencente à casta dos logunsi, havia sido eleito guarda-costas de Ainá até a morte. "Minha sombra", pensava a princesa, admirando o rapaz, que agora se jogava ao lado dela na esteira.

— Que saudade, melzinho! — exclamou ele, feliz.

— Essa fala é minha, lindinho. Deixe-me olhar pra você!

Abraçaram-se com gosto.

— Como foi sua missão? — exigiu saber Ainá, entusiasmada. — Me conte tudo!

— Foi incrível! — O garoto gesticulava, nervoso, com a energia incontida que Ainá tanto amava. — Uma coisa! Fomos emboscados pelas feras! Quase fomos pro beleléu! Teu tio, Ogã Manhoso, nosso capitão, teve que rebolar muito! E eu, é claro, ajudei a salvar o dia...

— Você dançou? — Ainá queria detalhes.

— Mas é óbvio! Ágil e sorrateiro como de costume... — disse ele. — As feras nem perceberam quando foram atacadas pelo meu feitiço.

— E olhe que diziam que você era "delicado demais para a guerra..." — lembrou Ainá.

— Pois quem acha o exército difícil devia participar das competições por papéis principais naqueles recitais de quando eu era criança! — Ogã Lindo riu. — Não sabem quão cruel uma menina de dez anos pode ser quando perde o papel para um menino adorável como eu. Simplesmente arrasei vestido de Iá Kokumo Oxum Funmilayo.

As iaôs soltaram risinhos abafados.

— Nossa, eu me lembro disso! — Ainá estava morrendo de rir.

— Se tivesse a capacidade, tenho certeza de que sua avó teria dado gostosas gargalhadas com minha representação altamente respeitosa e graciosa! — disse ele, tranquilo. — Foram bons momentos...

— Mas isso acabou, lindinho... — comentou Ainá, nostálgica. — Você não fica triste de só poder dançar quando está guerreando?

— Ah, eu me divirto do jeito que dá! — disse Ogã Lindo. — Tenho certeza de que, um dia, nossos sonhos serão realizados. Enquanto isso, cada um de nós tem um propósito, não é? Se bem que tem gente que só finge que trabalha...

E, naquele momento, Ogã Lindo trocou um olhar brincalhão com a iaô mais próxima.

— É que o senhor ogã aqui está nos distraindo contando um monte de fofocas, sabe? — retrucou a mulher, jocosa.

— Ué, gente, e tem coisa melhor do que fofocar?

Todo mundo riu, inclusive as iaôs, totalmente entregues ao charme de Lindo. Só então Ainá se deu conta do quanto sentira falta do seu irmão espiritual durante a luta contra Dayo. Tinha provado que podia se virar sozinha, mas preferia que ele tivesse estado lá, torcendo por ela.

— Não sei se gosto de ver você tão exposto ao perigo... — queixou-se Ainá.

— Veja só quem fala, né? — disse Ogã Lindo, lançando um olhar maroto.

— Falando nisso... — anunciou Ainá, cheia de más intenções.

— Melzinho...

— Vamos dar um rolê? — propôs ela, toda contente.

• • • • •

REINO ILÊ AXÉ WURA IJEXÁ
PALÁCIO DOURADO, TARDE
OJÓ ONILÉ 26
OXU PÁSSAROS
ODUN 4997

Um dos trabalhos não oficiais de Ogã Lindo era acobertar as encrencas em que a princesa travessa se metia. Nada de mais, a meu ver... Qual o problema de dar uma escapadinha para enfrentar feras encantadas na floresta? Eu chamaria isso de treino. Por que se escandalizar quando Ainá cabulava meia dúzia de obrigações ritualísticas? Estava ocupada demais escalando árvores monstruosas, soltando fogos na colina das cabras carnívoras ou dando piruetas mortais na lagoa cheia de piranhas gigantes...

Ainá tinha que viver, ora bolas!

E a encrenca de hoje era dar um rolezinho pelo Palácio Dourado no segundo dia pós-ritual, quando a tradição recomendava que se ficasse recolhido por uma semana em seu quarto.

— Não saia do meu lado — sussurrou a princesa.

— Cumprirei lindamente minha missão, ó senhora princesa — respondeu o ogã, com deboche.

Encontravam-se em um longo corredor, por onde trafegavam ebomis, equedes, sacerdotisas e outras altas dignitárias, cobertas de joias e panos finos em branco e dourado, conversando bem alto entre si. Atualizavam-se, assim, das últimas fofocas do reino, acompanhadas de seus ogãs guardiões e de suas muitas iaôs. Ninguém estranhava o ondular da realidade provocado por aquelas trocas tão intensas.

Tampouco reparavam na dupla marota que andava nas pontas dos pés, espremendo-se contra as paredes para não esbarrar em ninguém.

— Seu pó de desaparecimento funciona mesmo, hein? — sussurrou Ainá.

— É lógico! — falou Ogã Lindo, baixinho. — Passeio clandestino garantido!

Vantagens de se andar com um ogã caçador: ter à disposição amuletos e artefatos enfeitiçados nos quais se revezavam diversos oriquis de poder. Era o caso do afeeri, um pó mágico que eliminava a presença do usuário na mente de pessoas e feras, caso o usuário se mantivesse discreto.

Não que discrição fosse o forte da princesa Ainá.

Escapar do quarto teria sido impossível sem a ajuda das iaôs. E ela esperava que as iaôs não pagassem por isso mais tarde! A princesa fujona e o ogã atrevido haviam conjurado ilusões visuais e sonoras para sugerir que a princesa permanecia em sua esteira. Mesmo com o afeeri, passar pelos sagazes guardas logunsi na porta tinha sido, no mínimo, tenso. Só que Ainá era ainda mais sagaz na arte de escapulir.

Chegando ao final do corredor, detiveram-se por um momento.

Sentiam cheiro de comida.

Logo estavam salivando. Fosse o que fosse, o cheiro chegava até eles embebido em axé, entorpecendo seus sentidos. Simplesmente correram, seguindo aquele aroma, sob o efeito do feitiço da comida.

Por sorte, o corredor seguinte estava vazio. Depois de uma curva, depararam-se com a porta entreaberta. Com cuidado, cruzaram o umbral.

— Viu a roupa de ebomi fulana? Um absurdo!
— E a iaô de iá cicrana? Baixou na hora errada!
— Pior a iaô de iá beltrana... Não virou, sabia?
— Você viu...

Duas mulheres fofocavam, cozinhando os bichos imolados no teste de combate de Ainá. O local estava repleto de prateleiras com cabaças e quartinhas de barro e porcelana, enfileiradas sobre imensas bancadas de mármore onde repousavam as carnes de galinhas, cabras, patos e preás, já devidamente limpas e abertas. Três engenhocas vivas que serviam como fogões arredondados, com seis bocas cada, faziam fumegar panelas de barro, enquanto assavam guisados cheirosos e suculentos.

Com tanta coisa no fogo, era para estar muito abafado ali dentro, não fossem os potentes encantamentos de frescor e suavidade.

Vejam bem, qualquer cozinha é um espaço de poder tremendo, esteja na roça mais humilde ou em um palácio. A cozinha é o caldeirão da feiticeira, o útero mágico onde as mulheres transmutam vegetais e animais nos elixires mágicos que chamamos de alimentos. E, caso vocês não saibam, animais abatidos durante procedimentos ritualísticos viram refeições repletas de axé fortalecedor e revigorante.

Justamente por isso, Ainá ficou muito brava com aquelas duas jovens senhoras que proferiam más palavras enquanto cozinhavam. Sem pensar, foi se aproximando para tirar satisfação. Tarde demais, reconheceu quem eram.

As ebomis Adejumo Oxum Folake Ipondá e Oyedele Oxum Funmiola Ieiê Karê. Respectivamente, a terceira e a quarta filhas da Rainha-Mãe, Iá Kokumo, vulgo tias de Ainá. A garota gelou. Quis soltar um palavrão, mas o engoliu com temor. Sabe-se lá o que causaria se fosse dito ali, naquele espaço tão mágico?

Eu, particularmente, adorava as tias de Ainá. Duas mulheres lindas, de quadris largos e formas volumosas, que não economizavam nem nas joias nem nos fios de ouro e nas pedras mágicas com que enfeitavam os cabelos crespos. Renomadas cozinheiras, tinham inúmeros fãs em Ijexá.

Naquela nação, eram as pessoas de alta estirpe que preparavam as refeições mais importantes. Ser cozinheira era uma profissão de imenso prestígio e um dos pré-requisitos para se tornar uma feiticeira.

Mas o que eu mais amava era que Adejumo e Oyedele conseguiam ser mais ácidas em seus comentários do que eu — e isso não é pouca coisa! Sofriam, como era de se esperar, da síndrome de irmãs caçulas... No fundo, só queriam ser tão ricas e famosas quanto a irmã, a Rainha. De quem, por sinal, começavam a falar naquele momento, coisa que muito interessava à princesa ouvir.

Ainá se retraiu, empurrando Ogã Lindo para trás, enquanto se agachava para observar melhor a cena. Espalhadas além das bancadas, ajoelhadas em esteiras, seis iaôs, meninas e mulheres, limpavam carnes, maceravam folhas e trituravam sementes. As tias de Ainá nem sequer lhes dirigiam o olhar. Só tomavam os ingredientes de que precisavam e seguiam fofocando, animadas:

— Que que a Dara tem na cabeça? — perguntou Oyedele.

— Borboletas, só pode! — respondeu Adejumo.

— Os ajoguns estão massacrando nossas meninas...

— Mas temos nossos próprios guerreiros! Tão fazendo o quê?

— Servindo de babás pras filhas da Dara...

— Pras nossas também.

— E daí?

— Falando sério agora. Que marmotagem é essa em que a gente se meteu?

— Marmotagem define...

— A crise tá aí. O axé cada vez mais baixo...

— Ontem eu tive dificuldade pra voar. Pra voar!

— Sua Oxum Funmiola com essa mania de dar rasantes no rio, pelo visto...

— Quase caímos!

— O rio não tá pra brincadeira. As feras aquáticas andam famintas.

— Tô falando que eu ia me molhar toda! Ia estragar meu pano!

— Geniosa do jeito que a sua Oxum é, ia tomar uma coça...

— Pois sua Oxum Folake também não é fácil! Quantas cabras pediu na última obrigação?

— Que criem mais cabras... Tudo abiã de ialorixás caipiras!

— Pois daqui a pouco não vai ter mais abiã nem cabra!
— E o otá não protege esse povo que mora longe?
— Se estivesse funcionando direito...
— É por isso que eu tô falando: o que a Dara tem na cabeça?
— Tá mais preocupada com a nossa sobrinha número um.
— A deusa da fúria, essa menina!
— Todo mundo viu que ela deixou a peraltinha vencer.
— Baita marmotagem!
— Ela tem pena da número dois, né? Todo mundo sabe disso.
— Coitada.
— Pelo menos, a dois não é caso perdido que nem a número três...
— Ah, eu gosto da Yemi!
— Todo mundo gosta da número três. A queridinha...
— Difícil não gostar!
— Pena que não serve pra nada.
— Consegue ser pior que a mãe nesse sentido.
— O que não deixa de ser um mérito.
— Nossa sobrinha número um é a nossa única esperança, pelo jeito.
— Concluiu o teste de combate com mestria no ano passado!
— Sem precisar da ajuda de ninguém!
— Já a número dois...
— Lamentável.
— A número três, então...
— Vai sobrar para a número um mesmo.
— Afinal, nossa querida Dara não vai durar muito tempo...
— Que que ela tem na cabeça, afinal?
— O mesmo problema da filha número dois: se acha muito esperta...
— ...e acha que ninguém vê o que ela anda aprontando!

O coração de Ainá disparou. Seria possível? Mas se estava invisível, como elas poderiam saber? Percebeu que as tias reconheciam sua presença. Fez um esforço extraordinário para não chorar de raiva, enquanto as ebomis gargalhavam, satisfeitas consigo mesmas.

Nem teve que dizer nada. Ogã Lindo foi saindo com ela por onde entraram. O garoto trazia uma expressão angustiada no rosto, enquanto os dois andavam sem rumo corredor afora. Permaneceram calados por um longo tempo, até que ele falou:

— Suas tias... — Não conseguiu completar a frase.

— ...são pessoas horríveis — acrescentou Ainá. — Elas zombam da vida humana e estão mais preocupadas com cabras para suprir a própria vaidade. Que se dane tudo isso! Só quero ficar livre desta prisão!

— Um dia, você será livre, melzinho... — Ele tentou animá-la.

— Até que você mente bem — disse a princesa, dando um sorriso amarelo. — Bora tentar voltar, perdi a fome e o ânimo...

• • • • •

REINO ILÊ AXÉ WURA IJEXÁ
CACHOEIRAS DE OURO, TARDE
OJÓ OLOKUN 27
OXU PÁSSAROS
ODUN 4997

A princesa Ainá encostou a testa no chão aquoso das Cachoeiras de Ouro assim que seu pai, Ogã Esbelto Oxum Wale Opará, tocou a primeira batida no atabaque para saudar Exu. O xirê havia, oficialmente, começado. Uma semana antes, Ainá tinha performado seu teste de combate. Agora estava ali, vários metros acima das margens do rio, acolhida pelas diversas quedas d'água que brotavam pelo Jardim Florido.

Mais especificamente, agachava-se diante do Canto da Princesa, uma cachoeira pequena e discreta que desaguava em uma piscina rasa, na qual se realizavam as cerimônias da Alta Hierarquia. Mesmo com a temperatura agradável, as águas, pedras e folhas pareciam prestes a estalar em ebulição mágica. A atmosfera pacata, imersa em axé palpável, era o ambiente perfeito para que uma jovem princesa apresentasse sua Oxum ao público.

Ainá se encontrava no centro de um círculo formado por sua mãe, suas tias Adejumo e Oyedele, suas equedes de confiança, as irmãs Dayo e Yemi e muitas primas. Trajavam longas saias brancas e tinham as cabeças enfeitadas por ojás. Posicionados nas margens pedregosas, os homens tocavam atabaques fincados no chão pastoso. Eram seis ogãs, incluindo seu pai, Ogã Lindo, tios e primos. Vestiam calçolões, igualmente brancos, e filás que lhes cobriam o topo da cabeça. Seriam testemunhas quando a Princesa Ainá, agora uma ebomi, manifestasse sua deusa Oxum, confirmando a transição para a maioridade.

Ou, como Ainá teria dito, seria seu atestado de liberdade da Hierarquia.

Era final de tarde, e o sol ainda brilhava forte no céu. Ao longo das semanas anteriores, todos os rituais pertinentes haviam sido realizados, e as deusas haviam informado, por meio do obi, o fruto utilizado na feitura de santo, que aceitavam de bom grado as oferendas. Para aquela cerimônia final, suas tias, irmãs e primas estavam em plena atividade desde que os primeiros raios de sol surgiram. Em silêncio, tinham se banhado nas águas da cachoeira com folhas maceradas e tomado beberagens mágicas, intumescendo-se no axé da Mãe Dourada. Finalmente, levaram a princesa do roncó, o espaço de recolhimento dos iniciados, até a queda d'água, já preparada, pintada com uáji, ossum e efun, principalmente efun, da cabeça aos pés, com o belo ekodidé atado à testa.

Com tudo pronto, compuseram a roda ao som dos atabaques. De Exu a Iemanjá, saudaram-se os dezesseis principais Orixás das Terras Encantadas do Aiê. As senhoras iás e equedes, as meninas e primas ebomis, até mesmo a ialorixá, todas dançaram o xirê, em louvor às rainhas e aos reis do mundo invisível, enquanto os ogãs tocavam e cantavam, invocando os poderes da natureza e do universo. O xirê prosseguiu até chegar a vez de Mãe Oxum, verdadeira dona do Reino Dourado.

De olhos fechados, a princesa Ainá se concentrava.

De olhos bem abertos, todo mundo observava, aguardando.

Sim, era muita expectativa. Muita pressão, como vocês diriam...

Foi quando a Rainha deu um passo à frente, tomando a palavra:

— Minhas queridas irmãs. Irmãos. Minhas filhas. Filhos. Sobrinhas. Agradeço imensamente a presença de todas e todos. Agradeço enormemente todo o trabalho e suor que cada uma e cada um de vocês dedicou à obrigação da minha filha. Está chegando ao fim sua transição para a maioridade! E é com muita satisfação que, pela primeira vez, vamos presenciar a manifestação de Oxum da princesa Ainá! Até então, minha irmã Ademola, tutora das princesas, foi a única a testemunhar o transe de Ainá. Vamos presenciar minha filha manifestar o poder máximo: a magia de Mãe Oxum!

Ouviram-se aplausos, muitos aplausos. Todos sorriam. Bem, quase todos. Dayo e Ogã Lindo pareciam tensos, embora ninguém lhes desse atenção. Já Yemi tinha uma expressão neutra. A Rainha continuou:

— Agora, chamo aqui a outra mãe de Ainá. A sacerdotisa a quem confiei a cabeça das minhas filhas, minha querida irmã mais velha, Iakekerê Ademola Oxum Yomi Iá Mapô!

Iá Ademola aproximou-se, postando-se ao lado de Ainá, e disse:

— Obrigada, Iá Daramola. Minhas estimadas ajés, meus caros ogãs, estamos aqui para a obrigação final desta ebomi. A emancipação de Ainá Oxum Femi. Hora de apresentar Mãe Oxum Femi para todo mundo, não é mesmo? Vamos, então. Ainá, chame Oxum Femi e use o seu poder. Esbelto, por gentileza...

Ogã Esbelto voltou a tocar. Entoaram-se palavras na língua antiga para chamar Mãe Oxum. Ainá olhava para dentro de si, repassando a etapa final: entrar no estado de transe místico e manipular o curso de água da cachoeira para criar um espelho. Um feito simples, vale dizer. Pelo menos, para quem vinha de uma linhagem ininterrupta de ajés poderosas, cuja feitiçaria fervilhava naturalmente no sangue.

Então, Ainá chamou...

...mas ninguém respondeu.

Nem ia responder.

O silêncio pulsante de expectativa se converteu em puro constrangimento.

— Eu... não sinto Mãe Oxum — confessou Ainá, abrindo os olhos.

Com a voz embargada, Iá Ademola anunciou, em alto e bom som:

— Ainá... nunca entrou em transe. — E, olhando para a garota, completou: — Sinto muito por nunca ter dito a vocês.

O caos se instalou. Todos falavam ao mesmo tempo, trocando acusações. As irmãs e primas discutiam. Ogã Esbelto e Ogã Lindo choravam de tristeza, enquanto os demais ogãs cuspiam xingamentos de toda espécie. Iá Ademola permaneceu paralisada. Em contrapartida, Iá Adejumo e Iá Oyedele sorriam discretamente.

Enquanto isso, Ainá encarava seu reflexo na água, borrado pelas lágrimas que jorravam com gosto de seus olhos. Mal percebeu quando a mãe a agarrou pelo pulso, arrastando-a para longe da confusão.

— Não me sigam! — vociferou a Rainha para seus guarda-costas. — Isso é entre mim e minha filha!

O Canto da Princesa se distanciou em segundos. Ainá não saberia precisar por quantos metros — ou quilômetros — foi arrastada. Não se sentia fisicamente machucada. A bem da verdade, não saberia dizer o que sentia. Talvez não sentisse nada. Vez ou outra, olhava de novo para dentro de si.

Via apenas águas mortas, vazias.

Então, pararam. A garota foi arremessada para dentro de uma clareira. Caiu de bunda no chão. Não havia nada ao redor, a não ser mato e árvores. Nem passarinhos ousavam piar por ali. Afinal, a Rainha exalava frustração e raiva suficientes para arrebentar qualquer coisa viva que tentasse se aproximar.

Ainá não se atrevia a olhar para a mãe.

— Vai olhar nos meus olhos quando eu falar com você — ordenou Iá Daramola.

E a princesa obedeceu. Tomou um susto ao ver que a mãe também chorava.

— Por que você mentiu para mim? — perguntou a Rainha.

— Menti sobre o quê?

— Achei que você entrava em transe nas aulas com a sua tia!

— Vocês todos acharam o que quiseram! Quando foi que eu tive oportunidade de dizer algo à senhora? Está sempre ocupada!

— Há uma crise lá fora! Você não faz ideia!

— E por que não dividir essas coisas? Por que tudo tem que ser sempre tão secreto?

— Não se atreva a me responder! — A ialorixá tinha o dedo em riste.

— A senhora que me mandou falar...

— Com tudo o que nos aconteceu sete anos atrás? É um absurdo que você ainda não consiga virar em Mãe Oxum!

— Mãe... — Ainá tentou dizer com cuidado. — Com esses passos ensaiados... com esse... teatro... Eu não consigo.

— Como é que é? — A Rainha parecia não acreditar. — Você está chamando nosso sagrado xirê de *teatro*?

— Eu... Eu não sei lidar com isso de ter que virar no momento em que exigem. — Ainá tremia. — Orixá é livre!

— De novo essas baboseiras? — A Rainha já tinha perdido a paciência. — Eu lhe ensinei melhor do que isso! Com que direito você desrespeita as tradições? Com que direito você me desrespeita?

Incapaz de se conter por mais tempo, Ainá finalmente explodiu:

— As tradições são uma jaula! Estamos todas nos oprimindo, nos machucando! Respeito não se impõe, se conquista! Respeito é diferente de obediência cega! É por isso que a Hierarquia é uma mentira!

A princesa voou longe. O tapa nem foi tão forte. O que doeu, na verdade, foi ser estapeada na cara pela própria mãe. Pela segunda vez. A mão da Rainha tremia, mas as lágrimas de Ainá haviam secado.

Seu corpo já não entendia o que era chorar.

— Você me decepcionou muito — decretou a Rainha.

Foi quando um ser humanoide se materializou atrás de Daramola. Empunhava uma azagaia em cada mão, surgindo em pleno mergulho, pronto para perfurar os pulmões da Rainha. Tinha a pele empalidecida, sem pelos, e olhos azulados num tom sinistro. Em instantes, fez-se acompanhar por mais cinco seres semelhantes, igualmente armados, prontos para estocar mãe e filha por todos os lados.

Diante daqueles olhos azulados, Ainá se encolheu, amedrontada. De repente, voltava a ser a mesma garotinha indefesa de sete anos atrás...

— Os odés de Ketu ordenam sua morte, feiticeira! — Cuspiu um dos seres, dirigindo-se à Rainha.

E, então, a realidade congelou.

Agora, o ser que proferira a ameaça engasgava, capturado pelo pescoço em pleno voo. Perdia o ar nas mãos da Rainha, que estava de pé, de olhos fechados, a face resplandecente de ódio. Não era mais Iá Daramola, e sim Oxum Demilade, uma feiticeira divina. O poder invisível da divindade explodiu de uma só vez, atingindo os seis assassinos, que se contorciam em caretas de dor extrema, levando as mãos à cabeça. Tombaram, convulsionando, sem conseguir gritar. Alguns chegaram a socar a própria cabeça, na tentativa desesperada de interromper o horror que experimentavam.

Ainá os viu chorar litros de lágrimas. Em seguida, suaram e babaram aos borbotões. Por fim, expeliram os líquidos do corpo por todos os poros e orifícios, exalando um odor horrível, enquanto água, sangue e fezes desistiam de habitá-los. Até que não restou nada além de gravetos ressequidos em posição fetal naquele chão. A princesa jamais se esqueceria da face de Oxum Demilade, uma beleza elemental de fúria e crueldade, transbordando em brilho dourado.

Foi questão de segundos. Esbelto, Lindo e os outros ogãs apareceram, esbaforidos, com lanças em punho, mas não havia mais nada a ser feito: os assassinos não passavam de gravetos secos, boiando em poças de lama, sangue e bosta.

E a Rainha voltou a ser apenas Daramola, informando aos ogãs:

— Convoquem o conselho imediatamente. Estamos em guerra contra Ketu.

Simbolicamente, tomou um dos corpos ressequidos e esfacelou-o nas mãos. Os guardas entenderam o recado. Saudaram a ialorixá, retirando-se com a mesma rapidez com que haviam surgido.

— Muito bem — disse a Rainha Daramola, voltando-se para Ainá. — Com a autoridade concedida a mim por Mãe Oxum, eu a declaro uma mulher adulta. Pronto, você está livre! Exceto por uma coisa: não tem mais permissão para me chamar de mãe.

E retirou-se dali, deixando Ainá de joelhos, entre os escombros do ataque.

SONHOS E PESADELOS DE AINÁ [2]

COM O PASSAR DO TEMPO, AS VOZES NOS SO-nhos de Ainá se tornaram mais insistentes. E ela começou a se lembrar. Diziam-lhe:

"Filha, você ouve nossas vozes antes de nascer e depois de morrer. Você já morreu várias vezes, filha. Nós sempre estivemos lá. Quando se afogou e quando renasceu, desafiando o fluxo do rio.

"Os destinos se repetem, mas você não se repete jamais. Você está aqui por nós, filha, e nós estamos aqui por você. Você está aqui pelo mundo, da mesma forma que o mundo existe para que sejam realizados os nossos sonhos.

"Lembre-se do que estamos lhe dizendo desde o início de todas as coisas.

"Nós estávamos lá, em nossa segunda morada, no topo da Araticuna-da-areia. Quando lá estamos e pensamos em alguém, esse alguém é cobrado pelos acordos não cumpridos.

"Pactos jamais devem ser quebrados.

"Você está fazendo a sua parte, filha?

"Você deve preparar os seus ebós. Deve salvar o mundo do Pássaro. Do ser que nós criamos. O universo não espera que você se movimente, porque o rio seguirá o fluxo de qualquer forma.

"Tudo o que está vivenciando você já viveu. Destinos se repetem a todo instante, ainda que você nunca seja a mesma. Já sabemos quando e onde você triunfará e fracassará.

"Não nos decepcione desta vez, filha.

"Lembre-se das consequências para quem não faz queimar as chamas no rio de trevas e estrelas. Não nos decepcione e torne seu desejo realidade, antes que seja tarde demais para todo o universo..."

Quando se lembrava, Ainá acordava ofegante.

Olhava ao seu redor e perguntava:

— Não decepcionar em quê? Que desejo? Quem são vocês?!

Recebia apenas o silêncio da noite como resposta.

ODU 4
ODI MEJI

O Norte é para onde você olha,
Olha para o dorso e para as nádegas,
O corpo humano é lindo,
São lindos a matéria e os prazeres da carne.
É por isso que os deuses descem para entrar
nos seres humanos,
Para experimentar mais uma vez
O prazer de dominar o espírito por meio da matéria.

ATO

DOIS

5
KAYIN

**PRINCIPADO ILÊ AXÉ IRUBIM
BARRACÃO, NOITE
OJÓ OBATALÁ 28
OXU PÁSSAROS
ODUN 4997**

Era noite de função. Kayin e eu estávamos trabalhando no Barracão. Ajoelhados em uma esteira, depenávamos as galinhas imoladas no último ebó em bacias dispostas à nossa frente. Nos fundos, do lado de fora, o ambiente pulsante se transformara mais uma vez, abrindo espaço para o trio de atabaques ornamentados que soava ao toque dos ogãs. Bem perto, jazia o trono do babalorixá, rodeado por cadeiras de madeira polida reservadas a ebomis e demais anciãos.

    Do lado de dentro, abiãs trabalhavam nos bichos, na limpeza e no leva e traz de baldes de água, esteiras, folhas e panos, auxiliados por algumas iaôs. Ouvia-se a voz firme de Babá Alabi entoando cânticos sagrados na língua antiga, enquanto conversávamos baixinho, embora a maioria de nós permanecesse em silêncio.

Abiãs não podiam presenciar o cerimonial que ocorria na área externa. Tampouco se devia falar em momentos como aquele. Mas é claro que Kayin não conseguiria se aguentar por muito tempo:

— Tá certo — cochichou comigo. — Por que você não gosta da "Flecha Certeira de Adebayo Odé Leye"?

— De novo isso, garoto? — respondi, fingindo contrariedade. — Até acho que a história tem seus méritos, mas a versão de que você tanto gosta é idealizada demais! Não pode ser real!

Vale dizer que eu estava sendo sincera, hein?

— Ué, não é você quem diz que "a idealização dos símbolos é o coração de todas as lendas"? — retrucou Kayin.

— Disse e repito — confirmei. — Aparentemente, você é que não entendeu.

Kayin fez sua melhor cara de cachorro triste.

Então, decidi dar-lhe um pouco mais em que pensar.

— Se quer frases prontas, anote esta: "O verdadeiro inimigo de todo herói é ele mesmo."

Foi o suficiente para fazer calar nosso jovem filósofo por um bom tempo. Bem conveniente, eu diria, já que a função daquela noite me exigiria atenção. Era uma das muitas funções preparatórias para a grande festa que estava por vir, o que incluía fortalecer a barreira de proteção do reino. Coisa que Kayin deveria saber, já que passara o mês inteiro trabalhando no Barracão dia e noite, à exceção dos dias de feira, quando me ajudava. Sim, era um esforço considerável! Somente as melhores oferendas em alimentos e búzios dariam conta do recado.

O ebó da vez não demandava muita gente. Talvez por isso Kayin estivesse mais soturno que de costume. Olhava para os demais jovens da aldeia, refletindo sobre laços de amizade que nunca chegara a ter. "Como parecem contentes", pensava. E aqueles pensamentos, somados ao tédio do trabalho mecânico, deixavam-no cada vez mais emburrado.

Mal tinha ideia do que estava prestes a acontecer...

Quando a parede se remexeu, abrindo a porta dos fundos com seu farfalhar característico, o rosto de Kayin se acendeu, um pouquinho mais animado. De lá, despontaram Babá Alabi e o babakekerê Bodé, com um grupo de ebomis, equedes, ogãs odés e seus iaôs. Alguns dos mais velhos tinham manchas de sangue nas vestes brancas simples — camisus e calçolões ou saias, panos amarrados à cabeça, apropriados ao cotidiano de função.

Entre os ebomis, estavam Abiona, Bajo, Ajayi... e Morayo. Kayin lançou-lhe um olhar impenetrável, notando quão agitado e insatisfeito seu agressor estava. Rapidamente, Morayo despistou sua presença entre os demais.

Postando-se no centro da casa, Babá Alabi levantou a mão, convocando a atenção dos presentes. Todos se abaixaram, interrompendo suas atividades para ouvi-lo, à exceção de ebomis, equedes e ogãs.

— Minhas filhas e filhos — começou ele. — O Orixá está particularmente contente com o ebó de ontem. Mas vamos conceder alguns informes que podem causar descontentamento... Apenas lembrando: é a vontade do Orixá falando.

Por mais feliz que estivesse com o sucesso das oferendas, Kayin receava o que viria a seguir. E Babá Alabi prosseguiu:

— Devido à situação crítica que estamos vivendo, em que espíritos perversos proliferam à porta de nossas casas, não teremos novas obrigações individuais. Até segunda ordem, não teremos iniciações nem obrigações de gradação.

Ah, que dó! Babá Alabi nem teve coragem de recriminar os suspiros de tristeza dos pobres abiãs e iaôs ajoelhados a seu redor. Coitadinhos! Estavam ansiosos por se tornarem mais poderosos... e era justamente isso que Babá queria evitar! Não precisava de mais soldados para enfrentar monstros. Preferia fortalecer as barreiras para nos proteger lá dentro. Ah, Babá, sempre tão... impopular!

Até com o próprio filho... Naquele momento, Morayo fazia uma careta tão feia de desagrado que seria capaz de expulsar as piores feras só com o olhar. Imaginem ter sua obrigação cancelada quando ela estava programada para o mês seguinte!

Chegara pertinho de ser confirmado como babakekerê de Irubim...

E Kayin? Estava contente! Sim, contente de verdade. Julgava a decisão acertada e, cá entre nós, respirava um tantinho mais aliviado. Afinal, haveria menos pressão sobre ele para que se provasse, não é?

Mas Babá ainda não havia terminado.

— No entanto... — prosseguiu ele. — O abiã Kayin deve ser iniciado imediatamente. Os preparativos começam amanhã.

O Barracão caiu em silêncio absoluto. Pelo visto, Babá não havia comunicado aquele pequenino detalhe a ninguém, nem mesmo ao conselho.

Segundos depois, começou a gritaria caótica, pedindo a cabeça de Kayin. O garoto simplesmente ficou ali, no chão, lutando para conseguir respirar. Sentiu os pés furiosos de Morayo esmagando sua barriga e... Pronto! A confusão estava instalada.

Quem foi que o salvou? Adivinhem?! Bastou Morayo se distrair com uma cotovelada perdida... catei o garoto, retirando-o de cena, de fininho, uma das minhas especialidades. Claro que vimos tudo! Os gritos, o apontar de dedos, alguns dos velhos pedindo à molecada para fazer silêncio, enquanto outros... bem, digamos que questionavam o babalorixá no limite do respeito. Os novinhos não tinham coragem, né? Então, brigavam entre si, quase se esmurrando.

Babá mesmo estava de mãos atadas, porque Morayo se postara diante dele, com o dedo em riste. Nessa hora, juro que quase me esqueci de fugir!

— Isso foi longe demais! — esbravejou o rapaz. — Por que só ele? E o meu direito ancestral?!

— Há muito em jogo... — Babá tentava explicar.

— Eu é que sou seu filho! Eu, tá ouvindo? Não esse paspalho!

— Você... não entenderia...

— Eu odeio você! Que os ancestrais o levem!

Enfim, conduzi Kayin a um dos quartos anexos, um roncó vazio, e fechei a porta. O garoto foi se arrastando para um canto, trêmulo, até se deitar no chão, curvando-se.

— Sei que é muito pra processar — falei, tentando acalmá-lo. — Mas, pelo amor dos ancestrais, respire!

Não que eu fosse boa em acalmar alguém. Até porque estava achando tudo aquilo muito divertido. Já era hora de um pouco de ação! Então, a porta se abriu, levando Kayin a um novo sobressalto. Era Babá Alabi, que estava sozinho.

— Filha, preciso falar com o abiã — informou, sentando-se em um banquinho esquecido por ali.

Se algo me deixou triste naquele dia foi ver a figura de Babá Alabi sentada naquele banquinho. Estava exaurido. Bati cabeça para o mais velho e saí, deixando que cumprisse sua missão. Não queria estar em seu lugar, de maneira alguma. Nem precisaria estar presente para saber quanto lhe custava aquilo tudo e o que ocorreria a seguir.

Kayin bem que tentou se ajeitar. Já respirava normalmente, apesar do coração acelerado, mas tinha de se concentrar para não surtar nem sair dali gritando.

— Filho, creio que seja hora de lhe explicar algumas coisas. Não temos muito tempo, então vou direto ao assunto...

Com um gesto das mãos, Babá desapareceu.

E Kayin se viu jogado no lugar que tanto evitava encarar.

• • • • •

PRINCIPADO ILÊ AXÉ IRUBIM
BARRACÃO??, NOITE??
OJÓ OBATALÁ 28??
OXU PÁSSAROS??
ODUN 4997??

A princípio, era apenas um lugar escuro. Aos poucos, Kayin reconheceu aquele Vazio primordial, o lugar de antes, antes da Criação. "As Profundezas", pensou, mesmo que, ali, não soubesse bem como pensar. Ali ele não tinha corpo. Caíra entre as falhas da realidade, perdendo-se no antes-da-existência. Guiava-se pela lenda: "Adebayo Odé Leye acabou caindo nas Profundezas enquanto combatia seu inimigo mortal, o Pássaro do Silêncio."

"Mas, então, eu... sou Adebayo?", perguntou para o Vazio, num questionamento sem voz, tão solitário quanto sua existência. "Meu destino se entrecruza com meu grande herói?" Ficou sem resposta, mas não era isso que o amedrontava. Talvez sua versão da lenda fosse mesmo idealizada. Talvez seu herói nunca tivesse se erguido da escuridão...

Fazia sentido. Por isso se sentia tão fraco. Por isso era tão humilhado em seu dia a dia. Ali, nas Profundezas, percebia quão insignificante era. Atravessar o espaço-tempo, afundando nos poços de breu, significava apagar a própria existência tanto do mundo físico quanto do mundo espiritual...

"Significa que você jamais existiu", pensava, "em nenhum lugar do tempo e do espaço."

Foi quando Kayin viu o Pássaro. Viu não, sentiu... Era uma abominação, um aborto dos deuses, um dos maiores e mais terríveis entre os ajoguns. O Pássaro estava prestes a soltar seu grito mortal, destruidor de toda a realidade. A lenda dizia: "Nem as flechas encantadas de Adebayo conseguiam deter a regeneração antinatural daquela criatura abominável."

"Mas o grande herói insistiu, não é verdade?", Kayin parecia a ponto de enlouquecer. "Deixar de existir era um preço barato para ele." Fiava-se nas palavras da história que tanto amava, porque, em meio à escuridão, já não sabia a qual história pertencia. Talvez Kayin não fosse o herói, mas não dava para dizer que não tinha um dedo no motivo pelo qual o multiverso estava em perigo...

...porque entendia aquele ódio, a fome destruidora que consumia qualquer possibilidade de vida. Estava lá a cada perda ou injustiça sofrida, aninhada entre a crueldade ilimitada dos mais novos e as tramoias coniventes dos mais velhos, rindo, incitando-o a atacar.

"Às vezes, sonho que sou um pássaro..."

Sim, conseguia entender. Cada falha na realidade era um lapso de medo, tentador, inconsequente, alçando voo com seu coração. Por que, então, essa lógica de manter tudo em segredo? Que tradição era aquela que obrigava todos a ficar na ignorância, quando tamanho mal estava sempre à espreita?

Por que não dar aos omorixás, filhos e filhas da longa linhagem de Olodumarê, a bênção do saber?

Foi quando o tempo voltou a rodar, expulsando o garoto daquele não lugar.

• • • • •

PRINCIPADO ILÊ AXÉ IRUBIM
BARRACÃO, NOITE
OJÓ OBATALÁ 28
OXU PÁSSAROS
ODUN 4997

A porta acabara de se fechar, indicando minha saída. Kayin estava de volta ao roncó, ainda meio encurvado, diante de Babá Alabi, que dizia:

— Não temos muito tempo, então vou direto ao assunto...

A cena se desenrolava novamente diante de seus olhos, como se nada a tivesse interrompido. Sim, mas Kayin já não era o mesmo. Babá prosseguia com sua explicação, a boca abrindo e fechando, articulando cada palavra com dificuldade, cansado como estava, mas o garoto não ouvia nenhuma palavra. Jazia envolto em escuridão, lembrando-se de todo mal que ali se abrigava.

"Um mal que está dentro de mim também..." A frase ecoava, insistente, em sua mente. "Será essa a razão de Babá pretender me iniciar?" Precisava se concentrar, ouvir, mas a escuridão era lenta, dissipando-se em ritmo próprio. "Conhecimento", pensou ter ouvido, sem saber se aquilo era lembrança ou parte do que Babá lhe dizia...

— Você... você é o Rei do Trono do Conhecimento.

Os olhos de Kayin se esbugalharam e o queixo dele quase foi ao chão. Não tinha mais como fugir ou onde se esconder. Estava desperto, tinha ouvido seu destino e, agora, teria de lidar com ele.

— O q-quê? — Kayin engasgou. — N-nunca ouvi falar de nada disso...

— Eu... vou explicar... — disse o babalorixá, exausto.

— Por quê, Babá? — perguntou Kayin, ansioso e triste. — Por que essas coisas não foram reveladas antes?

Babá baixou a cabeça, envergonhado, um sentimento que o garoto jamais esperara ver em seu protetor. E Kayin se constrangeu por ele, mas, dessa vez, não se curvou.

— Realmente... você é especial — confirmou o babalorixá. — Vai se tornar o herói que sonha ser. Está escrito, ainda que eu não pudesse lhe dizer antes...

— Mas... como?

— Escute-me, não é só isso — interrompeu Babá, a voz inflamada de urgência. — Não se trata apenas do seu querer. Entenda, você *deve* se tornar esse herói!

"Respire, calma", pensava Kayin, tentando dar ordem a seus pensamentos. Finalmente, conheceria seu caminho. "Inspire e expire bem devagar." Seria iniciado na graça do Pai Oxóssi, onde nenhuma escuridão poderia alcançá-lo.

— Você precisa enfrentar o crime que nossa família cometeu contra nosso maior herói — enfatizou Babá Alabi. — Chegou a hora de revelar o seu Odu...

Kayin relaxou. Compreenderia os detalhes depois. Apenas olhava para as próprias mãos, repletas de calos, os dedos finos de aparência frágil, as unhas sujas de terra e sangue... "Mãos de Rei", pensou.

E, nas mãos do Rei, caiu a cabeça decepada de Babá Alabi.

Kayin engoliu o grito, observando o corpo do amado babalorixá despencar para o lado. Atrás dele, viu o que parecia ser um jovem humano. Porém, se era um jovem, então era o mais estranho entre todos os que já vira. Era careca. Aliás, totalmente desprovido de pelos. Macérrimo, tinha a pele macilenta, empalidecida. E seus olhos... eram azulados.

"Em um tom doentio", pensou Kayin.

O assassino estava armado com um afiado par de adagas de pedra. O ar se distorcia ao seu redor como vidro estilhaçado. Com uma voz rouca e um sorriso aberto, ele disse:

— Aceite esta cabeça como um presente das ajés de Ijexá.

Foi quando Kayin gritou. E, em seu grito, estava contida as profundezas do mundo. De relance, ainda viu Bajo cruzar a porta para tentar acudi-lo. Mas era tarde demais...

Kayin finalmente gritava, disparando contra os céus.

Em seu salto, estourou o teto resistente do Barracão. Convertera-se em flecha, uma flecha certeira atirada para cima, como os grandes odés de antigamente. "Como minha mãe." Estaria voando? Não importava. Gritava em uma bela noite de lua cheia, dia em que os espíritos do mundo ficam mais potentes e vibrantes. Estarrecido, alcançava alturas que nunca imaginara alcançar...

E seguia gritando. De dor, de pavor... Dentro de si, sentia vibrar uma energia inacreditável. "Mais um sonho, com certeza." Ou seria um pesadelo? Sim, ele estava voando e só tinha olhos para cima. Lá embaixo, havia apenas desgraça e morte. Desejava seguir disparando para sempre rumo às maravilhas que o aguardavam lá em cima. Voava cada vez mais alto, vendo surgirem, ao longe, as ruínas do Antigo Reino de Ketu... Chegou a esticar as mãos, na esperança de tocar as ilhas flutuantes...

...mas a escuridão o engolfou novamente.

"Com seus pérfidos olhos azuis..."

Na escuridão, cada grito é um silêncio. De coração oco, Kayin mergulhou com tudo. De volta para o chão, para a morte e a desgraça em que se resumia sua vida.

Até não ver nem sentir mais nada.

Os seres humanos anseiam [...]
Dominam-se uns aos ou[tros]
Mesmo que por meio da violênci[a]
derramamento de sangue.
Olhem como o passado afeta o presente.
Por gentileza, construam um novo futuro
Sem tanta destruição.

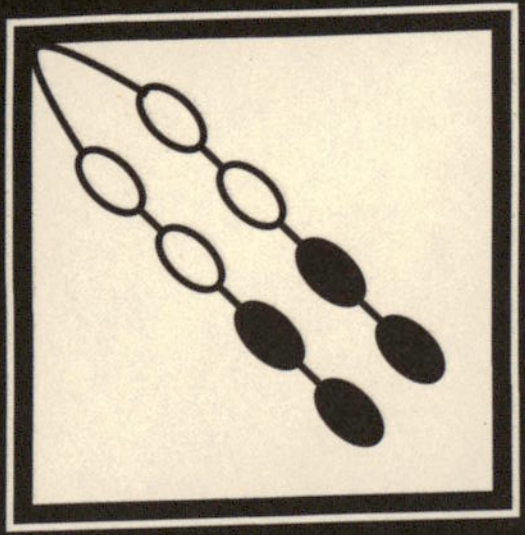

6
AINÁ

REINO ILÊ AXÉ WURA IJEXÁ
PALÁCIO DOURADO, MANHÃ
OJÓ OLOKUN 27
OXU MEL
ODUN 4997

Fazia exatamente um mês que Ainá e sua mãe não se falavam. Tentando atender ao que as vozes em seus sonhos lhe pediam, a garota acordara disposta a ser franca com a mãe, por mais que o gostinho da liberdade lhe tivesse custado tanto. Seu único obstáculo era o mar de obrigações necessárias para a preparação do Grande Baile de Xirê, que ocorreria dali a poucos dias.

Tratava-se de uma grande festa em celebração às deusas que protegiam e guiavam não apenas a Nação Ijexá, mas todo o povo oxunsi, onde quer que estivessem. Com preparativos ao longo do ano inteiro, o evento exigia dedicação total, e até as princesas tinham que trabalhar.

"Mesmo as que já não eram consideradas filhas", pensou Ainá, suspirando.

Estava no palácio, trabalhando com as irmãs em uma espécie de varanda fechada. Lá fora, brilhava o sol das primeiras horas da manhã, mas, ali dentro, o teto emulava um céu estrelado. Apoiadas em mesas metálicas flutuantes, limpavam uma centena de bichos à luz de velas junto a várias iaôs e ebomis, com os pés firmemente apoiados no chão de pedra e terra. Ogã Esbelto acabara de trazer os animais ritualisticamente imolados e, agora, conversava com as filhas:

— "O sangue é a expressão física da energia eletroquímico-magnética que alimenta a vida" — disse, sorrindo, todo tingido de vermelho. — Não é o que sua mãe diz? Difícil ter mais energia que isso!

De fato, a atmosfera local transbordava poder, ondulando como se feita de melaço. No entanto, Ainá conhecia as intenções do pai. Ele pretendia convencê-la a se resolver com a Rainha.

"E é o que terei de fazer em breve...", pensou a garota, vendo Esbelto deixar o recinto. "Assim que esta trabalheira acabar."

Podia ser besteira, mas precisava informar à Rainha sobre seus sonhos. Querendo ou não, a mãe ainda era a única pessoa que poderia orientá-la.

"E se não significar nada?", temia. "E se for tudo bobagem minha?"

Mas, no fundo, Ainá sabia que as vozes importavam.

Enquanto separavam as carnes a serem consumidas no banquete das vísceras que alimentariam os deuses, apenas as filhas e sobrinhas da Rainha Ialorixá Daramola tinham permissão para falar o que bem entendessem.

"Pelo menos vou me inteirar das fofocas", pensou Ainá, animando-se um pouquinho.

— Preferia que tivesse mais luz aqui... — queixou-se Yemi.
— Sabe como é... — alfinetou Ainá. — Mamãe adora um clima dramático...
— Mais respeito! — retrucou Dayo. — Estão falando da Rainha.
— Sério? — disse Yemi, fingindo surpresa. — Nem tinha reparado...

Dayo, para variar, fechou a cara, mas Ainá deu uma risadinha.

— Então... — Yemi hesitou. — Vocês vão ficar sem se falar pra sempre?
— Não... — respondeu Ainá. — Preciso falar com mamãe ainda hoje...
— Você não acha... — interrompeu Dayo — ...que é muita petulância sua ir perturbar a Rainha agora? Com tudo o que está acontecendo ao nosso redor?

— E o que "está acontecendo ao nosso redor"? — questionou Ainá, empunhando um coração de galinha. — Você realmente sabe? Ou está só fazendo pose?

— Sei mais do que duas acomodadas feito vocês — rebateu Dayo, balançando intestinos frescos na cara da irmã.

— Não me mete na treta! — exclamou Yemi, separando pulmões. — De qualquer forma, por que me preocuparia? A vida tá maravilhosa...

Dayo largou o bicho que estava limpando, espirrando um tiquinho de sangue sobre as irmãs. Endireitou sua saia e seu pano da costa antes de dizer, com uma expressão muito séria e encarando Yemi:

— Pois enquanto você aproveita sua vida maravilhosa, pessoas lá fora estão sofrendo. Enquanto você toma seu mel todos os dias, tem gente bebendo o sangue derramado de seus entes queridos...

— A Iá Palestrinha nunca se cansa, né? — replicou Yemi, fingindo desinteresse.

— Você é burra ou o quê? — indagou Dayo. — Nossa mãe quase foi morta!

— Mas não morreu... — disse Yemi, tranquila. — Então, qual é o problema?

— Por que você se faz de desentendida? — devolveu Dayo.

— Acho que quem não entende as coisas é você... — interveio Ainá, também deixando de lado o que estava fazendo. — Fala como se não fosse privilegiada! Pode até ostentar ser uma "capitã de guerra", mas para a guerra mesmo você não vai. Passa os dias aqui, neste mundo dourado, que nem todas nós. E fica repetindo o que ouve de quem vai lá fora. Então, baixe essa pompa aí...

— Quem é você pra me dizer uma coisa dessas? — reagiu Dayo. — Tudo o que você sabe sobre lutar...

— ...foi você quem me ensinou — completou Ainá. — Em vez de ficar jogando isso na minha cara, por que não me diz o que tem contra mim de uma vez?

Foi quando Dayo agarrou Ainá pelo camisu, deixando restos de vísceras na crueza do pano branco. Várias iaôs viraram o pescoço para olhar.

— Tudo! — explodiu Dayo. — Você só faz o que quer sem pensar nas consequências! Sem pensar na vida de quem tem que protegê-la quando dá suas escapulidas do palácio! Desafia nossas tradições a todo instante! E nunca entrou em transe! Nunca!

— Me solte! — rosnou Ainá. — Ou vai perder sua mão!

— Esqueceu que quem arrancou sua mão fui eu? — provocou Dayo.

— Bem, acho melhor deixar vocês se matarem sozinhas — disse Yemi, afastando-se e deixando seu bicho para trás.

— Dayo... — advertiu Ainá.

— Nossa mãe... sofre por você — sussurrou a irmã mais velha. — Tantas coisas acontecendo e ainda assim ela sofre por você, uma estúpida que permitiu que ela fosse atacada por monstros... como sete anos atrás.

Pronto! Socaram-se no rosto ao mesmo tempo, ao som do gritinho desesperado de uma iaô. De repente, formou-se uma plateia para assistir às duas princesas que se engalfinhavam, derrubando tudo ao redor.

Só que a zona não durou muito tempo. Ogã Esbelto retornou à varanda e ergueu Ainá pela cintura com apenas uma das mãos. Em seguida, disse em tom suave, porém firme:

— Chega.

— Papai! — exclamou Dayo. — Ela que começou...

— Chega! — repetiu o ogã.

Dayo simplesmente baixou a cabeça, obediente.

Então, sob olhares atônitos, Esbelto se retirou, carregando Ainá consigo.

• • • • •

REINO ILÊ AXÉ WURA IJEXÁ
PALÁCIO DOURADO, TARDE
OJÓ OLOKUN 27
OXU MEL
ODUN 4997

Ainá não era do tipo que colhe flores. Ao lado do pai, no entanto, a atividade ganhava outro sentido. Ogã Esbelto Oxum Wale era, sem exageros, uma flor em pessoa. Talvez por isso gostasse tanto de jardins. Depois, é claro, de Mãe Oxum, da esposa e das filhas.

Estavam em um salão encantado, que emulava o Jardim Florido, caprichado nas tonalidades. A grama e as folhas brilhavam, emoldurando flores gigantescas. Ainá suspeitava de que estivessem ali por conta do aroma, de um mel tão intenso que acalmaria até a alma mais furiosa.

E ela estava certa... À medida que inspirava aquele perfume, reparava em seu acompanhante. Impossível não se acalmar diante do eterno sorriso do pai, que se insinuava mesmo nas situações mais tensas, coroando os panos coloridos com que se vestia. Também se ornava com flores, principalmente no cabelo e na barba. Naquele momento, aproveitava para substituí-las por espécimes mais frescos.

— Muito bem, pegue aquelas margaridas ali — disse ele, com gosto. — Vão ficar excelentes na decoração.

— Não temos margaridas demais?

— Margaridas nunca são demais, querida. Nem margaridas nem girassóis.

— Não aguento mais olhar para girassóis... — queixou-se Ainá.

— Minha deusa! Onde foi que eu errei?

Quem os visse ali não imaginaria quão feroz Ogã Esbelto se tornava quando tinha que proteger a esposa, as filhas e seu reino. Um erro comum — julgar as pessoas pela aparência. Eu que o diga! Pena que pouca gente conhecesse os segredos sangrentos de Esbelto...

— Cadê o Lindo pra ajudar? — perguntou Ainá. — Ele adora flores tanto quanto você...

— Tá em missão lá fora — respondeu o pai. — Por quê? Já perdeu a paciência de novo?

Aos pulinhos, Ainá tentava alcançar um girassol gigante que parecia escapar de seu alcance de propósito.

— Essas flores chatas... — lamentou a princesa. — Parece que crescem só pra eu não conseguir pegar!

— Pois é isso mesmo! — respondeu o pai, agora gargalhando.

— Como assim? — Ainá seguia pulando. — Por que só se curvam para o senhor?

Era verdade. As plantas se abaixavam visivelmente para que o ogã as coletasse.

— É simples, filha. Seu coração está repleto de questões nebulosas. Elas encobrem seu brilho.

— Você e essa conversa de "boas vibrações"...

— O que a aflige, Ainá? — perguntou ele.

— Ah, papai, você sabe...

— Um dia, você e sua mãe vão se entender...

— Acha mesmo?

— Tente conversar com ela...

— O senhor não me vê tentando? Sempre termina em briga e discussão!

— Tente conversar com ela de verdade — completou Esbelto, muito sério, enfatizando as últimas palavras.

E aquele pedido pôs Ainá em estado de alerta. Parecia um sinal, a confirmação de que precisava fazer isso. Olhando bem fundo nos olhos do pai, chegou a achar que ele sabia o que ela estava prestes a fazer, mas respondeu apenas:

— Sim, papai...

Com um dos braços, Ogã Esbelto ergueu a filha, depositando-a em uma das folhas mais parrudas e altas. Em seguida, saltou, sentando-se em outra folha gigante a seu lado. Virou-se de frente para ela e disse:

— Vamos, filha. Me pergunte o que quer me perguntar.

Ah, aquela era uma oportunidade incrível! Ainá tinha muitas dúvidas. Especialmente porque as vozes em seus sonhos insistiam em questionar sua origem. Resolveu ir direto ao ponto:

— Como é que você e mamãe me conceberam?

A gargalhada do pai foi tão alta que se esparramou por todo o lugar.

— Olhe... com muito amor! — respondeu, finalmente, entre lágrimas de riso.

— É sério, pai! — Ainá parecia quase arrependida.

— Eu sei que é sério... Por isso estou respondendo com sinceridade.

Ainá ficou ali, absorvendo a resposta como podia, antes de prosseguir:

— Pode me fornecer mais detalhes? Há algo mais que eu precise saber?

Foi a vez do ogã refletir por alguns instantes, amparado por um punhado de flores que desciam de seus talos para lhe fazer cafuné.

— Se entendi bem o que você quer saber... Foi num dia de muito sol. Estava um calor tremendo! Muita luz em cima de nós, sabe? Quer dizer, foi assim, ao ar livre! Éramos jovens, atrevidos, e muito apaixonados!

— Ainda são muito apaixonados, não é? — ponderou Ainá. — Mesmo que estejam mais velhos. Qualquer um percebe isso...

— Sim! — exclamou Ogã Esbelto com gosto. — O amor é um perfume macio que fica melhor e mais potente com o tempo...

— Faltou dizer....

— Ah, sim! Foi no Jardim Florido. Onde sua mãe está debatendo com o conselho sobre o futuro do mundo e do universo neste exato instante... — E acrescentou, com uma piscadinha marota: — ...caso lhe interesse saber.

— Obrigada, pai! — Ainá saltou da folha, determinada.

— Espere... — pediu ele. — Você sabe que não tem permissão para ir lá, né?

— Sei, sim. — Ainá sorria. — E é por isso mesmo que preciso ir.

Ao ouvir aquilo, Esbelto aquiesceu, abrindo o mais largo sorriso que a filha já vira. Então, o girassol fujão, que Ainá tanto penara para alcançar, curvou-se, docilmente, decidido a enfeitar-lhe os cabelos dourados.

• • • • •

REINO ILÊ AXÉ WURA IJEXÁ
JARDIM FLORIDO, NOITE
OJÓ OLOKUN 27
OXU MEL
ODUN 4997

—Se eu não falar com a senhora agora, o mundo inteiro será destruído.

Foi com essas exatas palavras que a jovem Princesa Ainá interrompeu a reunião do Conselho de Anciãs de Ijexá, sob o olhar pétreo de Iá Daramola.

As Senhoras de Ijexá eram as ialorixás mais velhas e de maior prestígio em toda a nação, feiticeiras conhecidas por sua severidade. Sentadas em cadeiras de ouro entalhadas, ao redor de uma mesa oval flutuante, cintilavam tanto quanto as estrelas-deusas no teto que as protegia. Vestiam ouro dos pés à cabeça, antecipando o Grande Baile de Xirê. E todo aquele ouro era refletido pelos grandes espelhos mágicos postados atrás de seus confortáveis assentos.

Não toleravam tolices.

Interrupções? Ah, aí é que não toleravam mesmo!

Quando viram aquela bela garotinha gorda, toda esbaforida, entrar correndo no salão para atrapalhar a reunião, disseram coisas como:

— Que fofinha!

— Nossa, como ela cresceu!

— Tá linda demais essa menina!

— Como ela é adorável!

— Corajosa! Independente!

— Que feiticeira bonita!

— Quer salvar o mundo, olhe que graça!

— Denguinho de Mãe Oxum!

Pois é! Complicado... Ainá se viu cercada de mãos idosas e macias, apertando-lhe as bochechas com agilidade sobrenatural. Benefícios da magia... E as Senhoras de Ijexá levantavam-se das cadeiras, jogando-se na garota em questão de segundos.

— Senhoras, por favor... — Iá Daramola levou uma mão à testa, frustrada. — Se puderem nos dar licença...

Não sem dificuldade, as velhas ialorixás foram largando Ainá, uma a uma. Apertões e bitocas finais reforçavam o coro de carinho desmedido.

— Obrigada por nos salvar, criança!

— A reunião estava meio chatinha...

— Interrompa mais vezes!

— Dê um pulinho lá no meu ilê que sirvo mel apimentado para você!

— Até a próxima, fofinha!

À medida que se despediam, pulavam e mergulhavam nos espelhos atrás das cadeiras, teletransportando-se para as respectivas casas. Eu sei, eu sei... Quem não gostaria de ter um brinquedinho assim? Só que nenhuma outra nação conseguiu reproduzir essa tecnologia de transporte, uma das melhores de que se tem notícia, baseada no domínio oxunsi do elemento água.

Querem um brinquedinho desses? Vão ter que comprar com elas!

Fato é que restaram apenas Ainá e a mãe no salão.

Quer dizer...

De soslaio, Ainá olhou para a mesa vazia. E ali, sentada, tomando seu chazinho de mel, sossegada e tranquila, estava a Rainha-Mãe Kokumo.

— Opa, não se incomodem comigo — comentou a anciã. — Finjam que não estou aqui...

Ainá respirou fundo.

— Mãe... Quer dizer, Ialorixá Daramola...

— Deixe de bobagem e diga logo o que quer. — Daramola suspirou, cansada.

Direto ao ponto, então.

— Estou tendo sonhos... — Ainá respirou fundo novamente antes de prosseguir. — Com as Mães Ancestrais, eu acho...

Os belíssimos olhos de Iá Daramola se arregalaram a ponto de quase saltarem do rosto. Iá Kokumo largou a xícara de cristal, que rolou pela mesa até se espatifar no chão.

Imediatamente, a Rainha Daramola pôs-se a gesticular, usando seus poderes para selar os espelhos. Quando a luz em cada objeto se apagou, tornando-os opacos, ainda deu uma olhadinha em volta, garantindo que estavam mesmo sozinhas. Enfim, respirou aliviada. O Jardim Florido era uma dimensão de bolso, um plano de existência pequeno e particular, a menos que se contasse com as permissões adequadas. Em seguida, avançou até a filha, segurando-a pelos ombros.

— Do quê. Você. Está falando?

— Bem... não sei ao certo quem são... Elas conversam comigo em sonhos...

— Sobre o quê, exatamente...?

— Acho que... — Ainá tentava pôr os pensamentos em ordem. — Acho que estão me dizendo que devo salvar o mundo do Pássaro.

Iá Daramola caiu de joelhos, soltando os ombros da filha. E estava chorando! Ainá se agachou, sem saber como encarar aquilo. Quando deu por si, viu-se chorando também.

— Mãe, elas disseram que você não cumpriu o acordo... O que isso significa?

— Significa que querem levar a minha princesinha para longe de mim...

Receosa e sem jeito, Ainá tentou abraçar a mãe. Aos poucos, Iá Daramola se desfez no abraço de Ainá. Choravam, as duas, copiosamente. Então, no fluxo sentido daquelas águas, Ainá compreendeu.

— O ebó... — murmurou, invadida por lembranças há muito perdidas.

Tinha dez anos de novo. Sorria, animada, caminhando ao lado da mãe, rumo ao Lago do Príncipe Pescador. "Eu sentia Oxum..." Sim, não chegara a entrar em transe, mas, à medida que se aproximavam do lago, aquele amor, de uma doçura ardente capaz de unir em aliança os mais aguerridos inimigos, despontava em seu peito, radiante. Estaria despertando outra vez?

Nunca mais tinha experimentado tamanho poder. Só aquele queimar de brasa dormida, que andava apagado desde sua obrigação. Para sempre? Não podia ser! Ainda há pouco, ouvira seu estalar, tímido, ao conversar com o pai. Não era disso que as vozes falavam? "Olhe para a fogueira no meio do lago." Sim, Ainá se lembrava. Aos dez anos, estava tomada de puro fogo e magia...

— Não foi minha culpa — decretou a garota, entristecida.

Finalmente, tudo fazia sentido. Passara sete longos anos acreditando que estava sendo punida por não ter ajudado a mãe a salvar o mundo. Agora, compreendia. Não tinha sido escolhida à toa para acompanhá-la. Seu caminho de poder estava atrelado ao lago. E nunca se sentiria plena, a menos que decidisse enfrentá-lo.

"E acolhê-lo", sussurrou uma antiga voz em sua mente.

— Ainá... Ouça com atenção. — A Rainha se afastou do abraço, enxugando as lágrimas e ajudando a filha a pôr-se de pé. — O acordo é que você nasceu para iluminar este mundo. Por isso fomos a Ketu...

— Por que você nunca me disse... — quis saber a garota, magoada — ...que meu destino estava lá?

— Nem mais uma palavra, Daramola!

As palavras da Rainha-Mãe Kokumo permaneceram ali, suspensas no ar, entre mãe e filha. A anciã se erguera de seu assento, pousando as mãos sobre a mesa, em atitude de plena revolta. Em seus olhos, liam-se ameaças mais aterrorizantes do que as ditas em voz alta.

De nada adiantou, no entanto. A Rainha apenas suspirou, acariciando os cabelos de Ainá, enquanto prosseguia:

— Você nasceu para ser a "Rainha do Trono do Amor".

"O quê?", foi a única coisa em que a garota conseguiu pensar. Tentou fazer perguntas, mas a confusão em seu rosto era explícita.

"Rainha?"

— Isso significa que... — começou a explicar Iá Daramola.

— Não ouse! — interrompeu novamente a Rainha-Mãe.

Acontece que Ainá já não era a garotinha inocente de sete anos atrás. Agora, era uma jovem adulta. E, sim, uma destemida guerreira de Oxum. Enfim, conhecedora de seu destino. Pelo menos, de boa parte dele.

"Tenho que ir ao encontro do lago", pensou. E aquele pensamento, por mais simples que fosse, lhe deu forças. Dessa vez, enfrentaria a avó.

Então, encarou a mais velha.

Ficou ali, com os olhos fixos nos da Rainha-Mãe.

E, quando achou que estava cansando, decidiu encarar mais um pouco.

E mais um pouco...

...até cair de joelhos, com a testa colada no chão, perdendo a batalha.

— Chega, mamãe... — pediu Daramola, num sussurro.

— O que você disse? — Iá Kokumo parecia se divertir, vendo a neta chorar enquanto respondia, tão doce quanto assustadora: — Fale mais alto, porque não ouvi...

— Chega de interferir, mamãe! — exclamou Iá Daramola.

O berro repentino da Rainha não apenas distorceu o espaço, derretendo a superfície das paredes em rios de mel, como também fez secar toda matéria vegetal ao redor, desidratando a mesa e as cadeiras em um choque de raiva.

— Só existe uma Rainha aqui! — completou Daramola.

— Se você é a Rainha Ialorixá desta nação... — respondeu Iá Kokumo, inabalável. — Então haja como uma!

E foi a vez de Iá Daramola cair de joelhos, embora tentasse resistir ao ataque, mantendo a cabeça erguida.

— Por... que... mamãe? — perguntou, com as últimas forças que tinha.

Calmamente, Iá Kokumo respondeu:

— Porque não é a hora de a menina saber essas coisas. Ela desafia as tradições de nossas mais velhas, e as tradições devem ser respeitadas. Se você não ensina à sua filha, então eu vou ensinar... e a você também!

Num estalar de dedos, Daramola foi de testa ao chão. A exemplo da filha, tremia e suava muito. Iá Kokumo ainda completou sua xícara, servindo-se de chá novamente, antes de dizer:

— Venha, vamos deixar esses dois aí...

Então, com um novo estalar de dedos, libertou a filha. Sem dizer nada, Iá Daramola, a Rainha de Ijexá, levantou-se e seguiu a mãe, atravessando um dos espelhos mágicos. Ainá permaneceria ajoelhada de testa no chão, incapaz de falar ou se mover até o sol raiar, tentando imaginar a que "dois" a avó se referira.

Mal sabia Ainá que Ogã Lindo Odé Tunji compartilhava de seu destino, agachado e devidamente imobilizado atrás de um dos espelhos.

ODU 6
OWORIN MEJI

A confusão conduz à elevação.
A cobiça humana se mistura à força e
à espiritualidade.
O valor da vida entende a necessidade
da morte.
Posse excessiva de riquezas conduz à
possibilidade de destruição.
O mistério da existência conduz ao equilíbrio
do universo...

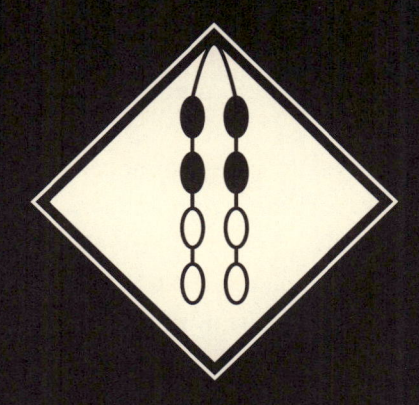

7
YEMI

**REINO ILÊ AXÉ WURA IJEXÁ
BARRACÃO DO PALÁCIO DOURADO, TARDE
OJÓ ONILÉ 2
OXU CORUJA
ODUN 4990**

A Princesa Yemi Oxum Funke Abotô tinha seis anos quando a mãe e a irmã partiram em uma aventura épica, a aventura com que ela sempre sonhara, deixando o reino sem avisar ninguém. E Yemi só sabia chorar. Chorava de dor e desamparo. Trancada em seu quarto, sozinha com suas bonecas mágicas, tinha sido deixada para trás.

Ora, vejam bem, a princesinha podia ser pequena, mas de boba não tinha nada. Adorava as lendas que contavam sobre o Lago do Príncipe Pescador. Sim, porque, apesar de sua mãe não lhe ter dito nada, ouvira um conversê entre ela e a irmã pouco antes de partirem. Agora, Yemi se perguntava por que não havia sido a escolhida para a missão mais importante do ano!

Ainda se lembrava das histórias...

"O rio Oxum e o rio Erinlé atravessam aldeias e cidades, matas e montanhas, ultrapassando as barreiras mágicas que separam os reinos de Ketu e de Ijexá, ludibriando monstros devoradores de magia e espíritos sugadores de felicidade, até, finalmente, subirem aos céus para se encontrar, as águas azuis e as águas douradas, amando-se eternamente, além dos limites do tempo e do espaço.

"Onde as águas mágicas desses rios se encontram, nasce o Lago do Príncipe Pescador, que já foi um dos locais mais belos e fantásticos das Terras Encantadas... Hoje, é um lugar desolado, sinistro e altamente perigoso, no coração do Antigo Reino de Ketu e na fronteira com Ijexá."

Se sua mãe estava indo para lá, Yemi queria acompanhá-la. Não apenas queria, mas estava certa de que era a melhor opção entre suas três filhas. Afinal, era a mais bela de todas. Quem melhor para reavivar um lugar destruído? Pelo menos assim pensava, sem coragem de compartilhar seus desejos. Limitava-se a chorar, mantendo em segredo o pouco que sabia sobre o destino da mãe.

A seu redor, todos estavam em polvorosa. Era fácil esquecerem Yemi trancada no quarto por horas a fio. Caçadores logunsi, liderados por seu pai, foram despachados para encontrar as aventureiras a qualquer custo. Os corredores do Palácio Dourado se encheram de senhoras ebomis, aflitas atrás de respostas e fofocas. Enquanto isso, Yemi chorava e, com o ouvido colado na porta, tentava escutar as conversas impróprias de iaôs e abiãs.

Quando Iá Adejumo e Iá Oyedele, as tias mais novas, adentraram o quarto, Yemi pensou que finalmente teria com quem conversar. Vinham ofegantes e fecharam a porta ao entrar. A garota chegou a limpar o rosto, tentando organizar mentalmente as perguntas que faria.

Mas, como de costume, ninguém parecia estar interessado em Yemi.

— Pelo amor de Oxum, que loucura! — exclamou Oyedele. — Nunca vi o palácio num alvoroço desses!

— Também, pudera! — respondeu Adejumo. — O que a Dara pensa que está fazendo?

— Acha que vai salvar o mundo, só pode!

— E se ela souber alguma coisa que a gente não sabe sobre a nossa sobrinha? — ponderou Adejumo.

— Ah, não! O destino da número dois não pode ser esse! — objetou Oyedele. — Por que marmotas Dara não levou a número um?

— Aquela, sim! Nitidamente, herdou a força de que as outras duas carecem...

— Outras duas? — Oyedele parecia confusa. — Ah, é! Ainda tem a...

— ...a "número três" — completou Yemi.

Encostadas na porta, as tias, enfim, se deram conta de sua presença.

— Yemi, você está aí! — Oyedele espantou-se, a voz soando mais aguda do que pretendia. — Que fofurinha!

— Por que você estava chorando, minha doçura? — perguntou Adejumo, fingindo que se importava.

— Eu não estava chorando...

As tias soltaram risinhos.

— Estava só pensando no dia em que vou superar minha mãe e minhas irmãs — decretou Yemi.

As tias se entreolharam.

Então, deram gostosas gargalhadas.

• • • • •

REINO ILÊ AXÉ WURA IJEXÁ
CIDADE DE OURO, TARDE
OJÓ EXU 9
OXU ÁRVORE
ODUN 4997

— Lindíssimo! Pode empacotar para mim, docinho?

Imersa numa multidão de damas oxunsi e acompanhantes logunsi, a princesa Yemi negociava a compra de um pano exposto em uma das muitas vitrines da Feira de Ijexá. Ninguém fazia compras melhor que Yemi. Ninguém gostava tanto de gastar quanto Yemi. E aquele era um finíssimo tecido, trançado com magias delicadas invocadas por feiticeiras costureiras de primeiríssima linha.

— Sinto muito, senhorita princesa — respondeu a vendedora, uma mulher oxunsi grande e de cabeleira volumosa.

Acariciando o pano, fascinada, Yemi parecia não ter ouvido a mulher. De qualquer forma, a balbúrdia que imperava ali não facilitava. Desde a queda de Ketu, a Feira de Ijexá competia com a Feira de Oió, da nação dos caçadores, pela condição de maior feira das Terras Encantadas do Aiê, reunindo pessoas de todos os cantos.

Digo que mil anos atrás ninguém sonharia com isso! O lugar vivia abarrotado, exibindo diversos espaços de venda, desde os tradicionais estandes quitandeiros até lojas enormes, no formato de esferas, repletas de mercadorias exóticas. Em resumo, uma confusão sem tamanho. Por isso mesmo as filhas da Rainha eram proibidas de ir até a Feira de Ijexá.

Nada que Yemi não conseguisse burlar, é claro...

A loja em que estava havia sido cercada por seus guarda-costas, bem como todo o perímetro. Enquanto a princesa estivesse lá dentro, ninguém mais entraria.

— Então... — Yemi sorriu, ainda de olho no pano. — Já embrulhou?

— Senhorita... — A vendedora parecia cansada. — Eu já disse que...

Obviamente, ninguém queria se encrencar com a Rainha, mas a jovem Yemi, em sua beleza coroada pela imensa cabeleira crespa, era a persuasão em pessoa. Sacou uma bolsa de couro dos bolsos do vestido, depositando-a no balcão. Os búzios jorraram sem a menor cerimônia, totalizando um valor pelo menos cem vezes maior do que o pano valia.

— Você estava dizendo que temos um acordo, certo? — perguntou Yemi.

— Sim, temos — respondeu a vendedora, recolhendo os búzios rapidamente. — Por gentileza, perdoe-me o incômodo.

— Está perdoada — disse Yemi, enrolando o tecido sobre o corpo.

Era um pano da costa que lhe servia perfeitamente. Os logunsi de dentro da loja, atentos a tudo, correram para avisar aos colegas do lado de fora que era hora de partir. Foi quando Yemi desvirou, delicadamente, uma das bordas do pano. Admirava os minúsculos símbolos tracejados ao longo da bainha, que tanto se assemelhavam a mulheres caídas a golpes de faca.

"Sim, tia Adejumo", pensou Yemi. "Tudo certo para humilhar minha mãe e minhas irmãs em público."

REINO ILÊ AXÉ WURA IJEXÁ
BARRACÃO DO PALÁCIO DOURADO, TARDE
OJÓ ONILÉ 2
OXU COROA
ODUN 4997

Era chegado o dia da grande festa. O Grande Baile de Xirê de Ijexá.
Sentada em sua esteira no Barracão, ao lado de Dayo e Ainá, Yemi trajava seu mais novo e finíssimo pano da costa, genuinamente contente.

"Iá Palestrinha e Iá Rebeldinha estão com os dias contados", pensou, sorrindo.

Realmente, aquele era um dia feliz! Um sem-número de meninas, mulheres, damas e senhoras desfilavam sensualidade em suas vestes cor de cobre, bronze e ouro, ostentando os corpos gordos à imagem e semelhança da Mãe Oxum.

Ouvia-se o incessante cochichar das moças, cujos olhares julgadores analisavam cada veste ou joia. O afofô, esse manancial de boataria e fofoca, era praticamente um esporte para as mentes criativas e as bocas impiedosas. Ganhava a feiticeira mais cruel e esperta, sendo que ninguém jogava para perder.

Posicionado ao fundo, perto dos atabaques, o ogã e axogum Esbelto, príncipe consorte, liderava os outros ogãs. Rechonchudos e fortes, os homens de Ijexá esbanjavam elegância em ternos sob medida e batas ornamentadas, encimadas por chapéus e filás. Aguardavam o comando para começar a tocar.

Viam-se, também, altos dignitários de outras nações, que chegavam cruzando os espelhos mágicos espalhados pelo salão, incluindo emissários ogunsi do Ilê Irê, obássi do Ilê Oió, oiássi do Ilê Irá... Até mesmo as iemanjássi e os oxalassi do Ilê Ifé haviam comparecido. Sentavam-se em um espaço separado, reservado aos convidados de honra máxima.

Era notável, no entanto, a ausência de dignitários do povo odessi.

No centro de tudo, pulsava o otá de Ijexá, muito satisfeito com as oferendas e imolações de um mês inteiro. Como recompensa, a enorme pedra sagrada compartilhava seu axé de ouro com as ialodês, as damas da alta sociedade, em seus tronos cravejados de diamantes. Eram ialorixás, iakekerês, ialaxés, iajibonãs, iaefuns, iabassês... E, nos tronos maiores e mais bonitos, estavam Iá Kokumo e Iá Daramola — a iaegbé e a ialorixá de Ijexá.

Quando Daramola se levantou, todos fizeram silêncio. Era evidente que a Rainha de Ijexá estava se esforçando extraordinariamente para sorrir.

— A bênção das minhas mais velhas e das minhas mais novas. Que Mãe Oxum abençoe grandemente a todas e todos. Vamos começar!

Então, os ogãs tocaram as primeiras notas, espalhando o som divino dos deuses pelo Barracão.

"Quando o atabaque toca, faz tremer todas as partículas do corpo e do espírito", repetiu Yemi mentalmente. Era uma das frases favoritas de seu pai. De Ogum a Iemanjá, saudaram os principais Orixás do Aiê, convidando os dignitários estrangeiros a se abaixar perante o otá quando soavam as cantigas de seus respectivos deuses.

E, ao toque de Ogum, Ainá se levantou, prestando homenagem também àquele que recebia oferendas junto com sua Oxum. Quando soou o toque de Oxóssi, Dayo fez o mesmo — afinal, as divindades nada tinham a ver com as rivalidades e conflitos entre seus filhos, certo? Aos poucos, todas as oxunsi foram se prostrando diante da pedra sagrada, à medida que eram conclamados seus ajuntós — as divindades que acompanham os Orixás de cabeça —, de modo a garantir o axé de prosperidade e poder.

Ao soar do toque de Iemanjá, foi a vez de Yemi se levantar. "Mãe, por favor, esfrie a minha cabeça", desejou, ajoelhando-se. "Conceda-me a calma necessária para o que vou fazer." A princesa tremia um pouco. Sentindo-se abençoada, dirigiu o olhar para a tia, Iá Adejumo, que sorria, desavisada, em meio às anciãs.

Ousou, então, lançar mão de uma mensagem telepática.

"Está me ouvindo, tia?"

"Estou, sim."

"O plano está cancelado."

"O quê?"

Quem visse de fora, provavelmente não perceberia o leve arquear de sobrancelha no semblante de Adejumo. Era a única indicação de seu desconforto.

"Você é idiota ou quê, tia? A ordem vem de meu Exu! Nem sei por que marmotas fui concordar com um plano patético como este..."

"Olhe como fala comigo! Sou a filha preferida de Oxum! Mereço o trono!"

"Um caso perdido, é o que você é... Mas eu, não. Cancele o ataque agora ou contarei tudo para a vovó e, aí sim, você saberá o que é ser humilhada!"

Após dizer isso, Yemi se concentrou, buscando manter uma expressão tranquila, mas ainda enviou a seguinte mensagem: "Se minha mãe e minhas irmãs sofrerem qualquer constrangimento hoje, direi que é tudo culpa sua. Em quem acha que vão acreditar? Exu sabe o quanto você preza sua amada reputação... O que a elite das Terras Encantadas vai pensar de você se for exposta em público?"

O rosto da tia cedeu, contorcendo-se em uma careta de desgosto.

Iá Adejumo se levantou imediatamente, sumindo dali.

Yemi ficaria tremendo na esteira por um bom tempo.

◆◇◆

Finalmente, os atabaques soavam para Oxalá, Pai dos Deuses, e para a dona do reino, Mãe Oxum. Àquela altura, os ânimos atingiam estados de êxtase sem igual. As oxunsi — abiãs, iaôs e ebomis — começaram a dançar, ao som do suave toque de Ijexá. Ainda sentada, Yemi fechou os olhos, concentrando-se na música que preenchia o salão. Era tudo o que importava. Tramoias e fofocas não diziam respeito à sua deusa. Abriu a boca e...

O ilá musical de sua deusa inundou o Barracão, anunciando que Oxum Funke havia chegado para a festa. A deusa arrancou o caríssimo pano da costa que a recobria, arremessando-o para o alto — o tecido se dissolveu num chuvisco de água adocicada. Satisfeita, Oxum Funke começou a dançar. Juntava-se às demais mulheres, que emprestavam seus corpos para as diversas Oxuns presentes, em meio a uma sinfonia de notas musicais agudas e gritos de guerra.

As ialodês assistiam à dança sentadas em seus tronos, acenando e sorrindo.

Ainá tampouco se levantara. Com uma expressão apagada e triste, permanecia em sua esteira.

◆◇◆

Houve toques específicos para que cada uma das qualidades de Oxum pudesse realizar seus passos. No entanto, entre saudações e aplausos...

...faltava alguma coisa.

Todas sabiam do que se tratava, mas ninguém tinha coragem de dizer. Então, a Rainha de Ijexá resolveu, finalmente, tomar uma atitude.

Levantou-se de supetão, para surpresa das grandes damas. Em especial, de sua mãe, Iá Kokumo. Ogã Esbelto abriu um enorme sorriso ao ver a esposa em pé, firme e decidida, como nos velhos tempos. O ilá da ialorixá ecoou por todo o salão.

Oxum Demilade havia chegado.

O Barracão inteiro ficou de joelhos, ignorando Iá Kokumo, que remoía ansiedade em seu trono, mortalmente ofendida.

Sim, pois Oxum Demilade tirava Ainá para dançar.

No meio do salão.

Era o que a anciã mais temia.

◆◇◆

Devo dizer que a Rainha-Mãe Kokumo tentou impedir aquele disparate. Ergueu-se tão depressa que chegou a causar ventania... Ainda assim, sua reação chegou tarde. As outras ialodês, manifestando-se em resposta, armaram uma roda de deusas, um círculo protetor para que a Rainha e suas filhas pudessem dançar sem interferências.

Realmente, um xirê sem precedentes!

De início, Ainá estava sem graça. Não queria se entregar à festança. Mas o poder persuasivo de Oxum Demilade era demais para ela. Ainda mais quando acompanhado e acolhido pela Oxum Kunmi de Dayo e pela Oxum Funke de Yemi.

Ainá dançou, dançou e dançou, com muita alegria e vigor. Expressava-se livremente, dando vazão a tudo o que mais amavam nela. Era impossível não se render ao brilho inconfundível da princesa. Mesmo os estrangeiros, que até então se mantinham discretos, levantaram-se para dançar.

O toque dos atabaques se intensificou. A cantoria e a música ganharam espaço, rompendo fronteiras, irradiando-se, contagiantes, por todos os cantos do Barracão, do Palácio Dourado e da Nação Ijexá. E, no olho desse potente furacão mágico, Ainá vibrava, dançando, feliz como havia muito não se sentia...

— Basta! — berrou Iá Kokumo, rasgando o delicado véu daquela energia. — Chega desta afronta!

Então atirou-se para cima de Ainá, esquecida de qualquer decoro, recoberta por pesados feitiços de raiva e frustração. Com alguns poucos gestos, a velha feiticeira empurrava para longe as Oxuns que tentavam impedir sua passagem, sob os clamores indignados da assistência. Paralisou Oxum Demilade com apenas um olhar. Ogã Esbelto avançou em defesa da esposa e da filha, mas viu-se caindo de joelhos onde estava, impedido de prosseguir.

Quando alcançou Ainá, Iá Kokumo agarrou-a pelo pescoço, erguendo seu corpo com um dos braços, como se tivesse o peso de uma pena.

— Desgraçada! — Ela cuspiu na cara da neta.

— P-por que tudo isso?! — Ainá estava quase desfalecendo.

— Não se faça de desentendida, sua fedelha! — vociferava a avó. — Você quer me suplantar!

— Q-quê?

— Eu sou a Rainha-Mãe! Eu! — gritava Kokumo, ensandecida. — Sou a escolhida das Grandes Mães...

Foi interrompida por um arsenal de machados, facas e espadas aquosas, materializado ali, rente a seu braço. Conseguiu se desviar antes de ter os membros decepados, mas, para isso, teve de largar a neta. Iá Kokumo caiu de bunda no chão para encarar a Oxum Kunmi de Dayo, cujo braço permanecia erguido, pronto para perfurar a própria avó caso fosse necessário.

E a Oxum Funke de Yemi não podia ficar para trás. Em transe, comungava com as irmãs de sangue e de alma, saboreando o calor da dança ritual, em toda sua força, beleza e sensualidade, algo sagrado demais para se sacrificar... Se algum dia pensara em vingança ou retratação, naquele momento vibrava imbuída da necessidade de defender suas iguais. Diante da ameaça, conjurara uma espada flamejante, forjada no mais puro ouro, que agora erguia contra a avó.

Incrédula, Ainá encarava as irmãs com um novo tipo de respeito.

Livre da prisão invisível, Iá Daramola saiu do transe.

— Basta de loucura, mamãe! Basta!

Iá Kokumo balbuciava. Palavras sem sentido, a princípio. Cá entre nós, digo que ainda tentava entoar feitiços. Mas o fato é que estava ficando sem opções. O axé de uma família unida — ou quase unida — é dos mais poderosos. A anciã acabou levantando as mãos, em sinal de rendição. Yemi e Dayo saíram do transe, recolhendo as armas apontadas para a avó.

O salão estava mortalmente silencioso, entre olhares atônitos e lágrimas de puro choque. Então, para surpresa dos presentes, Iá Kokumo pôs-se a chorar também.

— Vocês... não entendem... — Ela soluçava. — Se eu cumprir o acordo... vão levar... Vão levar minha netinha pra longe de mim! Vamos pagar pelo crime de nossas ancestrais!

Eu não teria caído naquela conversa. Para falar a verdade, nem eu, nem Yemi, versada como era em táticas de manipulação. Iá Daramola também parecia muito desconfiada. Afinal de contas, a mãe copiava o que ela mesma dissera poucos dias antes, não é mesmo? Enfim, talvez ali houvesse um fundo de verdade. Mulheres poderosas correm o risco de se perder na ganância, justificando qualquer tipo de ação para preservar o que supostamente é seu...

Ainá, no entanto, deu à avó o benefício da dúvida. Agachou-se diante de Iá Kokumo, e, pela primeira vez em muitos anos, acariciou o rosto da mais velha com doçura.

— Por favor, vó... — disse ela. — Explique pra gente o que tudo isso significa.

— As Mães... As Mães Ancestrais... são impiedosas! — berrava Iá Kokumo, fora de si. — Ó, Grandes Mães, me perdoem, mas é verdade! Vão tragar você, Ainá, para um mundo de desespero e morte! Seu destino é cruel, minha netinha! Você não pode cumpri-lo! Simplesmente não pode! Não posso permitir...

As exclamações terminaram em um grunhido de dor. A velha, descabelada, se curvava abraçando a barriga, lutando contra algo maior que ela mesma.

Entristecida, Yemi percebeu que não se tratava apenas de um teatrinho. "Quem diria que a Rainha-Mãe, cruel, terrível e intocável, se desfaria tendo as mais altas autoridades das Terras Encantadas do Aiê como testemunha?" No final das contas, assistia à humilhação pública da avó, algo que nem o mais bem bolado plano poderia prever.

E não se sentia nada bem com isso.

— Vó, acalme-se! — pediu Ainá, conciliatória. — Por nossa Mãe Oxum...

— Eu vi! Se seguir o que está determinado, você será dilacerada! — continuou Iá Kokumo, transtornada. — Sua mãe tentou, e vocês quase morreram! Tudo o que fiz foi pra proteger você! Tem que acreditar em mim! Esqueça Ketu ou vai sofrer um destino pior que a morte! Fique aqui, minha neta! Fique aqui comigo!

E, assim, a Rainha-Mãe Kokumo, considerada a feiticeira mais terrível de Ijexá, desperdiçou todo seu potencial de vilã desta história, expondo-se como uma idosa assustada que só queria proteger a família. Só que fez isso da pior maneira possível. Afinal, as tradições ensinam que devemos guardar segredo...

Yemi cerrou o punho, exausta com tudo aquilo.

Ela faria diferente. Tinha que fazer diferente.

De repente, Kokumo arregalou os olhos e agarrou Ainá. A princesa se virou para trás para ver o que tanto a assustara, mas Dayo saltou em seu caminho, empurrando a irmã para longe. Então, Ainá viu o pássaro-monstro invasor que poderia, facilmente, ter lhe cortado o pescoço.

Em vez disso, a ave atravessou a garganta de Dayo.

O ilá da Oxum Femi de Ainá era um grito de guerra, profundo e amargo. Explodiu de uma só vez, e tudo ao redor explodiu com ele, em ondas de choque que estilhaçaram espelhos e destroçaram paredes. Teria levado a plateia junto, não fosse o instinto de Iá Daramola, erguendo escudos de proteção com suas feiticeiras. A jovem deusa era um sol vingativo, queimando em chamas de fúria e tristeza.

Yemi caiu de quatro, sem conseguir acreditar no que estava acontecendo. "Ela conseguiu", pensou, negando o preço que a manifestação da irmã havia custado. Viu Oxum Femi sacar seu idá encantado. A lâmina se segmentou e se estendeu, girando junto ao corpo de Ainá.

Envolta naquela esfera intransponível de destruição, que despedaçava quem ousasse se aproximar, Ainá avançou para cima do Pássaro. Era uma criatura pequena e retorcida, com penas escuras e olhos azulados num tom perverso. E essa criatura estava sendo tragada por uma espécie de fissura, um rasgo mínimo no espaço-tempo, uma distorção da realidade que, em breve, permitiria que escapasse.

"Não!", tentou gritar Yemi, mas a voz falhava. Tampouco conseguia ouvir a gritaria ao seu redor. Não ouviu o choro do pai nem viu o desespero da mãe. Não viu a avó tentar se arremessar por uma das janelas do palácio, sendo impedida pelas demais anciãs.

Sim, porque Ainá atravessara a fissura, desaparecendo com o Pássaro.

Yemi ficou ali, esquecida, olhando para o corpo de Dayo.

Depois de algumas horas, tudo o que fez foi soltar um grito de rasgar a alma.

◆◇◆

Mais tarde, Yemi ficou sabendo que a tia, Iá Adejumo, havia se jogado no rio Oxum, tentando se afogar. Ao ser resgatada, repetia:

— Não fui eu! Não foi culpa minha! Me perdoe, Mãe Oxum!

Também ouviu sua mãe gritar:

— Vou esquartejar todos esses vermes de Ketu! Vão pagar caro por terem levado minhas filhas!

ODU 7
OBARA MEJI

Rainha dos ventos que sopram a cura
E soluções para problemáticas materialistas.
Rainhas e Reis, ouçam seu conselho:
Cuidado para não caírem na loucura,
Cuidado com a mentira e a maldade
De quem quer sempre mais e mais.

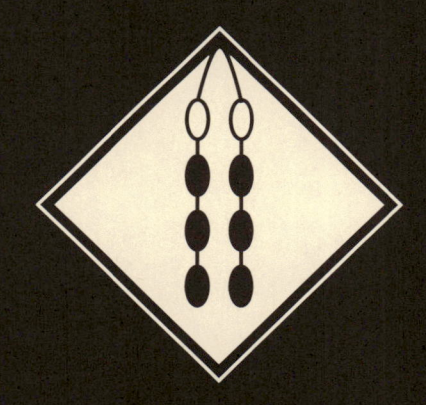

8
KAYIN

PRINCIPADO ILÊ AXÉ IRUBIM
PRAÇA DE IRUBIM, MEIO-DIA
OJÓ ONILÉ 2
OXU COROA
ODUN 4997

Kayin voltou a si no momento em que tiraram a venda de seus olhos. Debaixo de um sol impiedoso, buscava se orientar, com os braços amarrados às costas e os joelhos afundados no chão de barro quente. Não conseguia enxergar nada. Os olhos ainda se acostumavam com a súbita claridade após dias na escuridão.

Passara cerca de um mês aprisionado e magicamente sedado, enquanto decidiam o que fariam com ele. Aos poucos, reconheceu a praça do Ilê Axé Irubim, percebendo-se exposto a praticamente toda a população da cidade — de crianças a idosos, sentados no chão ou em pé, todos olhavam para ele, num misto de ansiedade e desprezo.

"O Tribunal dos Caçadores", compreendeu Kayin.

Tratava-se de um evento extraordinário, já que os odessi prefeririam simplesmente eliminar seus criminosos quando ninguém estava olhando. O julgamento ocorria quando algum indivíduo cometia um crime realmente espetacular, algo que demandasse o veredito de toda a comunidade.

E Kayin conhecia seu crime: ter permitido que Babá Alabi fosse assassinado diante de seus olhos. Fora incapaz de proteger a autoridade máxima de sua gente, o escolhido pelos deuses para guiá-los rumo à prosperidade e à abundância. Também sabia que, na prática, aquele tribunal era apenas um pretexto para humilhar alguém antes do fatídico encontro com a morte.

Dessa vez, não ousaria chamar pela mãe, evitando desonrar seu nome. Apesar de tudo, reparou que estava muito bem-vestido e limpo, tal como a plateia silenciosa, que exibia os melhores trajes para a ocasião. A massa de abiãs estava sentada no chão, ao lado dos iaôs mais novos, enquanto ebomis se sentavam em cadeiras juntamente com seus ogãs e equedes, conforme exigia a Hierarquia. Notou os pássaros ferozes, os lagartos gigantes, os leopardos imponentes e as outras feras de combate dos odés, devidamente posicionadas, prontas para dilacerá-lo à primeira desculpa.

Arqueando as costas, levantou um pouco mais a cabeça, mesmo sabendo que só lhe era permitido encarar o chão. Pelo visto, Kayin estava me procurando. Mas só encontrou Babá Bodé Odé Dola Walé, o novo governante do principado, no trono que havia sido de Babá Alabi.

Ver o antigo babakekerê ali cortou seu coração. Mal tinha tido tempo de chorar a morte de seu protetor. De pé, à esquerda do trono, Ogã Flecheiro liderava os odés. À direita, Ajoié Certeira liderava as equedes caçadoras. No centro, entre as odés ebomis, Kayin viu Ebomi Bajo, a única que parecia estar, de fato, triste com aquela situação.

Para surpresa do garoto, os governantes dos demais principados — Babá Biyi, Iá Fola, Babá Naade e Iá Mobo — ocupavam lugares de honra, ao redor de Babá Bodé. Exibindo expressões severas, tinham as vestes decoradas por plumas e peles de feras mágicas. Era a primeira vez, em muitos anos, que o conselho de anciãos de Ketu se reunia em público.

Mas as surpresas para Kayin não terminaram aí. Sentado bem ao lado do novo babalorixá, trajando finos tecidos de um azul-turquesa brilhante, todo coberto de ouro e prata, com duas azagaias encantadas atadas às costas, estava Morayo, o novo babakekerê do Ilê Axé Irubim.

Babá Morayo.

Babalorixá Bodé.

Nem deixaram o cadáver de Babá Alabi esfriar...

Kayin olhou bem no fundo dos olhos de seu novo babakekerê. E o que viu ali teria feito desfalecer o mais cruel dos ajoguns. Imagina o que o poder não faria com um tipinho daqueles? O abiã baixou a cabeça, tremendo incontrolavelmente. Começou a suar tanto, mas tanto, que dava para ouvir os ossos do moleque se batendo.

— Pare de tremer — ordenou Babá Morayo.

E Kayin, prontamente, obedeceu-lhe.

Algumas crianças soltaram risinhos, zombando dele, mas, em geral, a plateia permanecia em silêncio. Raramente viam tamanha demonstração de covardia. Acontece que os olhos de Morayo eram poços de dor e ódio borbulhando em promessas de uma morte horrível, caso o abiã não se submetesse às suas ordens.

E Kayin, por algum motivo, achava que tudo aquilo era culpa exclusivamente de si próprio.

Depois de trocar olhares com o conselho, Babá Bodé fez um gesto de desdém com as mãos, como um titereiro movendo sua marionete para indicar ao novo babakekerê que ele podia tomar a palavra.

— Muito bem! — A voz de Morayo soou firme, segura. — Com a permissão do babalorixá e do conselho, vamos começar...

— Agô, Babá! A bênção, Babá! — respondeu o coro de abiãs e iaôs em uníssono.

Babá Bodé gesticulou novamente, seguido por gestos de aprovação do conselho. Então, Babá Morayo declarou:

— Que tenha início o julgamento do criminoso!

Os ouvidos de Kayin doeram com as explosões de gritaria desvairada ao seu redor.

— Tendo nosso Pai Oxóssi como testemunha — continuou Babá Morayo —, peço que se faça do conhecimento de todos os aqui presentes que o prisioneiro a ser julgado chama-se Kayin, oriundo de Irubim, abiã nascido em Ojó Onilé 10, Oxu Mel, Odun 4980, filho de pai e mãe desconhecidos...

"O quê?!", pensou Kayin. Ele se remexeu, nervoso, mas logo um chute no rosto, cortesia do odé mais próximo, fez com que o garoto parasse quieto.

Ainda assim, Kayin só queria gritar. "Vocês estão de sacanagem!", esbravejou mentalmente. "Minha mãe é Iremidê Odé Wunmi! Uma heroína que alcança o espaço com um único salto!" Tudo bem que a mãe nunca lhe contara nada sobre o pai, mas não podiam, simplesmente, esquecê-la. "Iremidê já salvou vocês todos um milhão de vezes!"

Não houve reação por parte da plateia, nada além do que mandava a tradição:

— Agô, Babá! A bênção, Babá! — concordaram, de joelhos no chão e cabeça baixa.

Para não dizer que ninguém ligou, Kayin pensou ter ouvido Ebomi Bajo suspirar de tristeza, ainda que por um ínfimo instante.

— Agora, vamos apresentar o maior crime do prisioneiro Kayin de Irubim. Em Ojó Obatalá 28, Oxu Pássaros... — Morayo se deteve por um momento, mas Babá Bodé gesticulou mais uma vez. — Em Ojó Obatalá 28, Oxu Pássaros, o prisioneiro aqui presente, Kayin de Irubim, testemunhou o assassinato brutal daquele que foi governante do Principado Ilê Axé Irubim por vinte anos, o Babalorixá Alabi Odé Kole...

Kayin revisitava a cena: a cabeça decepada de Babá Alabi caindo em sua mão; o corpo despencando para o lado no chão... A prisão lhe tirara, antes de tudo, o direito ao luto.

— Conforme testemunho de Ebomi Bajo, confirmado também pelo oráculo, Kayin não cometeu o assassinato, cuja autoria foi reclamada por uma monstruosa e horrenda fera das ajés. Reafirmo aqui, e reafirmarei quantas vezes forem necessárias, que as feiticeiras vão pagar muito caro por esse ato de violência inominável! As ajés de Ijexá conhecerão a fúria dos odés de Ketu!

Os murmúrios de aprovação começaram tímidos, tão enlutados quanto estava Kayin, e evoluíram gradativamente para uma sonora ovação. De seu posto, agachado, tudo o que o abiã conseguia ver eram pés se agitando.

— Agô, Babá! A bênção, Babá! — A multidão aplaudia, emocionada.

— No entanto, mesmo não sendo responsável pelo assassinato, o abiã Kayin tentou fugir da cena do crime! Aliás, nessa tentativa de fuga, danificou tanto o teto de nosso Barracão quanto o chão de nossa querida praça, e os respectivos consertos nos custaram recursos consideráveis. Como odessi, era seu dever dar a vida para proteger o babalorixá de seu povo!

— Agô, Babá! — ecoou o público.

"Não fiz de propósito!", defendeu-se mentalmente Kayin. Sentia como se todos os dedos da plateia estivessem apontados para ele, mas não tinha coragem de espiar. Por mais que se sentisse culpado, algo em seu interior lhe dizia que não poderia haver justiça divina naquele tribunal. Não em meio àquele ódio, àquela arrogância...

— Humildemente, solicito a decisão do conselho — decretou Babá Morayo, encerrando a apresentação do caso e baixando a cabeça.

E, se me permitem o comentário, não havia nada de humilde em sua postura. Enfim, Babá Bodé, Babá Biyi, Iá Fola, Babá Naade e Iá Mobo levantaram a mão. Estava feito. E Morayo? Bem, mostrava-se exultante.

— Assim, em nome do conselho de Ketu aqui reunido, declaro o referido abiã Kayin de Irubim culpado dos crimes de negligência, deserção, destruição do templo sagrado e cumplicidade em assassinato! A punição para a totalidade de seus crimes é a morte!

— A bênção, Babá! — Os cidadãos de bem explodiram de alegria em Irubim.

Era o que Kayin queria, lembram? Dar fim a esse tormento chamado vida...

Mas a diversão estava só começando.

— Tragam a outra prisioneira! — bradou Morayo, saboreando o momento.

Se Kayin já estava em desespero, imaginem como ficou ao me ver sendo conduzida por um dos odés até o centro da praça!

• • • • •

PRINCIPADO ILÊ AXÉ IRUBIM
PRAÇA DE IRUBIM, TARDE
OJÓ ONILÉ 2
OXU COROA
ODUN 4997

Ops! Pois é, me pegaram.

Eu estava com os braços amarrados às costas, enfim, vocês já sabem... Fui empurrada de um jeitinho todo especial, aterrissando bem pertinho de Kayin. Acho que também estava chorando, rolava todo um medo de morrer, mas, convenhamos, isso é mero detalhe...

Diante daquilo, Kayin começou a mexer os braços, tentando se soltar. Eu sei, eu sei, é instintivo! Mas vocês já tentaram se soltar de uma corda enfeitiçada e muito bem amarrada, um verdadeiro ninho de nós entrelaçados? Quanto mais o garoto lutava para se desvencilhar, mais as fibras apertavam seus braços.

— Silêncio! — ordenou o Babakekerê Morayo. — Versarei, agora, o caso desta infame iaô. Apesar de sua conhecida amizade com o criminoso Kayin de Irubim, ela sempre demonstrou submissão e obediência à Hierarquia.

Pelo menos o moleque reconhecia.

— Porém, recentemente, tudo mudou.

Tirei conclusões cedo demais...

— A infratora, aqui presente, foi flagrada tentando libertar seu amiguinho, um desrespeito inadmissível, dada a gravidade do crime de Kayin de Irubim. Assim, conforme deliberado em conselho, declaro que a prisioneira Yinka Odé Kunle, nascida em Ojó Obatalá 20, Oxu Coruja, Odun 4979, filha de mãe e pai desconhecidos, foi sentenciada à morte!

Até contei um ou dois descontentes com a sentença... Ebomi Bajo estava entre eles, como vocês devem estar imaginando. Obviamente, foram engolidos pela maioria. Segundo aqueles coraçõezinhos hipócritas, alguém tinha que morrer para mitigar a dor e o choque do assassinato de seu querido Babá, mesmo que Alabi não fosse exatamente uma unanimidade. Sua morte afrontosa lhes provava que o pacifismo e a gentileza não tinham lugar em um mundo de conflitos.

Nessas horas, é mais fácil culpar os espíritos malignos ou qualquer tipo de sortilégio perverso influenciando a população, sempre tão inocente... O tal "povo de bem" só queria "viver em paz", obedecendo à Hierarquia sem jamais questioná-la. Tinham todo o direito de se regozijar com a punição de criminosos, ora bolas! Mesmo que fossem praticamente... crianças. Bem, crianças não, vamos dizer jovens adultos... Tenho que rir. Jovens adultos ou não, os inimigos do reino mereciam a morte!

Sim, estou sendo irônica, mas também relatando um pouquinho do que se passava pela cabeça do nosso amado Kayin. O garoto estava a ponto de explodir.

E se levantou, desistindo de desistir.

Isso, sim, chamou a atenção da multidão.

— De joelhos! — ordenou Morayo.

— Não.

Ah, já não era sem tempo! Kayin permaneceu de pé, ignorando as expressões de espanto. Morayo estava desconcertado. E não houve gestos — nem do público, nem do conselho —, nada que pudesse ampará-lo.

— O que s-significa isso? — balbuciava, perdido. — Respeite seu ba-bakekerê!

— Já chega, Morayo — anunciou Kayin, com uma firmeza que nem ele mesmo sabia que tinha.

— Babá Morayo! — exigiu o valentão.

— Você não merece ser chamado de Babá! — Agora, Kayin erguia a cabeça, encarando Morayo sem sombra de medo. — Você não passa de um fantoche nas mãos dos que lucram com a guerra. Uma desonra ao nome de seu pai...

O ataque-resposta se armou em menos de um segundo. Com um ilá estridente de pássaro, o Odé Bunmi de Morayo se ergueu e saltou de seu trono em uma onda de choque que fez tombar o conselho inteiro de uma só vez. Enquanto a plateia se dispersava, correndo alucinada, o odé disparou, sacando as azagaias de suas costas e empunhando-as, uma em cada mão...

...apenas para ver o abiã deter seu golpe.

Com as mãos nuas, vale dizer.

Ninguém estava mais perplexo que o próprio Kayin naquele momento.

Segurava um deus caçador pelos braços, impedindo que suas azagaias encantadas lhe perfurassem os olhos. Suando horrores, Kayin podia até não entender o que estava acontecendo, mas sabia que não aguentaria por muito tempo a pressão daquelas armas se insinuando contra sua cabeça.

De pé novamente, Babá Bodé gesticulava, exigindo que ninguém interferisse. O restante do conselho apenas observava, e alguns até sorriam! Os odés, no entanto, estavam tendo bastante trabalho. Continham a multidão em polvorosa, inclusive as feras, já que haviam começado a bicar e morder sem muito critério.

Acontece que, quando Kayin finalmente soltou os braços de Morayo, o grande babakekerê do Principado Ilê Axé Irubim foi dar com sua ilustríssima cara no chão!

Ah, para quê? O povo não se aguentou. Começou a rir. E os risos se transformaram em gargalhadas. Lógico que sempre tem aqueles que se doem, né? Estes não gostaram da suposta falta de respeito e foram tirar satisfação. Resultado: mais confusão! A verdade é que os odés não estavam dando conta.

O que eu fiz? Aproveitei a confusão para sair de fininho.

Vocês me conhecem, né? Mesmo amarrada, corri para bem longe.

Pouco depois, Morayo se levantou, furioso. Tinha saído do transe. A partir daí, a coisa ficou feia. Humilhante, eu diria. O babakekerê fazia de tudo para acertar o abiã, mas Kayin se esquivava com absurda facilidade. Relembrando a cena, que ganhou ares de lenda local, muitos diriam que "o filho de Iremidê deslizava, natural como o vento". Sem dúvida, uma linda imagem!

Só que Kayin estava apavorado. Tinha zero noção de onde vinha aquele poder.

— Seu idiota! Vou matar você! — vociferou Morayo, embriagado de fúria.

— Morayo, pare com essa loucura... — implorou Kayin. — Babá Alabi nunca aprovaria nada disso!

— Tire o nome do meu pai dessa sua boca imunda! Ele foi meu pai! *Meu* pai, não seu! Não tenho culpa se Iremidê foi uma imbecil deslumbrada, uma inútil que morreu tentando agradar Oxóssi! Você que inventou essa história de "grande heroína"! Se bobear, inventou até que ela era sua mãe! Todo mundo aqui fingia que acreditava por pena! Esta é a verdade!

Kayin congelou.

Não estou exagerando. Qualquer traço de pena ou compreensão existente congelou nas veias do garoto, coisa que vocês tinham de estar lá para entender como é.

Os olhos de Kayin faiscavam, azulados.

Morayo tremeu dos pés à cabeça.

Finalmente, entendeu com quem havia se metido.

O conselho se levantou, gesticulando feitiços aos montes, e os odés até tentaram partir para cima, as armas em punho, mas era tarde demais.

Kayin gritou para o Ilê Axé Irubim. E o ilê inteiro gritou com ele.

• • • • •

PRINCIPADO ILÊ AXÉ IRUBIM
PRAÇA DE IRUBIM, NOITE ???
OJÓ ONILÉ 2
OXU COROA
ODUN 4997

Foi como se o ilê deslizasse para as próprias Profundezas. A tarde caiu na mais completa escuridão. Kayin crocitava, batendo suas pálidas asas e tapando o sol a cada rodopio no ar. Navegava os céus de Irubim tão sobrenaturalmente veloz que nem os odés conseguiam atingi-lo. Enquanto isso, suas sombras — aquelas mesmas, as mais internas, tão difíceis de olhar — foram se espalhando por todos os cantos...

Na praça, seus irmãos e irmãs de ilê se hostilizavam aos berros, entre socos e tentativas de se esganar. Havia quem se debatesse no chão, trancado na mais terrível solidão mental. Esses apenas levavam as mãos à cabeça, implorando para morrer.

Kayin não parecia perceber.

Estava voando, e voar era tudo o que importava.

Nosso querido Morayo jazia no chão, todo torto, catatônico, balbuciando palavras sem sentido. Kayin o havia carregado pelo pescoço, arremessando-o como um saco de batatas qualquer. Se o filho de Babá Alabi estivesse consciente, talvez sentisse a dor de seus ossos quebrados ou a humilhação de ter sido despachado com tanta facilidade, mas, no momento, estava ocupado demais, lidando com as trevas de suas frustrações e tristezas.

Parece que o jogo se inverteu, não é mesmo?

Sobre Babá Bodé, é preciso dizer que dava o melhor de si, correndo para lá e para cá, buscando amenizar aquela situação da forma que podia. No entanto, para cada pessoa que ele botava para dormir com seus poderes mágicos, outras duas se jogavam em cima dele, tentando esgoelá-lo.

Tarefinha ingrata, para dizer o mínimo.

Os demais membros do conselho preferiam usar seus poderes de forma mais eficaz, isto é, fugindo para bem longe. Abriam caminho à força, matando seus iguais, caso vissem necessidade. E ouviu-se Babá Biyi gritar enquanto escapava:

— Nosso experimento saiu de controle! Vamos todos morrer por nosso crime!

Quanto às feras de combate? Nada fizeram, é claro. Curvavam-se paralisadas de pavor perante sua fera alfa, o predador que lhes rugia dos céus.

Ainda bem que eu já tinha me mandado dali, hein?

Porque, àquela altura, Kayin gargalhava gostoso, esbanjando perversidade, a cada gota de sangue derramada.

Os odés não desistiriam tão facilmente de abatê-lo, no entanto. Morreriam em combate por seu povo se fosse preciso. Ogã Flecheiro, uma verdadeira máquina de disparos, lançava saraivadas de flechas, mas Kayin se desviava delas com facilidade. Pela primeira vez, Ajoié Certeira não acertava nada com suas facas, já que Kayin as catava com seu bico, destroçando essas e quaisquer outras armas encantadas com que tentassem atingi-lo. Simplesmente rodopiava, criando redemoinhos de vento que mandavam os odés para longe.

Enfim, chegou a vez da elite, as respeitadas ebomis. Com seus ilás estridentes, a Odé Lanu de Ebomi Ajayi e a Odé Dara de Ebomi Abiona se apresentaram à luta. A deusa de Ajayi invocou seus pássaros espirituais apenas para vê-los se voltando contra ela ao ouvirem o terrível crocitar de Kayin. Já a deusa de Abiona abriu os braços no céu, invocando centenas de flechas gigantes, feitas de vento sólido. Os projéteis voaram, inclementes, na direção de Kayin, que os fez desaparecer num único bater de asas.

Sim, a situação estava difícil... Houve quem achasse que não podia piorar.

Então, Kayin resolveu atacar.

Abrindo suas asas, pôs-se a circular. E cada toque daquelas asas rasgava quem quer que estivesse em seu caminho, ultrapassando quaisquer barreiras mágicas que ousassem erguer contra ele. Seguiu rodopiando, gargalhando, ferindo, retalhando pele, músculo, osso...

...e fraturando o próprio tecido da realidade.

Dilacerados, os odés caíram dos céus para serem tragados pela fúria da população em surto. Em um último ataque desesperado, ogãs, equedes e ebomis se lançaram, todos de uma vez, contra a criatura que destruía o principado.

Sim, porque, fosse o que fosse, aquilo já não era Kayin.

Agora, apresentava-se como um redemoinho, de onde se projetavam centenas de milhares de penas convertidas em espinhos. E aqueles espinhos, duros como diamantes, perfuraram os últimos campeões de Irubim, levando todos, finalmente, ao chão.

Quando as asas do monstro se abriram novamente, Kayin ergueu seu bico, crocitando em triunfo. Por alguns segundos, viu-se apenas o perverso azul de seus olhos, um brilho intenso em meio à escuridão abissal, ofuscando qualquer esperança.

Até que o azul se apagou.

Uma lança, solitária e salvadora, cruzara o peito do garoto-criatura.

Atordoado, Kayin se voltou para encarar a figura flutuante de Ebomi Bajo.

Um desfecho inesperado, certamente. Quem diria que justo aquela caçadora salvaria o dia? Ninguém sabia de onde Ebomi Bajo Odé Sona Wawá tinha vindo, nem ela mesma. Não se lembrava bem de sua vida pregressa, antes de chegar a Irubim cerca de cinco anos atrás. Presumia-se que fosse uma sobrevivente traumatizada de alguma aldeia destruída por ajoguns... Seria esse o motivo pelo qual ainda encontrava forças para defender seu ilê de adoção? Mesmo ferida? Mesmo quando nenhum outro grande guerreiro ousava se erguer?

Ou estaria ela movida por algo maior? Mais tarde, diriam que, se alguém tinha o direito e o dever de resgatar Kayin das sombras, seria a Odé Sona de Ebomi Bajo. Sim, porque a caçadora mantinha os olhos fechados, ainda em transe, e pressionava sua lança com força contra o torso do garoto-pássaro, que se debatia em espasmos, lutando contra a magia da arma.

Com as mãos nuas, a deusa agarrou-lhe o bico afiado, despedaçando-o. Em seguida, arrancou-lhe as asas. Kayin berrou, mas já não soava como um monstro temível. Aquela era apenas a voz de um garoto em agonia.

Então, o sol voltou a brilhar. A noite antinatural havia chegado ao fim.

De volta à sua forma humana, Kayin despencava dos céus, indo de encontro às vítimas de sua ira. Lágrimas de horror e tristeza assomaram em seu rosto ferido à medida que se dava conta de que tinha sido o responsável pela destruição de Irubim.

Não teve tempo de aterrissar, no entanto.

— Eu... sinto muito... — sussurrou Bajo, antes de golpeá-lo com sua lança.

E, com aquele último golpe, Kayin foi arremessado a quilômetros e quilômetros de distância dali.

◆◇◆

Todo torto, Kayin foi aterrissar de bruços, com a cara no chão, nalgum lugar desconhecido. Sentia vários ossos quebrados, ardências e lanhuras mais ou menos superficiais, mas, para seu espanto, os ferimentos estavam se curando sozinhos, como se ele fosse um...

"Ajogun...", pensou, atordoado.

Em seu rosto, as lágrimas se misturavam com o sangue, borrando-lhe a visão. Percebeu, então, que estava caído no meio da mata, entre árvores partidas, possivelmente devido ao choque de sua queda. E estava muito cansado. Desistiu de pensar. Cerrava os olhos, decidido a se entregar aos desígnios de Oxóssi, quando...

...alguém caiu em cima dele. Virou o garoto de barriga para cima, montando-lhe o peito e encostando uma espada em sua garganta. Era uma garota, uma jovem de rosto feroz, distorcido por rios de raiva, dor e frustração.

Com a mão livre, segurou Kayin pelos cabelos, enquanto pressionava a arma na pele dele, tirando-lhe um filete de sangue.

— Sou Ainá Oxum Femi Opará — declarou. — E vou matar você, monstro desgraçado!

ODU 8
OKANRAN MEJI

*Uma só palavra pode mudar o mundo.
O poder do verbo transforma
Para o bem ou para o mal.
Cuidado com o que fala,
Agradeça tudo o que conquistar.
O verbo é a origem da fala humana,
Origem de todos os idiomas do mundo.
Cuidado com o que fala,
Ou se prepare para o pior.*

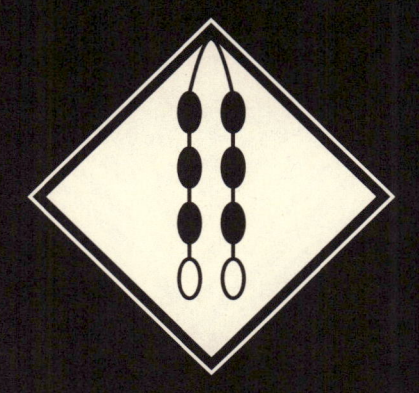

ATO

Três

9
KAYIN & AINÁ

FLORESTA DAS FERAS
LOCAL DESCONHECIDO, FINAL DE TARDE
OJÓ ONILÉ 2
OXU COROA
ODUN 4997

— Por favor, me mate! — implorou Kayin. — Acabe comigo!

Com certeza, aquela garota era a resposta dos Orixás a seus mais íntimos pedidos de redenção. O rosto dela se contorcia em fúria vingativa, tristeza e dor. "É o rosto mais bonito que já vi na vida", pensou Kayin, jorrando um rio de lágrimas, totalmente entregue...

...mas, por essa, Ainá não esperava. Hesitou, sentindo o sangue esfriar em suas veias à medida que deixava o estado de transe. "Sei muito bem o que vi!", pensou ela. Cruzara as fronteiras da realidade, indo parar em algum lugar da Floresta das Feras, bem longe de qualquer barreira de proteção. Assistira à queda do monstro maldito de camarote. Quem mais aterrissaria ali daquele jeito?

Ainda assim, tudo o que via agora era um garoto ferido, assustado e terrivelmente triste. "Será um feitiço?", perguntou-se Ainá, em alerta. Sim, porque notava quão rápido aquela pele se regenerava. Irritada, a princesa cravou os calcanhares na cintura de sua presa, forçando-a ainda mais contra o chão.

— Quem. É. Você? — perguntou Ainá. — Responda!

— Eu... não sei...

O mais estranho é que o garoto parecia estar sendo sincero.

— Responda de uma vez! — vociferou Ainá, mais sincera ainda.

— Kayin... de Irubim.

— Um moleque odessi?

Ele assentiu.

— E o que você está fazendo aqui no meio do nada? — insistiu Ainá.

— Fui expulso do meu ilê...

"Talvez, assim, ela finalmente me mate!", ansiava Kayin, chafurdando em vergonha. No entanto, o que ganhou foi um tabefe na cara. Do tipo bem dado.

— Fale a verdade! — Ainá cuspiu.

— Estou em missão! — mentiu o garoto, subitamente desperto. — Uma missão importante para o Babá do meu ilê...

— E por que eu deveria acreditar em você?

— Porque é... a verdade. Preciso... hã... verificar coisas estranhas vindas do Antigo Reino de Ketu!

"Duvido que seja só isso!", refletiu Ainá, a intuição apitando forte em seu peito. De qualquer forma, as palavras do moleque ressoaram fundo, distraindo a princesa por alguns instantes. "E se eu tiver que partir rumo a Ketu?", pensou. O Reino Antigo servia de abrigo para os mais terríveis monstros. Se quisesse obter sua vingança, talvez tivesse que encontrar passagem até lá, não se importando com os avisos alucinados da avó...

Sim, porque algo lhe dizia que Kayin não era o culpado pela morte de Dayo.

"São os olhos dele", concluiu Ainá. "Sabem mais do que deveriam saber."

A distração momentânea da garota era tudo de que Kayin necessitava. Assim que sentiu a pressão da lâmina afrouxar, escapuliu de baixo de Ainá, saltando para trás e ganhando distância.

— Você... você é um ogã? — perguntou a princesa, fascinada, levantando-se de imediato e colocando-se em posição de guarda.

Ela não estava acostumada a ver garotos imberbes escapando do fio de sua espada.

— Isso mesmo... — mentiu Kayin novamente, cansado.

— Olhe aqui, seu espertinho, se acha que pode tirar uma com a minha cara...

A princesa foi interrompida por um enorme felino alado que irrompeu da mata, rosnando de raiva e fome. Abriu a boca cheia de dentes na intenção de despedaçá-la numa única mordida. Kayin alçou voo na hora, agarrando Ainá pela cintura para tirá-la do alcance da criatura. Como recompensa, recebeu um soco na boca do estômago que o fez rolar para o lado.

— Nunca mais ouse me tocar! — gritou a princesa. — Não preciso da sua ajuda!

Então, virou-se para enfrentar o felino que os perseguia. Tratava-se de um espécime abrutalhado, de pelagem roxa, com asas de couro e um único chifre brotando da testa. Abriu a bocarra, cuspindo um raio de energia na direção dos garotos. Com um chute, Ainá arremessou Kayin alguns metros para o lado, ao tempo em que saltava, preparando-se para atacar. E o monstro saltou junto, disparando num bote rápido e preciso. Ainá, porém, foi ainda mais rápida, descendo-lhe a espada. Partiu o animal em dois com um único golpe.

— Não vou precisar me preocupar com carne por um tempo — observou a princesa, calmamente, toda encharcada de sangue.

— Uma feiticeira guerreira, pelo visto! — Kayin se ergueu, impressionado.

— É isso mesmo... — rosnou Ainá — ...lixo odessi!

◆◇◆

Nenhum outro animal ousou chegar perto deles pelo resto do dia. Não depois daquela... demonstração. Assumindo uma espécie de acordo tácito, Ainá e Kayin caminhavam sem rumo, tentando organizar os próprios pensamentos. Nessas horas, ter o que fazer é de grande ajuda. Então, assim que encontraram um local adequado, Ainá pôs-se a armar a fogueira, enquanto Kayin limpava o bicho que ela havia caçado.

Estavam numa clareira cercada por árvores de tronco grosso e roxo, pululando em folhas e flores roxas e azuis. O perfume das flores era inebriante, causando um leve e gostoso embriagar dos sentidos. Ao cair da noite, o pernil do quadrúpede morto já assava no fogo alto. Kayin cortara todas as partes comestíveis do bicho, empilhando-as num canto.

Além disso, improvisara um belo arco de madeira azul, com flechas entalhadas em galhos colhidos aqui e ali, utilizando os pelos da caça recente como linha. Agora, o arco descansava a seu lado. "Uma obra de arte", pensou a princesa. Enfim, descansavam, ouvindo apenas o crepitar da fogueira e ocasionais zumbidos de grilos, besouros e mosquitos.

Ainá estava faminta. Abocanhou um grande naco de carne — macia, suculenta e incrivelmente saborosa, mesmo preparada naquelas condições. A cada dentada, seu humor melhorava, embora reparasse que Kayin não estava comendo nada. A contragosto, decidiu tentar animá-lo:

— Pelo visto, você é um ogã dos bons... — Detestava admitir quão impressionada estava, mas o garoto parecia tão triste... — Foi a primeira vez que testemunhei a lendária velocidade dos odessi... Inimigos ou não, devo reconhecer que vocês são rápidos!

— Eu sou... um dos mais novos caçadores da Sociedade Oxô.

Àquela altura, Kayin estava dividido entre se sentir péssimo por estar mentindo ou curtir suas ficções, aproveitando a chance de torná-las realidade. Talvez estivesse diante da chance de recomeçar. E, quem sabe, a ideia de partir para o Antigo Reino de Ketu não fosse tão ruim assim.

— Esta missão faz parte do meu rito de passagem — completou Kayin.

— Entendi.... — disse Ainá. — E por que você está me contando tudo isso?

— Por que você perguntou? — respondeu ele com outra pergunta.

Kayin abraçou os joelhos enfiando a cabeça entre as pernas, reflexivo. Seguiram-se alguns minutos de silêncio. Ainá mastigava seu terceiro naco de carne, quando, finalmente, mumurou:

— Se não comer, vai morrer. Não que eu me importe...

— Desculpe, estou sem fome...

Outra mentira. O garoto estava, obviamente, faminto. Não precisava ser nenhum gênio para perceber. Então, finalmente, Ainá perdeu a paciência:

— Chega de draminha! — exclamou, levantando-se para dar-lhe um leve tabefe nos ombros. — Moleque mimado!

Aturdido, ele não conseguia responder. Agora, a garota tapava o nariz de Kayin, forçando-o a abrir a boca para enfiar-lhe um pedação de carne goela abaixo.

— Vai comer e pronto, seu idiota! — disse Ainá, segurando a cabeça dele e obrigando-o a mastigar até engolir.

A princesa ainda ameaçou repetir o procedimento, balançando outros pedaços de carne sob o nariz do garoto. Mas a fome falou mais alto e Kayin começou a comer por conta própria. Com vontade, vale dizer.

— Me recuso a ficar cuidando de marmanjo, tá me entendendo? — resmungou Ainá.— Da próxima vez, deixo você morrer...

— Por que não me matou quando pedi?

Num salto, Ainá agarrou Kayin pelo pescoço. Foi empurrando o garoto até imprensar suas costas num tronco de árvore, os olhos faiscando, fixos nos dele.

— Isso é coisa que se fale?! — questionou.

— Vou acabar é vomitando em cima de você... — grunhiu Kayin, irritado.

— Chega de falar de morte. Estou farta!

Ainá soltou o garoto e foi se sentar bem longe da fogueira. Agora, era ela quem parecia triste. Massageando o pescoço, Kayin não quis se aproximar, dizendo apenas:

— Sinto muito pelo que aconteceu com sua irmã...

— Pois é, nem sei por que decidi contar isso pra você, um completo desconhecido, e mesmo assim você continua falando de morte. Chega... — Uma lágrima escorreu pelo rosto de Ainá, rapidamente recolhida com um gesto da mão. — Mas... obrigada de qualquer forma.

— O que você vai fazer daqui em diante? — quis saber Kayin, tímido.
— Para onde você vai?

A princesa considerou aquela pergunta seriamente. Não queria dar sinais de quão perdida estava.

— Por acaso do destino... — respondeu ela, seguindo a pista mais quente de que dispunha. — Bem... *acho* que estou indo para o mesmo lugar que você.

— O Antigo Reino de Ketu? — indagou o garoto, incrédulo.

Ele se aproximou um pouco de Ainá.

— Sim! Minha missão é levar justiça a um dos monstros que habitam o lugar — declarou ela, levantando-se para se postar junto à fogueira.

Em seus olhos, Kayin viu apenas o mais puro desejo de vingança. Sobressaltado, encarou a garota por alguns instantes, sob a luz bruxuleante do fogo, antes de dizer:

— Creio que você... esteja se referindo aos Desafiantes.

Foi a vez de Ainá se sobressaltar.

— O que você sabe a respeito desses seres perigosos? — perguntou, fingindo que sabia do que ele estava falando.

Ora, Kayin preferia ter uma espada contra a garganta novamente a se lembrar daqueles monstros. Tampouco tinha certeza se era seguro revelar o que sabia. Os Desafiantes eram seres elementais, espíritos da natureza. Para entrar no antigo reino flutuante, era necessário duelar com cada um deles...

— Estive lá com minha mãe quando era criança — respondeu ele, finalmente, decidindo contar a triste verdade.

— Eu também! — Ainá mal podia acreditar.

— Minha mãe não sobreviveu... — lamentou Kayin.

— Sinto muito. — Havia uma boa dose de compaixão na voz da princesa.

— Então você sabe o que nos espera... — comentou Kayin, meio sem graça.

— Sei, sim.

Devo dizer que aquilo não era bem verdade... Quando se tratava da malfadada aventura de infância, Ainá tinha que se esforçar de modo redobrado para lembrar detalhes. "Desafiantes." Tentava puxar pela memória aquele nome, encontrando então a imagem da criatura que atacara sua mãe, impedindo-lhes a passagem. Só não sabia que Kayin também se esquecia do ocorrido no lago com incrível facilidade...

Enfim, já, já, eles vão se lembrar...

Ainá tinha certeza de que Kayin lhe sonegava informações, mas para tudo havia um tempo certo. A perspectiva de voltar àquele lugar era assustadora. E ela podia jurar que o garoto também estava com medo.

"Pelo menos minha mãe ainda está viva", pensou ela.

Ficaram em silêncio, encarando a fogueira e sustentando a marra de que estava tudo bem. Até que Ainá quebrou o gelo:

— E esse arco aí? Funciona ou é só decorativo?

— Decorativo?! Mais respeito com os odessi, garota!

— Se todo odessi for esquisito que nem você...

— Se toda oxunsi for uma feiticeira poderosa e linda que nem você... — Kayin tentou provocar, a voz soando em falsete. — Quer dizer...

O combate verbal não era exatamente um ponto forte do moleque, há de se convir.

Ainá quis rir, mas não baixaria a guarda assim tão fácil.

— Olhe... Foi um dia realmente longo, então vou dormir, ok? E ai de você se ousar chegar perto de mim...

· · · · ·

FLORESTA DAS FERAS
LUGAR DESCONHECIDO, MANHÃ
OJÓ EXU 9
OXU COROA
ODUN 4997

— Você dorme demais! — queixou-se Kayin.

— Não enche! — Ainá se espreguiçou, amuada. — Por que não me acordou antes, então?

— Porque da última vez que tentei, você quase arrancou meu pulmão fora...

— Tá me seguindo porque quer, ó Grande Caçador! — debochou ela.

— Seguindo suas ordens, você quer dizer, né? — zombou Kayin. — Carregando as carnes, limpando tudo...

— Não tá gostando? Vá embora! Nem parece que somos inimigos...

— E somos?

— Nossos povos estão em guerra, esqueceu?

Estalavam os ossos do corpo, levantando-se de mais um acampamento improvisado depois de outra noite maldormida. Tinham perdido a conta de quanto tempo havia se passado desde o fatídico encontro. Todos os dias gastavam horas abrindo caminho entre os arbustos e cipós da mata, retorcidos em densos paredões vegetais. As copas das árvores formavam um teto maciço de galhos, folhas e frutos, bloqueando a luz do sol e forçando-os a se concentrar no chão, recoberto por um labirinto de raízes aparentes.

Não encontraram nenhum sinal de aldeias ou cidades. Nem quando decidiram escalar o tronco de uma das árvores anciãs para ter uma visão mais ampla de onde estavam. A mata se estendia, selvagem, para além do alcance da vista, variando em tons de azul, verde, vermelho, amarelo e roxo.

Kayin era sensível aos sons e cheiros do local, por isso tinha que se concentrar para não ser inundado por eles e filtrar o que, de fato, lhes fosse útil. Já Ainá respondia à abundante água doce, presente em poços e em alguns riachos que pareciam correr para cima. Sim, a magia fluía livre e desimpedida por aquela floresta, o que se provava bem mais desgastante do que Kayin e Ainá podiam esperar...

Encontravam predadores cujos feitiços de ataque eram tão mortais que a única tática de defesa possível era a fuga. Em momentos mais calmos, tinham que se livrar das folhas e flores que insistiam em bater papo e dos bichinhos peraltas que lhes pregavam peças, utilizando feitiços inofensivos de luz e som. E, quando decidiram ampliar sua dieta, desfrutando das suculentas frutas disponíveis, algumas estavam tão frescas e vivas que reclamavam a cada mordida, tornando a tarefa de comê-las no mínimo desagradável...

Coisas da magia. Sabem como é...

Aos poucos, suas roupas rasgadas foram sendo substituídas por peças de couro. Coubera a Kayin a tarefa de improvisar uma mochila com galhos e folhas para armazenar as carnes comestíveis. Agora, preferiam caçar em conjunto. Kayin servia de isca às criaturas, imitando o som de animais indefesos, enquanto Ainá se escondia. Depois, a princesa descia a espada sobre os alvos mais distraídos.

Ao final do dia, enquanto Kayin limpava a caça, Ainá buscava temperos disponíveis na mata para aprimorar as refeições. Perdidos como estavam, a rotina teria seguido assim por anos a fio, se dependesse daqueles dois. Porque, apesar das constantes reclamações, a verdade é que começavam a se acostumar um com o outro.

Só que o destino não estava nas mãos deles...

— O que Adebayo faria? — Kayin pensou alto, as mãos afundadas em uma coxa de bicho.

O cansaço acumulado do dia, somado à crescente ansiedade da caminhada sem rumo, tornava suas tarefas enfadonhas. Alternava o olhar entre as mãos sujas de sangue e o crepitar da fogueira à sua frente.

— O que você disse? — indagou Ainá, macerando ervas recém-colhidas.

— O que Adebayo Odé Leye faria numa situação dessas?

A garota largou os temperos. Só então Kayin percebeu quão alto dissera aquilo. Como Ainá ainda aguardava pacientemente, não teve escolha a não ser responder:

— Na minha idade, Adebayo já tinha sido abandonado no meio da mata uma centena de vezes! E sempre se reergueu, sempre superou todos os obstáculos! Por isso pergunto: o que ele faria agora?

Quando finalmente se calou, Kayin abraçava os próprios joelhos, desejando enfiar-se em um buraco bem fundo. Tinha esperança de sumir depois daquele monólogo embaraçoso. Ainá não deixou barato:

— Então você é desses? Um fã de heróis? — Ainá saboreava cada gota de constrangimento alheio. — Pois não vejo nada de errado nisso. Só acho curioso que você se espelhe em Adebayo, um herói logunsi.

Kayin levantou a cabeça, arregalando os olhos.

— Ué, não sabia? — prosseguiu Ainá, ainda mais animada.

"Quem este fedelho acha que é?", pensou ela. Qualquer criancinha de berço em Ijexá sabia que Adebayo Odé Leye era um herói lendário do povo oxunsi, praticamente uma divindade. Não que Ainá conhecesse todas as suas lendas, mas bastava pensar um pouco! Por que raios, afinal, o Lago do Príncipe Pescador nasceria no encontro do rio Erinlé com o rio Oxum? Aquele moleque estava muito mal informado para quem se dizia um ogã... E ainda tinha a audácia de ficar irritadinho.

— Que merda é essa que você tá falando? — Kayin deixou escapar, entredentes.

— E que tom é esse? — rosnou ela.

— Adebayo Odé Leye é um herói odessi! — exclamou Kayin. — Sempre foi!

— Comeu cocô? — Ainá se pôs de pé. — Odé Leye foi filho de uma sacerdotisa oxunsi e um caçador odessi! Filho de Logun Edé! Ele é um grande herói da minha linhagem!

— Mentirosa!

O soco de Ainá foi tão potente que quase arrancou fora o queixo de Kayin. Arremessado em linha reta, ele sentiu várias costelas se quebrarem à medida que suas costas iam se chocando com os troncos de árvore pelo caminho.

— Se me chamar de mentirosa de novo, faço você em pedaços... — Kayin ouviu Ainá dizer ao longe. — E de um jeito que nem seu poder de cura vai conseguir resolver!

Quando Kayin voltou a se aproximar, achou que encontraria a garota distraída.

Ledo engano.

— Estou exausta! A partir de amanhã, quem vai caçar é você — reclamou. — Meu idá não é nem um pouco delicado. Estamos desperdiçando muita carne...

— Pois acho que você está se saindo muito bem...

Kayin tentava ganhar tempo. No fundo, sabia que estava se poupando. Temia a origem de seus novos poderes. Como pudera passar de abiã caçoado e humilhado diuturnamente, uma vergonha para os odessi, a alguém com habilidades sobrenaturais, dignas de um odé?

— Pare de me enrolar, garoto! — insistiu Ainá. — Você não usou seu arco uma única vez.

Na verdade, Kayin nem sabia como manejaria o arco. "Fui salvo duas vezes", pensou. "Por Ebomi Bajo, esta é a verdade." De resto, não controlava nada do que lhe acontecia. E que dignidade poderia haver nisso? "Só queria a chance de me provar em um teste de combate, como um odessi qualquer." Sem isso, era como se vivesse trapaceando.

— Tem certeza de que quer que eu cace? — perguntou ele, prezando pelas aparências. — Posso acabar ofuscando você...

— Eu disse que estou exausta... — rosnou a princesa, saltando.

Em segundos, pressionava a lâmina de seu idá contra a jugular de Kayin.

Aquilo foi demais.

Mesmo para nosso confuso Kayin.

Deixou-se invadir pelos sons da mata e logo encontrou algo que satisfaria seu desejo: uma espécie de lagartão, um bípede emplumado, que, agora, corria em sua direção, desperto de um sono apaziguador pelo chiado potente que Kayin produzia. Como? Ele não saberia dizer. Era um misto de grito de guerra e trinado de pássaro que escapava, instintivo, de sua garganta, atraindo a presa.

E o lagarto avançou, estraçalhando a mata com as patas traseiras, de onde despontavam enormes garras em forma de foice...

...apenas para cair, morto, com duas flechas enterradas entre seus olhos.

Boquiaberta, Ainá assistiu ao balé infernal. Pela segunda vez, Kayin deslizara de seu alcance, chiando e saltando para rodopiar no ar, em uma pirueta veloz de onde brotaram as flechas fatais. Segundos depois, pousara, com a leveza e a elegância de um gato.

— Amanhã, uma ova! — Cuspiu o garoto. — Tome aí sua caça.

— Humpf — guinchou Ainá, orgulhosa.

Mas Kayin viu admiração no olhar dela. Trapaceiro ou não, via muito proveito naquela nova atitude. "Os deuses também não trapaceiam para conseguir o que querem?" Restava saber se tiravam vantagem naquele nível...

— Eu avisei — completou, jogando o lagarto aos pés de Ainá.

A princesa arrancou a pele do bicho de uma vez, imaginando como seria escalpelar aquele garoto irritante. "Irritante, sim", pensou ela, "mas veloz como uma flecha."

Enquanto isso, Kayin tentou se virar para dormir, mas sempre acabava assombrado pela mesma pergunta.

"O que marmotas estou me tornando?"

• • • • •

FLORESTA DAS FERAS
LUGAR DESCONHECIDO, NOITE
OJÓ OBATALÁ 12
OXU COROA
ODUN 499

— Estou esgotada — confessou Ainá, três dias depois.

Àquela altura, já não se importava muito se Kayin estivesse ouvindo. Entre o esforço de manter a rotina e a total incapacidade de se orientar, via seus dons naturais darem vez a uma triste apatia. "É esta floresta maldita!", pensava. Sentia-se esmagada pela sobrecarga energética daquele lugar. Na manhã anterior, simplesmente se recusara a acordar. Por sorte, tinham carne de sobra e Kayin parecia não se incomodar em caçar.

De fato, o garoto evitava importuná-la, convencido de que havia algo errado. Sentia os efeitos da jornada à sua maneira, mas a caçada ao lagarto selvagem contribuíra para amenizar parte de sua tristeza. E se, de vez em quando, ainda se perdia em dúvidas, ao menos sabia que seria capaz de defender a si mesmo e àquela garota.

Sim, porque, inimiga ou não, seu coração ansiava por protegê-la.

Então, reparou que Ainá agora chorava pelos cantos, por mais que tentasse, ao máximo, esconder as próprias lágrimas. À noite, revirando-se em sonhos medonhos, a feiticeira suspirava, murmurando frases sobre princesas, palácios dourados e fogueiras ardentes. Às vezes, clamava por vingança. Kayin ficava ali, apenas imaginando por que tipo de sofrimento ela havia passado.

"Teria sido causado por alguém de meu povo?", perguntava a si mesmo, temendo a resposta.

Foi numa noite mais quieta e escura que de costume, que Kayin ouviu Ainá se levantar, assustada:

— Morte a todos os odessi! — gritou ela, os olhos vidrados de dor.

A princípio, Kayin não disse nada. Quis apenas abraçá-la, certo de que aquele ódio só podia lhes fazer mal. "E a todos os omorixás...", refletiu. Então, tomou coragem e perguntou o que queria mesmo saber:

— Você acredita que eu e você... especificamente... somos inimigos?

Ainá suspirou, um longo suspiro embotado por lágrimas semicontidas. Tentava afastar a imagem de Dayo, morrendo para salvá-la, que povoava seus pesadelos.

— Sua gente... — respondeu Ainá, hesitante. — Bem, foi alguma espécie de criatura que disse ter sido enviada por vocês que atacou e matou a minha irmã. Quase me matou também e a minha... Rainha.

Era tudo o que ela sabia, e a única coisa que podia responder. Porque, se decidisse ser totalmente sincera, teria de admitir que estava começando a confiar em Kayin. "Somos tão diferentes", refletiu, buscando rusgas às quais se apegar. Mas o fato é que ele tivera inúmeras chances de atacá-la. Ainda assim, havia decidido permanecer a seu lado quando as forças dela começaram a falhar...

"Eu... gosto dele", pensou Ainá, fazendo o possível para enfiar aquele pensamento no fundo mais fundo de sua mente. Não podia se dar o luxo de admirar alguém a quem mal conhecia. "Um tipinho arrogante, sorrateiro e calado demais pro meu gosto..."

— Uma criatura que disse ter sido enviada por feiticeiras oxunsi atacou o meu principado e matou meu príncipe babalorixá... — contou Kayin, rompendo o silêncio como se lesse a mente de Ainá — ...bem na minha frente.

— Sinto muito pela sua perda... — sussurrou Ainá, sincera.

Kayin apenas fechou os punhos, em sinal de gratidão.

— E como essa criatura era? — perguntou a princesa.

— Era um sujeito pálido que nem a morte, só pele e osso — descreveu Kayin, revendo a cena diante de seus olhos. — Algum tipo de ajogun humano, coisa que nunca vi antes, sem pelos no corpo, e os olhos...

— ...eram poços azuis de pura perversão. — A garota tremia. — Foram esses seres que quase mataram minha mãe...

— ...e decapitaram o meu babalorixá...

Kayin desistiu de aparentar qualquer tipo de força. Entregou-se ao choro do luto, mostrando-se a Ainá como realmente era. "Um fraco", ecoavam as vozes da infância em sua cabeça. "Um incapaz."

— Meu Babá me criou, foi como meu pai... — Kayin soluçava. — E se estou seguindo você é porque nem tenho dignidade bastante para cogitar uma vingança... Não sou como você, Ainá. E eu queria. Queria ser como você...

— Não queria, não.

Ainá se ergueu. Foi ao encontro de Kayin com a intenção de abraçá-lo. Tudo naquela história indicava que os povos odessi e oxunsi estavam sendo manipulados por... ela ainda não sabia por quem. Nem importava. Saberia em instantes, quando acolhesse Kayin em seus braços. Nem mesmo um odé superpoderoso seria capaz de enganar os sentidos de sua deusa interior.

Como o garoto se afastou, inquieto, Ainá se limitou a fechar os olhos, tocando-lhe o peito com a ponta dos dedos. Não precisaria entrar em transe, apenas concentrar-se por tempo suficiente. Kayin sentiu seu coração relaxar, como se banhado pelo mais doce e suave mel.

Então, Ainá obteve sua resposta. Abriu os olhos, encerrando o contato. Muito constrangidos, acabaram ficando ali, calados, por um bom tempo.

— Não, você não é meu inimigo — declarou Ainá, enfim, em tom solene. — A Oxum que vive dentro de mim não odeia você. Então, eu também não odeio.

— Que Pai Oxóssi abençoe essas palavras... — murmurou Kayin, em estado de graça.

Ele desejava, sinceramente, que todos os odessi e todas as oxunsi pudessem se entender daquela forma.

Sim, apesar de não se darem conta, Kayin e Ainá, agora, sorriam um para o outro. Foi lindo, lindo! Mas durou pouquíssimo, como vocês já devem imaginar.

— A bênção, mãe! A bênção, pai! — Uma voz ressoou rouca e cruel, e parecia pertencer à própria floresta. — Posso vomitar agora?

Levantaram-se de imediato. Ainá sacou sua espada e Kayin já empunhava seu arco. De costas um para o outro, observaram a mata atentamente. A voz ainda ecoava, vindo de todos os lados, impossível de rastrear.

— Garotinha assustada finge ser lutadora feroz. Monstro feroz finge ser garotinho assustado. — Ouviu-se a voz novamente. — Que par adorável!

— Chega de teatrinho! — exclamou Ainá. — Apareça de uma vez!

— Pode deixar.

Então, a criatura surgiu, atravessando o espaço para alcançar a princesa. Ainá suava frio, paralisada pela morte anunciada naqueles olhos azuis. Entre ela e o olhar hipnotizante, interpôs-se Kayin, de braços abertos, antes que qualquer um dos dois se desse conta do que estava acontecendo...

...e o bico do Pássaro perfurou a barriga do garoto.

Kayin berrava de dor, vendo a criatura bicar seus intestinos.

— O que o Adebayo faria, hein? — escarnecia o Pássaro, de boca cheia. — Que delícia essas tripas frescas de abiã medroso!

Mas Ainá estava, finalmente, liberta da paralisia. Com um único golpe de idá, partiu a mata ao meio, em um raio de metros, a perder de vista. Foi um corte perfeito, liso e limpo, que levou consigo troncos grossos, antigos e resistentes. Infelizmente, a criatura se esquivou no último segundo. Agora, brandia suas numerosas asas nojentas nos céus, sob a luz de Oxu, a lua.

Com um urro, Ainá expandiu o idá, tracejando os céus com centenas de lâminas segmentadas que alcançavam alturas nunca antes vistas. A princesa golpeava nos ângulos mais inusitados e, ainda assim, o monstro se esquivava, rindo dela.

— Não consegue nem acertar o garoto, que é uma imitação barata de mim... Como acha que vai conseguir me acertar?

— Vou é matar você! — gritou Ainá.

— Prefere me matar ou deixá-lo morrer? O imbecil não controla a própria regeneração porque não aceita que é um monstro!

Em pânico, Ainá se voltou para Kayin. Ele gritava, segurando as entranhas, enquanto se afogava em uma poça de sangue. Seus olhos oscilavam — ora azulados e mortos, ora humanos, em luta desesperada pela vida.

— Mãe! — berrava Kayin. — Me ajude, mãe!

Ainá largou a espada, correndo até ele. Com um último olhar para os céus, notou que já não havia sinal da criatura. Caiu de joelhos ao lado de Kayin, vendo intestino, fígado, estômago e tantos outros órgãos dilacerados pularem de feridas que se abriam e se fechavam, enquanto a pele do garoto se esticava e se contraía incontrolavelmente. Kayin tentava empurrar tudo para dentro, mas os órgãos pareciam ter vida própria, esparramando-se no chão e voltando ao lugar, apenas para escapulirem de novo sozinhos depois.

Kayin chorava de horror.

— F-fica calmo! — Ainá chorava com ele, tentando ajudá-lo a pressionar as vísceras para dentro do corpo. — Estou aqui! V-vai dar tudo certo!

Não sabia a quem estava tentando convencer.

Então, Ainá fechou os olhos, implorando pela ajuda de Oxum e Oxóssi.

Sim, dos dois. Ao mesmo tempo. E sentiu, em seu peito, que foi ouvida.

Quando tornou a abrir os olhos, Ainá havia se convertido em um minúsculo sol em plena noite escura, a pele coberta de um brilho dourado que lhe conferia uma estranha firmeza nas mãos. E, enquanto suas mãos seguiam na tarefa de pressionar, o brilho percorria os ferimentos de Kayin, difundindo-se como feixes de eletricidade.

O garoto guinchava de dor, mais feral que humano, embora a princesa não se deixasse intimidar. Aos poucos, o corpo de Kayin foi cicatrizando, à medida que seus olhos ganhavam um tom vivo e dourado. O tom negro encorpado voltou a colorir sua pele, que, agora, retomava as dimensões originais.

No instante seguinte, todo aquele brilho se apagou abruptamente. O baque foi tão forte que Ainá despencou em cima de Kayin, esgotada. Suando muito, tentou rolar para o lado, com medo de sufocá-lo.

No entanto, o garoto tinha caído em sono profundo.

Inconsciente, Kayin, enfim, a abraçava.

Ainá acabou adormecendo ali mesmo, sob o olhar atento de Oxu.

ODU 9
OGUNDA MEJI

Repartir, dividir, separar;
Vícios, corrupção, decadência;
Violência, servidão dos infelizes;
Assassinato, covardia, ganância.
A miséria humana em seu ápice.
Cuidado com a frouxidão de caráter.
Não há doença maior que mentir para si mesmo.

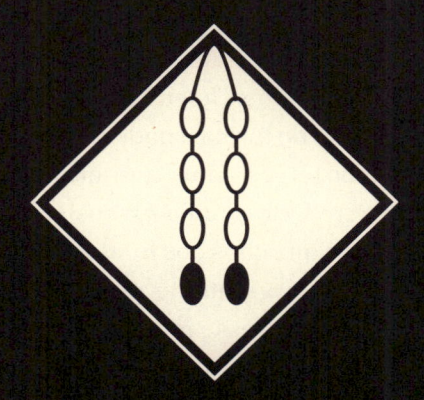

10
OGÃ LINDO

REINO ILÊ AXÉ WURA IJEXÁ
JARDIM SEM FLORES, PÔR DO SOL
OJO ONILÉ 6
OXU COROA
ODUN 4997

Era a quarta noite de axexê, o ritual fúnebre para a despedida da Princesa Dayo, um gesto de exclusão que confirmaria sua entrada no mundo dos espíritos. Dayo deixaria o corpo terrestre, reunindo-se a seu Ipori, o Orixá que acompanhara sua criação, de forma a poder cruzar seu destino novamente em uma futura vida da mesma linhagem.

No Jardim Sem Flores, uma extensa área de capim amarelo e arbustos murchos aos fundos do Palácio Dourado, Ogã Lindo tocava lentamente o atabaque, quase como se ele mesmo estivesse morto. Trajado de branco dos pés à cabeça, como todos os demais, engolia soluçantes lágrimas para cumprir a função com dignidade. Espiava, vez ou outra, as diversas cajazeiras que muravam o jardim circular e que se abriam apenas para dar passagem ao rio Oxum.

Cajazeiras eram conhecidas como a verdadeira moradia de poder das Mães Ancestrais, e Ogã Lindo as observava com medo respeitoso. Principalmente porque, desde o início do rito, abrigavam em seus galhos centenas de urubus, de olhos vítreos, oblíquos, e penugem negra como a noite primeva da criação.

Distribuída pelo jardim, uma multidão de cabeças baixas, cobertas com ojás brancos, prestava respeito. Ali estavam quase todas as ialorixás de Ijexá com os respectivos séquitos de ebomis, iaôs, ogãs e equedes. Entre elas, as tias de Dayo, normalmente tão alegres, pareciam ocas por dentro. Iá Adejumo, minimamente refeita depois da lastimável tentativa de se afogar, era a única a se empinar, carregando sobre a cabeça o imenso balaio com os pertences da sobrinha falecida.

A tristeza era palpável, mesmo entre as maiores autoridades da Hierarquia. A Rainha-Mãe, em especial, estava arrasada, e, dessa vez, não tentava esconder isso de ninguém.

Só que não havia tristeza maior que a de seu mestre, Ogã Esbelto, e de sua Rainha, Iá Daramola.

À frente dos ogãs mais graduados do reino, responsáveis por carregar o caixão, Esbelto vertia um rio de lágrimas pelos olhos inchados e vermelhos. O caixão era dourado e branco, incrustado com raízes e joias. Tratava-se de um pequeno construto orgânico, expelido pelo próprio Palácio Dourado, após extensos rituais e ebós nos quais búzios, vegetais e animais eram sacrificados.

Ao lado de Ogã Esbelto, a Rainha Daramola secara as lágrimas exibindo apenas um olhar severo e doloroso de ódio. Com a mão a postos sobre o próprio idá, parecia pronta para estraçalhar todo e qualquer odé que surgisse em seu reino. Caminhava junto a Yemi que, pela primeira vez, aparecia em público armada. A exemplo da mãe, exalava ódio e dor, a mão coçando sobre o idá.

E, à frente da Rainha, dançavam duas deusas Oiá, manifestadas em princesas oiássi do Reino de Irá. Eram meninas guerreiras de cabelo vermelho, amigas de Dayo, que haviam solicitado permissão à Rainha para integrar o cortejo. Dançavam no chão e no ar, flutuando em correntes de vento, enquanto seus idás soltavam faíscas e raios.

Tudo muito respeitoso e silencioso, pois os atabaques deveriam ser os únicos a erguer suas vozes naquele momento. Ogã Lindo seguiu tocando, cada vez mais devagar, enquanto as lágrimas de todos se transmutavam em um vapor perfumado, triste e dolorido, que, aos poucos, preencheu todo o ambiente.

Quando o cortejo parou na beira do rio, Ogã Lindo sentiu-se grato por ficar para trás, já que preferia não se imiscuir com os procedimentos finais antes do sepultamento. De soslaio, viu que as pessoas entregavam suas últimas oferendas às águas sagradas. Testemunhou também o momento em que Iá Adejumo despejou os pertences de Dayo na lama, que, em breve, os tragaria.

O rio Oxum parecia satisfeito com a oferenda. Criou um redemoinho, indicando aos ogãs para onde deviam conduzir o caixão. Então, ergueu tentáculos líquidos para abraçar e engolir sua filha. As águas foram engolindo, engolindo, engolindo e, assim, o semblante da Princesa Ebomi Dayo Oxum Kunmi Ipondá, primogênita da Rainha Daramola, desapareceu para sempre das Terras Encantadas do Aiê.

◆◇◆

Findo o rito, alguns membros da família real permaneceram em silêncio no Jardim Sem Flores. A Rainha e suas três irmãs ficaram de pé, em frente ao rio, encarando as águas e o horizonte. Ogã Lindo deixava-se descansar, apoiado no atabaque, à espera de novas ordens. Algo lhe dizia que não tardariam a chegar.

Logo, sentiu a mão grande e gentil de Ogã Esbelto pousar em seu ombro. O príncipe consorte puxou o rapaz para perto de si, sussurrando em seu ouvido:

— Não posso ir atrás da Ainá agora...

— Eu sei, senhor.

— A Rainha quer guerra... e preciso tentar impedir isso.

— Não acha que os odessi são os responsáveis?

— Acho que... há mais coisa por trás disso. E que Ainá sabe do que se trata.

— Então, o senhor também acha que ela está viva?

O príncipe encarou o pupilo, olhando-o bem fundo nos olhos.

— Por favor, ache a minha filha. Você é o único que pode fazer isso...

Encarando seu mestre, o jovem ogã respondeu:

— Eu, Ogã Lindo Odé Tunji, prometo trazer a princesa Ainá de volta. Mesmo que isso custe a minha vida.

— Não! — O príncipe voltou a sussurrar: — Chega de vidas perdidas! É para evitar esse tipo de coisa que preciso ficar aqui. E nem pense em vingar a morte de Dayo! Apenas... apenas traga minha filha em segurança...

— Assim será feito, mestre — prometeu o jovem.

• • • • •

FLORESTA DAS FERAS
LUGAR DESCONHECIDO, MANHÃ
OJÓ EXU 9
OXU COROA
ODUN 4997

Ogã Lindo nunca havia corrido tanto em toda a vida. Havia três dias atravessava a floresta, sem pensar em comer ou dormir. Deslizava, deixando que as pernas seguissem o fluxo dos ventos.

Partira do Palácio Dourado na madrugada do axexê de Dayo, não sem antes preparar o melhor ebó possível para o pai espiritual, Logun Edé. Como o tempo era curto, coletara as frutas preferidas de Ainá, seus vestidos, pentes e maquiagens prediletos, uma série de badulaques e objetos pessoais preciosos, enrolando tudo em uma grande trouxa de pano branco que jogou sobre o ombro.

Em seguida, foi ao roncó onde estava seu ibá e se ajoelhou diante das lindíssimas peças de louça azul e dourada que representavam o sagrado. Com a trouxa ainda nas costas, depositou o ibá às margens do rio Oxum. Por fim, cantou para o deus responsável por sua existência, arremessando a trouxa nas caudalosas águas do rio.

E o rio aceitou a oferta.

Tinha acabado de realizar o ebó dos Passos de Exu.

O feitiço aumentaria para valer a força, a destreza e a velocidade de seu corpo. Funcionava assim: quanto mais itens de valor a pessoa sacrificava, maior era a potência física adquirida. E maior seria a duração do efeito, só que o preço a pagar ao final costumava ser bem salgado.

Por isso, aviso: não tentem fazer isso em casa, crianças!

Inicialmente, foi difícil sincronizar-se na direção em que Ainá se encontrava, já que a fissura pela qual a garota atravessara, aparentemente criada por algum tipo de ajogun, apagava boa parte de seus traços energéticos. "Uma situação muito estranha", refletiu. Até onde sabia, criaturas desse tipo não tinham nem a inteligência nem os poderes necessários para rasgar a realidade daquela maneira. De qualquer forma, logo nas primeiras horas de sua busca acabou descobrindo que estava indo na direção errada.

Não fosse o feitiço de rastreamento que seu mestre, Ogã Esbelto, lhe ensinara, talvez não tivesse conseguido acertar seu radar místico.

Infelizmente, o segundo problema surgiu justamente por causa desse feitiço, que funcionava apenas quando o batedor corria em linha reta. Ora, convenhamos, por mais que a ideia de flecha traçadora fosse bastante apelativa, tratava-se de algo bem difícil de implementar! Ogã Lindo não tinha poderes espetaculosos, não podia sair lançando raios para explodir os obstáculos à sua frente, como se fosse um elegun possuído pelos deuses.

Restou-lhe a precisão. Desviava das árvores, utilizando-as como trampolim caso necessário. Assim, conseguia escalar morros e montanhas sem diminuir a velocidade. Ou saltar de rocha em rocha flutuante para não perder tempo com os terrenos irregulares da floresta. À custa do próprio corpo, chegou a caminhar sobre as águas, evitando dar longas voltas ao redor das lagoas e dos rios que encontrava pelo caminho.

O que nos traz ao terceiro e mais preocupante desafio: seu corpo não aguentaria o esforço monumental por muito tempo. Nunca havia feito nada semelhante. Pelo menos não assim, sozinho. Sete anos antes, participara da pequena expedição convocada por Ogã Esbelto para levar Ainá e a Rainha de volta ao reino. O batalhão, que incluía seus melhores caçadores, havia realizado o ebó dos Passos de Exu. O príncipe consorte sabia que um caçador não deve abusar do feitiço, pois pode estourar o corpo. Cercara-se de apoio, e cada um seguia na velocidade que conseguia aguentar.

No entanto, a solidão atual tinha suas vantagens. Agora, Ogã Lindo conseguia ir mais longe sem grandes distrações. Além disso, era realmente a pessoa mais capaz de rastrear Ainá, com ou sem o apoio de feitiços. Afinal, era quem passava mais tempo com ela. Mesmo quando a princesa não percebia.

Perdera a conta das vezes que tinha sido obrigado a mentir para a garota, dizendo que estava "ocupado com uma missão". A verdade é que Ainá era sua única missão. Vivia sempre à espreita, invisível ou não, observando a princesa. Esforçava-se ao máximo para não arruinar-lhe a intimidade, mas não se permitia ficar longe demais.

Estava destinado a protegê-la.

E, em sua visão, isso incluía protegê-la da própria família.

Custava-lhe lembrar-se do episódio de violenta submissão a que Iá Kokumo submetera a neta. Ogã Lindo chegara a ponto de atacar a Rainha-Mãe, mas preferia não pensar muito nisso. Teria feito de tudo, no entanto, já não importava...

Sentia-se extremamente culpado por não ter contado a Ogã Esbelto para onde Ainá tinha ido sete anos antes. Sim, obviamente, ele sabia. A própria princesa lhe contara, pedindo que guardasse segredo. Relutantemente, ele lhe obedecera.

E, se soubera para onde Ainá tinha ido antes, saberia para onde ela teria ido agora. À medida que se concentrava, voltou a sentir o cheiro dela no ar. A princípio, apenas um rastro distante, mas, ainda assim, inconfundível. Em breve, rastrearia os ecos daquela doce voz, entre o ruído dos bichos e das águas correntes. Quando a irmã estivesse passando por algum perigo, a dor explodiria em seu próprio peito, avisando-lhe que precisava se apressar ainda mais.

Ogã Lindo e Ainá estavam em contato novamente.

O garoto tinha sentido tanta falta desse contato que quase se pôs a chorar.

"Somos um", pensou. Então, não havia sido ele a cair paralisado quando Dayo foi assassinada? Naquele momento, sentira uma onda de choque descomunal despontar em seu coração. Não o espantava que Ainá tivesse um imenso poder oculto... Sabia disso desde muito antes da cena com Iá Kokumo, embora nunca tivesse contado suas impressões a ninguém. Nem para a própria princesa.

Só não imaginava que era tanto poder assim! Agora, Ainá estava perdida, porque ele não tinha sido capaz de segui-la fissura adentro. E não gostava nada daquele sentimento. Sem dúvida, é muita arrogância achar que tudo que acontece de ruim com alguém é culpa exclusivamente nossa, não é?

Ogã Lindo sabia disso, mas, sendo um logunsi, não tinha como evitar. O mundo girava ao redor dele, ora essa.

"Não", pensou Lindo. "O mundo gira em torno de Ainá."

◆◇◆

Ogã Lindo correu, correu e correu. Por mais três dias. Sem parar.

Até que foi arrebatado por outra onda de choque.

O poder da princesa estourava outra vez.

"Ela está sofrendo", pensou, estatelado no chão da floresta. De boca aberta, suando, virado para o chão, sentia o gosto da terra e da grama, enquanto seus músculos travavam, um a um. "Está se transformando, se modelando..." Onde quer que estivesse, a princesa moldava o tecido da realidade para atender à própria vontade.

"Mas Ainá nunca fez isso antes...", refletiu Ogã Lindo, antevendo o perigo. "Preciso alcançá-la, protegê-la, avisar que... que..."

Então, apagou, exaurido.

◆◇◆

No dia seguinte, Ogã Lindo estava faminto. Meteu a mão na terra, com toda a força de que dispunha, arrancando uma minhoca carnívora do solo endurecido. Era um bicho grande, desses que destroçam um braço humano com uma só mordida. Ogã Lindo o engoliu quase sem mastigar. Devia bastar, quanto ao quesito proteínas.

Pelo menos por enquanto.

Disparou novamente. Sabia que Ainá estava muito perto.

Foi quando chegou a um local onde as árvores haviam sido, literalmente, dizimadas. De repente, os únicos obstáculos à sua frente eram tocos debastados. E os grandes troncos caídos, um espetáculo terrível, mas não tão terrível quanto o que o aguardava...

Em um único movimento, Ogã Lindo desvencilhou Kayin de Ainá, espetando sua lança na garganta do odessi desconhecido.

— Ah, não! — Foi tudo que Kayin conseguiu dizer. — De novo, não...

FLORESTA DAS FERAS
LUGAR DESCONHECIDO, MANHÃ
OJÓ EXU 13
OXU COROA
ODUN 4997

"Precisão mortal." Era esse o elogio que Ogã Lindo mais ouvia. Sua especialidade eram ataques que liquidavam a fatura em um único golpe. E nunca errava o alvo. Sob o efeito máximo do ebó dos Passos de Exu, os resultados seriam inevitáveis.

Então, por que marmotas não conseguia acertar aquele odessi magricela de jeito nenhum?

Kayin parecia desaparecer sempre que um golpe estava prestes a atingi-lo, reaparecendo à sua frente no instante seguinte.

— Fique quieto pra eu matar você! — rosnava Lindo.

— Odé Tunji! Chega!

Não fosse Ainá ordenando, ele não teria parado. Só o chamava pelo orunkó quando estava brava.

— É impossível acertar esse paspalho... — informou a princesa. — Acredite, já tentei muitas vezes! Só rola quando ele deixa.

Seria possível? Virando-se para sua irmã de barco, Ogã Lindo notou algo diferente no jeito dela. Apesar das palavras grosseiras, Ainá olhava para o tal paspalho veloz com cara de quem lhe nutria afeto. "O que importa é que ela está bem", pensou ele, suspirando e baixando a guarda. De qualquer forma, sabia que teria de ficar de olho.

Largou a lança e correu para abraçá-la.

— Que bom que você está bem, melzinho... — sussurrou-lhe ao pé do ouvido. — Fiquei muito preocupado...

— Eu sei... — respondeu Ainá, sorridente. — Você... não faz ideia do tanto que tenho pra contar.

— Eu também, riqueza, eu também...

E não havia palavras para descrever o alívio que Ogã Lindo sentia. Sua irmã era belíssima, mesmo quando estava suja, maltrapilha e desgastada. Dali em diante, cuidaria dela, não importando quais fossem as consequências. A preocupação de Lindo foi justamente o motivo pelo qual interrompera aquele abraço. Então, perguntou à irmã, apontando para Kayin:

— Antes da fofoca, me diga: quem marmotas é esse sujeito?

Kayin apenas observava, com sua característica expressão aparvalhada.

— Hã... — pigarreou, incerto. — Parabéns aí, pelo reencontro!

— Não é o que você está pensando... — explicou Ainá. — Este é o Lindo, meu irmão de barco.

— Ufa... — Kayin deixou escapar.

— Está aliviado com o quê, moleque? — indagou Lindo, encafifado.

— Foi ela quem me deu satisfação, ué! — Kayin apontou para a princesa, nervoso.

— E quem é você, afinal? — Lindo exigiu saber.

— O nome dele é Kayin — respondeu uma voz que nosso querido caçador conhecia bem. — Um abiã do Principado Ilê Axé Irubim.

A minha voz, no caso. Sim, porque já estava na minha hora de voltar para esta história, não acham? Assim, de corpo presente. Sentiram saudade? Pois eu estava sentada em um arbusto bem perto. Tinha acabado de acordar.

— Yinka...? — Kayin estava estupefato.

— Mais uma odessi estranha pra bagunçar o rolê?! — exclamou Lindo.

— Quem é esta sujeita, Kayin? — gritou Ainá. — E como assim "abiã"?

— Pelo amor de Oxalá! — respondi, simplesmente. — Vocês falam alto demais! Quando foi que chegaram?

Eu precisava dar alguma deixa, né? Pois ninguém parecia se dar ao trabalho de reparar. Para falar a verdade, até apontei! Para além da imensa clareira onde eles se encontravam, o chão da floresta desaparecia, tragado por um penhasco fatal. Dali, quedas levariam a lugar algum, sob um horizonte nada amistoso, repleto de nuvens pesadas. E, lá no alto, encoberto pelas nuvens mais escuras e tristes, flutuava algo gigantesco, verdadeiramente assustador.

Estava longe? Sim, até estava, mas não era desculpa para não reparar...

Naquela manhã de Ojó Exu, dia 13, eles haviam chegado ao fim da Estrada dos Pesares.

Estavam diante do portal invisível que levava ao Antigo Reino de Ketu.

◆◇◆

A os poucos, Ogã Lindo foi se acostumando com nossa presença. A minha e a de Kayin, quero dizer. Dividimo-nos em duas equipes, cuidando de deixar o ogã trabalhar com sua princesa favorita. Assim, atualizariam as fofocas, enquanto ajudavam a preparar o ebó necessário para a entrada no reino. Coletavam flores e folhas multicoloridas, escolhendo entre os vistosos espécimes locais.

Ao cortar a mata em dois, o idá de Ainá já fizera boa parte do serviço. Então, bastava que caminhassem entre os galhos e troncos caídos, colhendo o que lhes apetecesse e embrulhando em uma folha gigante. Enquanto isso, Ogã Lindo ouvia, embevecido, os relatos aventureiros da irmã:

— Depois de tudo isso, eu devia voltar... — Ainá encerrava a história, temendo o que Lindo iria dizer. — Mas, antes, preciso ir até o lago...

— É assim que se fala, melzinho... — Lindo apenas sorriu.

— Sua missão não era me levar de volta pra Ijexá? — inquiriu ela, desconfiada.

— Pfff... — Ele teria dado de ombros, mas estavam ocupados sustentando a trouxa de folhas e frutos. — Considerando que seu pai me pediu para lhe dar essa roupa bacana... acho que ele já sabia o que ia acontecer.

Referia-se, é claro, ao uniforme branco com detalhes em dourado que Ainá, agora, vestia. Tratava-se de um traje típico das feiticeiras guerreiras de Ijexá, com ojá, pano da costa, saia bordada e calçolão.

Àquela altura, sabiam que, o que quer que fossem encontrar nas ruínas de Ketu, nada teria a ver com vingança. Trocaram sorrisos de cumplicidade, ansiando pelo dia em que veriam Ogã Esbelto de novo.

◆◇◆

— Já se achando o máximo com esse traje de caçador, hein?

Era eu, com meu jeitinho todo especial que vocês já conhecem. Sim, porque eu tinha sido escalada para a caça junto com Kayin. Um trabalho verdadeiramente difícil, porque boa parte dos bichos haviam fugido depois do rebu entre Ainá e o Pássaro. Fazíamos o que podíamos, agachados entre os arbustos mais distantes da área em questão. Muito sem jeito, Kayin se esgueirava em seu novo traje, todo branco e azul, digno de um odé, com direito a camisu bordado, plumagens, filá e tudo mais.

— Isto aqui... é roupa de ebomi — reclamou o abiã, desacostumado.

— Você bem que podia mostrar um pouco mais de consideração... Principalmente, depois que Ebomi Bajo se deu ao trabalho de me trazer pra cá com essa roupalhada toda pra ajudar em sua missão.

— Missão...? Por que a mestra traria você pra um fim de mundo perigoso que nem este? E como ela sabia que eu vinha pra cá? Nem eu sabia!

— Digamos que ela teve uma intuição.

"Ela acredita em você, garoto lento", eu quis dizer, mas mantive a compostura.

Pontos para mim.

— E onde ela está agora? — perguntou Kayin.

— Disse que tinha de voltar pra Irubim. Imediatamente. As coisas não estão nada fáceis por lá.

— Como assim?

— Bem, pra começar, Babá Biyi e Iá Mobo foram assassinados. Aparentemente, pela mesma criatura que matou nosso Babá. Os Principados de Ketu resolveram se unir para se vingar de Ijexá. Como se eles conseguissem, né? Na prática, ninguém se entende. E há relatos de que as oxunsi estão reunindo tropas de bestas encantadas para invadir Ketu. Pra valer, desta vez.

— Então, a missão seria...?

— Não sei. Me diga você...

— Eu acho... — começou Kayin, conectando os pontos. — Na verdade, sinto que devo terminar o que minha mãe se propôs a fazer... Mas, antes disso, preciso saber: Yinka, o que é isso que eu me tornei?

— Me diga você.

— Não é hora pra joguinhos!

— Estou sendo sincera — respondi.

Confesso que era, na melhor das hipóteses, uma verdade parcial.

— O que significa ser um "Rei do Trono do Conhecimento"?

— Olhe seu reflexo no lago e você saberá...

Foi quando Kayin desapareceu da minha vista.

Na real, desapareceu da vista de todos.

Porque notei que Ogã Lindo e Ainá estavam pouco atrás de nós. Com certeza, assuntando o que tanto conversávamos. E, quer entendessem ou não o que tínhamos dito, a expressão em seus rostos era impagável. Especialmente agora, que Kayin reaparecia, cerca de um metro acima de mim, as pernas arqueadas no ar como se montasse um ser invisível. À queima-roupa, o garoto disparou três flechas certeiras, desfazendo a camuflagem mágica do felino alado que caiu morto a nossos pés antes de conseguir nos abocanhar.

— Pelo visto, você está realizando seu sonho de se tornar um grande caçador, hein? — comentei, com o intuito de enfatizar a proeza aos ouvidos de Lindo.

O irmão de Ainá precisava aprender a respeitar Kayin.

Sem isso não teríamos a menor chance.

Funcionou. O ogã manteve os olhos fixos nas três flechas cravadas no crânio do bicho durante todo o percurso de volta ao portal. Não fizera menção de ajudar Kayin, que arrastava a enorme carcaça pelas patas...

...mas era um começo.

◆◇◆

— Senhor ogã, por gentileza — pedi, imbuída de minha tarefa conciliatória —, se o senhor puder nos dar a honra de cortar o bicho...

Grunhindo algo inaudível, Lindo sacou um obé de madeira improvisado e pôs-se ao trabalho.

Todos os caçadores são rudes quando contrariados?

A resposta mais curta é um sonoro "sim".

Não que eu ligasse. Tínhamos nos ajoelhado à beira do penhasco que decretava o fim da Estrada dos Pesares. À nossa frente, estava o portal invisível que era... Bem, invisível. Sob um vento forte, observávamos as centenas de sementes e lascas de ossos espalhados por ali, restos de oferendas anteriores. Perto como estávamos, conseguíamos ver, entre nuvens cinzentas, as inúmeras formações rochosas que orbitavam a imensa ilha alada na qual o Antigo Reino de Ketu se abrigava.

Espalhamos as oferendas de folhas e frutos, aguardando o golpe de Lindo. Depois de decapitar o bicho, o ogã o ergueu virado para baixo, de forma que o ejé jorrasse abundante sobre as demais oferendas. De olhos fechados, cantamos na língua antiga das Terras Encantadas, ofertando às divindades o melhor que podíamos naquele momento.

Quando finalmente abrimos os olhos, a fissura estava lá — um estranho e inexplicável rasgo no espaço.

— Conseguimos — deixei escapar, emocionada.

O quê? Tão duvidando de mim? Pois eu estava sendo sincera, tá? Nunca esperei que fôssemos conseguir de primeira. Não só me emocionei como cheguei a chorar. Nada dramático, só uma lagrimazinha escorrendo do canto do olho. Parecia que aqueles moleques eram mesmo capazes de tornar seus sonhos realidade...

...por todos os meios necessários.

Enfim, éramos uma equipe. Só faltava convencer Ogã Lindo.

— Me lembra de novo por que a gente precisa desses dois? — perguntou ele, cutucando Ainá.

— Por que minha mãe, uma das maiores feiticeiras vivas, não deu conta de todos os Desafiantes? — respondeu Ainá, seca, com uma pergunta. — Precisamos de toda a ajuda que estiver disponível. Além disso... o abiã ali conseguiu chegar ao Antigo Reino de Ketu uma vez. Se estiver falando a verdade, é lógico...

Kayin deu de ombros, grunhindo baixinho.

Sem mais enrolações, cruzamos a fissura.

E deixamos o mundo visível para trás.

OBA 10
OSA MEJI

O poder que a mulher exerce sobre o homem
É um dos poderes fundamentais.
É um dos poderes mais antigos entre os seres humanos.
Alguns até acreditam que nesse poder
Residem forças maléficas
Capazes de dominar o fogo e utilizar o poder dos astros.
Oxu, a lua, está de olho, sempre de olho.
O poder que a mulher exerce sobre o homem
É tão estupendo
Que é capaz de invocar todos os Odus existentes.
Nunca brinque com as Mães Ancestrais.

11
AINÁ & KAYIN

OUTRA DIMENSÃO
OJÓ ???
OXU ???
ODUN ???

— Cês vão ficar bravos se eu vomitar? — perguntou Kayin.

— Até parece que nunca entrou aqui, garotinho — escarneceu Ainá, só para manter a pose, porque estava igualmente enjoada.

Ogã Lindo optou por não dizer nada. Era compreensível. Como posso explicar a vocês? Estávamos girando. De cabeça para baixo? Não exatamente. Flutuávamos, então era como se estivéssemos deitados. E em pé. Assim, ao mesmo tempo. Até porque estávamos pisando em alguma coisa.

Onde? Ah, não dá para descrever. Imagine o nada. Pois bem, é o melhor que posso fazer por vocês. Quer dizer, havia cheiros. Ou algo parecido. E ruídos. É, isso com certeza! Água borbulhando, fogo crepitando, terra tremendo, vento... Mas entrar em outra dimensão, habitar aquele reino transitório, embaralhava nossas percepções.

Sim, porque estávamos na divisa entre o mundo visível, onde vivem os mortais, e o mundo invisível do pensamento, onde vivem os espíritos.

— Desconfiem de seus sentidos carnais... — avisei. — Tentem perceber as coisas com os sentidos espirituais.

Eu sei! Não era muito a que se apegar, mas estávamos sem opções. Concentramo-nos o máximo que podíamos, guiados pela mais pura intuição, até sentirmos que o ambiente ao redor adquiria algum tipo de lógica. Depois de certo tempo — segundos? minutos? horas? —, vi que estávamos todos de pé, lado a lado, pisando relativamente firme no chão metafísico abaixo de nós.

Aos poucos, todo mundo foi se acostumando com o caleidoscópio multissensorial de cores, odores e ruídos que formava aquela dimensão. Meus companheiros perceberam que quanto mais nos mantivéssemos focados, mais estável seria nossa experiência por aquelas bandas.

Eu, particularmente, achava ótimo.

Se eu deixasse, aquelas crianças — ok, jovens adultos! — iam viver se engalfinhando, embaraçadas em picuinhas desnecessárias.

Além do mais, o primeiro Desafiante já estava à nossa frente.

Perfeitamente sentada no meio do nada, havia uma criatura, uma mescla abrutalhada de ser humano e cão selvagem. Trazia panos, búzios e joias distribuídos pela superfície do corpanzil, mais adereços que roupas, sabem? Diversas argolas e brincos pendiam-lhe das orelhas. Tinha olhos negros como as profundezas da terra.

Levantou-se ao nos ver chegar. Era duas vezes maior que Ogã Lindo, o mais alto de nós! Seus bíceps e ombros eram tão desproporcionalmente grandes que pareciam prestes a quebrar-lhe a cintura. Ergueu as mãos, arrastando de leve as patas de cachorro, enquanto dizia:

— Olá, viajantes! — Sua voz era rouca e gutural. — Faz tempo que não recebo visitas. Trouxeram algo de bom para comer?

— Infelizmente não, senhor — adiantei-me. — Acabamos gastando tudo no preparo do ebó para entrarmos aqui.

— Puxa, receio que não poderei deixar vocês passarem, então... A menos que algum de vocês seja capaz de me superar em combate.

De repente, uma imensa lâmina se materializou nas mãos da criatura, um espadão que, a princípio, nem seus músculos avantajados deveriam ser capazes de segurar. E, no entanto, lá estava ele, erguendo a arma com uma única mão.

— Qual seria seu nome, senhor? — perguntei.

— Ó, me desculpem, foi rude de minha parte não me apresentar! Podem me chamar de Aja Onija. Eu os desafio para um teste de força. Mandem o mais forte de vocês ou não terão a menor chance...

Ogã Lindo, obviamente, fez menção de se apresentar, mas Ainá segurou a mão dele.

— O que você pensa que está fazendo? — perguntou ela.

— O ebó dos Passos de Exu ainda está ativo!

— Mas... quanto você sacrificou no ebó? — Ainá não estava convencida.

— Tudo o que havia de mais precioso pra mim...

— Você não pode fazer isso! — exclamou Ainá, em choque.

— É meu destino...

Delicadamente, Lindo soltou a mão da princesa, aproximando-se de Aja Onija.

Uma espécie de arena grosseira — feita de terra, capim e pedra — materializou-se sob os pés dos oponentes.

— Aceito seu desafio — declarou Ogã Lindo, sacando sua lança.

— Maravilha, jovem! — Aja Onija parecia incrivelmente alegre. — Então, por gentileza, permita-me acabar com sua vida.

E a imensa lâmina do Desafiante fatiou a arena ao meio, criando ondas de choque tão fortes que acabamos nos perdendo de novo no tempo-sem-espaço. Ou seria espaço-sem-tempo? Bem, vocês decidem. De repente, meus ouvidos zuniam e meu corpo inteiro tremia. De relance, vi Ainá rodopiar sobre si mesma, imersa no que me pareceram ser bolhas multicoloridas, formadas por lágrimas de espanto que ela mesma vertia. Kayin segurava seus próprios pés, encarando-os como se fossem os mais selvagens monstros, enquanto gritava sem produzir som algum.

— Concentrem-se! — eu tentava gritar, sem saber se alguém me ouvia.

Até porque, do desafio mesmo, pouco se conseguia acompanhar. Houve flashes de puro terror malcheiroso, seguidos por um perfume de garra e coragem fiel, sem que fosse possível visualizar nenhum dos oponentes. Quando conseguimos recuperar um pouco da estabilidade, constatamos que Ogã Lindo havia perfurado o crânio de Aja Onija. Custara-lhe apenas um braço.

Bem, talvez um pouquinho mais.

— Aprovado... — sussurrou Aja Onija, para, em seguida, seu corpo se desfazer em névoa.

Lindo caiu de joelhos, indo de cara ao chão. Por muito pouco não havia sido cortado ao meio. Em vez disso, perdera o braço e parte do ombro direito, que pendia aberto em um ângulo muito esquisito, tingindo a semirrealidade ao nosso redor de vermelho.

◆◆◆

— Lindo Odé Tunji, levante-se agora mesmo! — rosnou Ainá, com o rosto repleto de lágrimas e as mãos empapadas de sangue.

Sentara-se por cima do irmão, tentando invocar novamente o poder conjunto de Oxóssi e Oxum. Os resultados não eram nada promissores... Enquanto isso, Kayin andava para lá e para cá, sem saber o que fazer.

Ah, podem dizer! Que seria deles sem mim?

Ajoelhei-me ao lado do ogã, pedindo a Ainá:

— Princesa, por gentileza me dê a sua mão...

— Que que você quer, garota? Não vê que estou ocupada?

Pois é. Haja paciência!

— Rainha do Trono do Amor — entoei o título milenar, muito séria. — Dê-me sua mão para que possamos curar o rapaz. Senão, ele certamente morrerá...

Surpresa, Ainá acatou meu pedido. Agora, as mãos ensanguentadas da princesa de Ijexá tocavam minha mão esquerda. De imediato, minha mão livre começou a brilhar. Apliquei-a sobre a ferida onde, um dia, havia estado o ombro direito do ogã. Pressionava-a com firmeza, no intuito de recuperar seu ombro.

O braço, infelizmente, teria que ficar para trás.

Assim foi. Ainá tremia, meu corpo pulsava e Ogã Lindo convulsionava. A princesa proferia palavras de cuja origem ela nem desconfiava, enquanto seus olhos brilhavam, dourados. Minhas veias e artérias estavam prestes a explodir, vergando sob o poder daquela menina. Quando senti que não ia mais aguentar, a ferida começou a se fechar, convertendo-se em uma horrenda cicatriz.

Desmaiamos, caindo para trás. Ogã Lindo dormia profundamente. Kayin ficou lá, em pé, ofegante, chorando até quase secar.

◆◇◆

Não chegamos a acordar. Afinal, as coisas não seriam tão simples. Quando vimos, estávamos de novo no nada, invadidos por múltiplos estímulos imateriais, caprichando para nos concentrar.

— Foco! — pedi. — O ambiente vai mudando e se mesclando com o que imaginamos... Pelo menos, isso é o que eu acho.

Pusemo-nos a caminhar. Kayin ia na frente, servindo de apoio a Lindo, que arrastava os pés, semiconsciente. Exaustas, Ainá e eu seguíamos de mãos dadas, ancorando uma à outra. Infelizmente, a princesa estava curiosa demais.

— O quê...? — sussurrava Ainá. — Como você...?

— Não sei. Creio que fui apenas um canal para a realização do seu desejo.

— Isso você já disse! Quero saber como. Quero saber o quê... o que é você?

Achei aquela coisa de "o quê" muito mal-educada, para dizer o mínimo.

— Que tal deixar o papo para depois? — respondi. — Veja! Estamos diante do segundo Desafiante.

A criatura que nos aguardava não era tão grande quanto a primeira. Tinha quatro asas, vermelhas e pretas, além de vários pares de braços, como uma espécie de homem-borboleta. Recebeu-nos voando em círculos, virando as antenas e os olhos esbugalhados em nossa direção.

— Ah, finalmente tenho visitas! — disse. — E são visitantes fortes! Passaram pelo cão sarnento. Mas será que são espertos?

Senti meus pés formigarem, atritando contra o chão subitamente ressequido. Tratava-se de uma nova arena, uma mistura de carvão e rochas magmáticas, bafejando o acre odor de ossos queimados e um intenso calor. Dessa vez, o espaço acolheu a nós quatro, e temi, por alguns instantes, que não tivéssemos a opção de eleger um defensor.

Depois de flanar mais um pouco, a criatura estancou o voo. De suas asas surgiram milhares de etéreas borboletinhas negras. Detalhe: inteiramente feitas de pólvora. À medida que se espalhavam pelo ambiente, o corpo delas faiscava como se estivessem prestes a entrar em ignição.

— Muito bem, criaturinhas arrogantes... — começou o Desafiante, dirigindo-se a nós. — Podem me chamar de Iná Labalaba. Desafiarei um de vocês para um teste de inteligência. Se a pessoa escolhida falhar, todos morrerão.

Kayin se desvencilhou de Ogã Lindo, pronto para se oferecer, mas eu o barrei.

— Os dois primeiros Desafiantes são os mais fracos de todos — cochichei em seu ouvido. — Vamos precisar de você e da princesa para os últimos embates.

— Não é pra morrer, ouviu? — disse-me Ainá, genuinamente preocupada.

— Tenho muito o que viver ainda, princesa.

Kayin não se atreveu a me contestar. Ansioso, acompanhou cada passo que dei até me postar bem no centro da arena, armada apenas com meu cérebro.

— Por gentileza, Iná Labalaba, me diga — adiantei-me novamente. — Por que seríamos arrogantes?

— Porque ousam desafiar os deuses — respondeu Labalaba, ofendido. — Porque vocês têm a audácia de impor sua vontade para tornar seus sonhos realidade.

— Horrível isso, né? — comentei.

— Adeus — declarou Labalaba.

Foi quando as borboletinhas voaram, todas de uma vez, em minha direção.

E explodiram.

Kayin gritou, tentando alcançar o local da explosão. Foi impedido por uma nuvem de destroços um pouco mais ativa do que o normal. No entanto, ouvindo o ilá de Odé Kunle, minha divindade, o abiã soube que eu estava viva. Eu tinha pulado para trás, mas não longe o suficiente. Conclusão: meu corpo estava um caco, cheio de queimaduras e, literalmente, caindo aos pedaços.

Labalaba não perdeu tempo, enviando mais borboletas para me atacarem. A princípio, minha Odé Kunle conseguiu se desviar. Só que foi ficando cada vez mais difícil. As borboletas não paravam de chegar. E em bandos cada vez maiores.

Até que...

— Foi divertido brincar com seu simulacro, menina. — Labalaba virou-se para trás. — Mas a verdadeira você está cercada.

Pois é! Eu tinha sido pega no pulo do gato, encontrada por aquelas borboletas malditas em meu cantinho inventado bem atrás do Desafiante. Aproveitei para desfazer minha inútil ilusão ensanguentada, enquanto Kayin tentava intervir de novo. Por sorte, Ainá não permitia, poupando-me o trabalho.

— Guenta aí! — disse a princesa. — Essa Yinka é realmente muito esperta...

Passadas as distrações, Labalaba me catou em pleno ar. Sim, você entendeu direito. Agarrou o pescoço de meu eu verdadeiro — ao qual, devo dizer, sou extremamente apegada —, já que a versão mais ou menos lá embaixo, cercada de mortíferas borboletinhas explosivas, também era uma ilusão minha.

— Agora acabou pra você — anunciou Labalaba, triunfante.

— Na verdade, acho que acabou para nós dois — informei, compassiva.

Usando as duas mãos, segurei um dos braços do Desafiante.

E ele explodiu.

Juro que era para ser o fim.

Adeus. Sinto muito, pessoal. Sua narradora morreu.

Quando abri os olhos, estranhei horrores o fato de ainda estar viva. Logo percebi que estava nos braços de nosso amado Kayin.

— Fascinante! — exclamei, admirada. — Você me catou milésimos de segundo antes do Borboletaço explodir...

Em resposta, Kayin gritou na minha cara.

— Mas que idiotice foi essa? Você queria se matar?!

— Ó, meu herói! — Ri gostoso. — Sabia que você me salvaria.

Mas o povo não estava para brincadeiras! Ainá se aproximou, puxando Kayin pelos ombros para arrancá-lo de cima de mim. Então, ela montou na minha cintura, daquele jeitinho todo especial, e começou a me apalpar toda.

— Vá com cuidado, princesa — reclamei, dolorida. — Sou uma menina muito delicada.

— Tô vendo se você se feriu, sua doida! Esse seu truque de redirecionar a energia é muito arriscado!

— Ah, então você percebeu...

De tanto me apalpar, toda atabalhoada, Ainá acabou pegando no meu...

Bem, no meu membro.

Foi divertidíssimo vê-la passar do vermelho ao roxo.

— Ó, me desculpe, eu... — disse a princesa, toda constrangida.

— Está tudo bem, princesa — respondi, levantando-me. — Sou filha de Otin, afinal de contas.

◆◇◆

Queixas, queixas e mais queixas. Eu estava entre ingratos, isso sim.

— Você nunca me contou que era capaz disso, Yinka — reclamou Kayin.

— Você nunca perguntou — respondi. — Vivia tão centrado em seus problemas...

Dessa vez, o abiã me acompanhava, enquanto Ainá vinha atrás, apoiando o irmão ogã. Considerando, é claro, que estivéssemos andando "para a frente"... A meu ver, era avanço bastante para que não ficássemos mais tão enjoados naquele lugar.

— Pelo menos percebi que você é uma alma trocada... — respondeu Kayin, tentando se retratar.

Não gostara nada de ser chamado de autocentrado.

— Sim... — Dei corda, indulgente. — Nasci num corpo diferente da minha alma, como Mamãe Otin. Não importa em que corpo estejamos, somos o que somos.

— A mãe caçadora dos poderes ilusórios e transformativos... — refletiu Kayin. — Isso explica muita coisa...

— Você é perspicaz, menino. Mais do que imagina.

— Só não sei como você acessa esses poderes sem entrar em transe...

Ok. Aparentemente, Kayin era mais perspicaz do que eu mesma imaginava.

— Essa é uma longa história — desconversei. — E vai ficar pra depois...

...porque, de repente, começou a ventar muito forte. Como não tínhamos onde nos segurar, acabamos sendo empurrados para... Bem, para trás, eu diria. Ou para baixo e para cima. Vou deixar a critério de vocês. O importante é que a ventania parecia vir de várias direções.

Enquanto caíamos — ou parávamos no ar, sei lá —, nos demos as mãos, tentando nos mantermos unidos. Compartilhávamos uma certeza não dita de que, caso nos separássemos, vagaríamos perdidos para sempre, tragados por aquela dimensão...

A terceira arena se apresentou como um ninho feito de palha e folhas, no pico de uma montanha. Demorou a sentirmos que tínhamos, de fato, aterrissado ali. Primeiro, fomos açoitados pelo vento, mas ele já não nos atirava longe. Havia árvores secas onde podíamos nos segurar, caso ventasse mais forte.

O Desafiante seguinte era uma criatura-pássaro, uma águia humanoide, com duas cabeças, quatro asas e quatro patas.

— Podem nos chamar de Idi Meji — disseram as cabeças, em uníssono. — Vamos testar a velocidade de vocês. Quem vai ser o primeiro a morrer?

Não houve dúvidas. Todo mundo olhou para Kayin.

Assustado, o abiã demorou a se apresentar.

— Vire-se, senhor "Rei" — disse Ainá, seca, confirmando que ouvira nossa conversa diante do portal.

Grunhindo, Kayin sacou seu arco e suas flechas.

— Eu, Kayin de Irubim, serei seu oponente — bradou, fingindo bravura.

— Quantos duelos você já venceu, grande senhor Kayin? — perguntaram as Idi Meji.

— Nunca venci nada nesta vida.

Ainá bem que quis sentir pena, mas achava aquilo tão patético! Ogã Lindo ao menos se divertia. Soltou o primeiro risinho desde que acordara de sua luta.

— Você... está mentindo — disseram as Idi Meji. — E nós odiamos mentirosos.

Ninguém percebia os ataques do Desafiante, velozes como eram. Não havia flashes, borrões, nada que deixasse traços palpáveis. Para nós, a criatura só trocava de lugar com o garoto. Sim, porque Kayin, ao que tudo indica, estava conseguindo se desviar. Concentrando-me profundamente, percebi que a criatura atacava com todas as suas patas munidas de garras afiadas, que eu só conseguia ver de relance. Depois, passou a empregar as asas, numa saraivada de golpes mais velozes que o som.

— Jamais ganhei, mas vou ganhar agora! — exclamou Kayin, sem sofrer um arranhão sequer. — Olhem só!

De repente, o mundo parou. Ou melhor, acomodou-se, desenrolando aquela cena ultraveloz em câmera lenta. Era como se a dimensão inteira tivesse se adaptado para que Ainá, Lindo e eu pudéssemos acompanhar a disputa. Vimos as Idi Meji planarem acima de Kayin, que ganhava distância como podia para começar a atirar suas flechas. Vimos o Desafiante se desviar por muito pouco da chuva de projéteis, obrigado a se proteger com as próprias asas.

Seu grunhido de dor ecoou, abafado e distorcido, em velocidade lentíssima, enquanto o rosto de Kayin se esgarçava, aos poucos, em um sorriso orgulhoso. Agora, o abiã bailava pela arena-ninho, atirando em meio a cambalhotas. Boquiaberta, Ainá acompanhava o traçar lento daquele corpo elegante. Olhando para ela, era impossível não perceber quão apaixonada estava...

...mas o mundo voltou a rodar, em velocidade normal. Quer dizer, de normal não havia nada. Já não conseguíamos acompanhar o embate. Víamos apenas uma saraivada de flechas caindo por todos os lados da criatura.

Ah, e ouvíamos Kayin gargalhando em alto e bom som.

Pela primeira vez, o moleque expressava confiança e orgulho.

A expressão no rosto da princesa mudou, do afeto ao amargor.

— Isso é o melhor que você pode fazer? — Kayin se gabava, dirigindo-se à criatura-pássaro. — Você não é de nada, seu bicho horroroso!

— Muito bem... — sussurrou o Desafiante.

As garras das Idi Meji atravessaram Kayin, brotando-lhe do peito como dois enormes espinhos. E a cena se repetiu, vezes sem conta, de todos os ângulos, para que todos vissem, em um ciclo tão furioso e veloz que já não conseguíamos interpretar. Kayin largou a arma, suspenso pelas garras, vomitando sangue.

De novo, de novo e de novo...

— Moleque estúpido! — bradou Ainá, com as mãos no cabo da própria espada.

Então, as Idi Meji aproximaram seus bicos de Kayin.

— Você é um mentiroso, "Kayin de Irubim" — disseram, junto a seu ouvido. — Mostre sua verdadeira forma. Agora!

E, enquanto o Desafiante arrancava a orelha do garoto com um dos bicos, outro bico perfurava sua nuca com gosto. Kayin urrava de dor. Ainá chegou a desembainhar seu idá. Por isso tive que me jogar sobre ela, sendo brindada com um chute. Mas consegui dizer:

— Calma aí, princesa! Observe bem...

O Desafiante arremessou o corpo alquebrado de Kayin ao chão...

...e, quando o garoto se reergueu, crocitava de ódio.

O mais fascinante é que as Idi Meji assistiam à transformação do oponente quase babando de prazer. Como uma águia humanoide baba de prazer? Queridos, acho que só estando lá para saber, né? O fato é que os olhos de Kayin foram ficando mais azulados à medida que seu corpo se revestia de penas sombreadas, pálidas e sinistras. Duas enormes asas brotaram de suas costas e afiadas garras de rapina se projetaram da ponta de seus dedos — dos pés e das mãos.

Kayin direcionava seu bico fantasmagórico para o alto, para as Idi Meji, que mantiveram a expressão de prazer extasiante mesmo quando foram destroçadas em metades.

Em menos de um milésimo de segundo.

Não que nós, da plateia, tenhamos conseguido acompanhar.

Vimos somente aquelas cabeças despencarem a nossos pés, gargalhando enquanto se desfaziam em penas e pó.

Em sua forma sombria, Kayin se regozijava, sobrevoando nossas cabeças e crocitando em agudos terríveis. Lindo tapou o ouvido, o que era compreensível. Aquele grito feral parecia querer invadir nosso cérebro, corrompendo-nos por dentro.

Ainá, no entanto, era das minhas. Já sacando como aquela dimensão funcionava, deu um jeito de surgir bem acima do garoto e tascar-lhe um cascudo tão forte que o lugar inteiro tremeu, contrariado. Kayin foi de cara no chão. No chão metafísico, eu quero dizer. Metafísico ou não, a princesa voou para cima dele de novo, tomando-lhe o crânio entre as mãos.

E bateu, bateu, bateu muito aquela cabeça contra o chão.

Até que não houvesse traços de forma sombria alguma.

— Moleque estúpido! Moleque estúpido! — repetia ela, sem parar.

◆◆◆

— Vocês são todos uns imbecis cabeçudos! — resmungou Ainá.

Ela liderava o grupo, afastada de nós, com passos certeiros e raivosos demais para quem não sabia onde estava. Nem seu estimado irmão de barco se atrevia a caminhar a seu lado. Ogã Lindo já não precisava de ajuda para andar. Então, mantinha uma distância respeitosa. Kayin e eu também fomos ficando "para trás". Apesar da cara toda amassada, o abiã se recuperara da luta com certa tranquilidade.

— Podiam ter morrido! — chiou a princesa, instigando-nos a dizer alguma coisa.

Mas permanecemos em silêncio, movendo-nos no automático, aguardando os desígnios daquela dimensão peculiar.

A certa altura, começamos a afundar. Imergíamos em algo que se assemelhava a água, cansados o suficiente para não nos surpreendermos. Kayin foi o único a prender a respiração, percebendo, em seguida, que respirávamos normalmente naquele líquido. Era água, mas não era. Talvez fosse apenas a sensação de afundar...

Sem muita escolha, pusemo-nos a nadar. Um troço aborrecidíssimo! Ogã Lindo teve dificuldades, já que lhe faltava um braço, mas Kayin e eu o ajudamos como pudemos. Ainá foi ficando cada vez mais furiosa.

— Tô de saco cheio desta marmota toda! De saco cheio!

Vocês já devem ter adivinhado como a arena seguinte se manifestou. De repente, sentimo-nos como peixinhos confinados em um enorme aquário. Entediados, exploramos o terreno, dando de cara com a superfície lisa de suas paredes internas. Foi quando surgiram os tentáculos, centenas de milhares deles. Pegajosos, pululavam ao nosso redor, brilhando em um mórbido azul-acinzentado.

O quarto Desafiante parecia saído de nossos piores pesadelos.

De alguma maneira, incorporava o que mais temíamos.

De fato, embora a criatura aquática guardasse traços humanos, a exemplo das antecessoras, havia algo de eternamente mutável em sua configuração. Olhando para ela, Kayin se lembrava da morte da mãe, Ainá revisitava a morte da irmã e Lindo imaginava uma série de desfechos horrendos para o embate que estava prestes a acontecer. Em cada um deles perderia a irmã de barco.

E quanto a mim? Não pensem que vou dar o mole de contar a vocês...

Meus medos costumam ser de outra ordem.

Acontece que, àquela altura, Ainá não aguentava mais ter medo.

— Olá, criaturinhas — disse o quarto Desafiante. — Podem me chamar de Ti Pele Aimo. Eu vou...

— Blá-blá-blá... — interrompeu a princesa.

— ...desafiar vocês para um teste de poder — completou a criatura.

— Bora com isso! Tô envelhecendo aqui — desdenhou Ainá.

Agora, os tentáculos de Ti Pele Aimo dançavam, agitados. Com movimentos circulares, aquele ser foi criando um redemoinho que nos atirava contra as paredes do aquário. E fazia aquelas águas girarem como quem mexe um grosso e suculento caldo de gente.

Aos poucos, nossos corpos começaram a cozinhar ali. Não, não se tratava de calor, exatamente. Convulsionávamos, girando de fora para dentro e de dentro para fora. Sentia-me virada do avesso, uma erva moída, triturada e socada em um pilão gigante.

Foi quando Ainá se converteu em tufão. Tal qual uma terrível serpente retalhadora, a lâmina de seu idá ondulava, estendida para além do alcance normal, fissurando a dimensão em que estávamos.

— Chega de todo este teatro! — berrou a princesa.

Sua voz chegou a nós distorcida, impetuosa e inebriante. Sim, porque, ouvindo aquele comando furioso, nossos corpos retomaram a forma original. E os tentáculos de Ti Pele Aimo foram sugados pelas diferentes fissuras abertas à força. Levaram consigo as paredes do aquário e as turbulentas águas em que se banhavam.

Encarávamos o nada inicial novamente.

— Eu disse que tô de saco cheio desta marmota toda! — berrou Ainá.

Com um golpe do idá, fatiou aquela dimensão em dois.

Assim, vimo-nos de volta ao mundo dos vivos.

Bem na entrada do Antigo Reino de Ketu.

AS MÃES ANCESTRAIS...

"**N**OSSA FILHA ESTÁ CRESCENDO."
     "*Sim, está.*"
     "*Está muito poderosa.*"
     "*Sim, está.*"
"Mas ainda falta..."
"Sim, falta."
"Se não acessar seu verdadeiro poder, vai morrer..."
"...e nossas esperanças morrerão com ela."
"Vai acontecer..."
"Ah, se vai."
"Por bem ou por mal..."
"Que seja por mal!"
"É mais divertido."
"Sim! Será..."

ODU 11
IKA MEJI

*A serpente venenosa
É o mistério da reencarnação
E dos espíritos que nasceram só para morrer.
A feitiçaria, a bruxaria e a maldade
São a sua especialidade.
Tudo que nasce deve morrer.
Mesmo que morra logo depois de nascer.
Cuidado com os negócios que você faz,
Pois o preço a ser pago pode ser pior que a morte...*

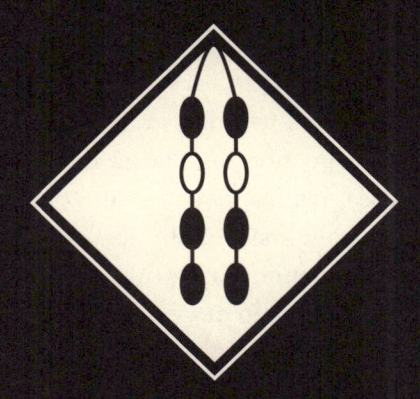

12
KAYIN & AINÁ

ANTIGO REINO DE KETU
RUÍNAS DA CAPITAL
OJÓ ONILÉ 14 ???
OXU COROA ???
ODUN 4997 ???

O fedor invadiu nossas narinas com tanta violência que tínhamos de nos esforçar para não vomitar. Imaginem um imenso labirinto de prédios arruinados, literalmente apodrecidos, margeando uma larga e extensa avenida. Dos edifícios, restavam apenas troncos ocos, estruturas colossais em decomposição, oferecendo-nos uma vaga ideia do tipo de engenhoca que vivera ali. Alguns jaziam no chão. Outros resistiam de pé, como cadáveres que se esqueceram de deitar-se, despontando entre ossos de humanos, de bichos e de outros seres inomináveis, há muito não existentes.

Após mil anos de abandono, essa era a aparência da maior metrópole humana... Como era possível que o Pássaro Colossal, a titânica criatura-ilha onde aquele reino se abrigava, permanecesse vivo? Como era capaz de sustentar tanta podridão?

Estávamos bem na beirada da ilha, sob a influência de uma ventania podre cuja origem era difícil de precisar. Atrás de nós não havia nada além de nuvens escuras que se expandiam sobre todo o reino. Firmamos as pernas na entrada da grande avenida, temendo que um simples peteleco de vento nos atirasse em queda livre abismo abaixo. No lusco-fusco daquela noite sem dia, divisamos formas translúcidas descendo das nuvens para nos rodear.

Eram os eguns, os espíritos mortos.

Fuzilavam-nos com seus olhares perversos e tristes.

Ainá deu um passo à frente, demonstrando a que vinha. Parecia ser a mais bem-disposta entre nós. Como um fiel cão de guarda, Lindo postou-se a seu lado, segurando a lança com a mão que lhe sobrara. Sorria, tentando fingir que não estava cada vez mais abatido. Preferi economizar minhas forças mantendo-me onde estava, mas lancei um olhar encorajador a Kayin.

— Nós... — Kayin tropeçou, nos pés e nas palavras, colocando-se ao lado de Ainá — ...somos filhos e filhas de Oxum e Oxóssi! Viemos cumprir nossa obrigação perante o Lago do Príncipe Pescador!

— Somos... — a princesa também hesitava — ...a Rainha do Trono do Amor e o Rei do Trono do Conhecimento! Deixem-nos passar!

Então, os eguns formaram um corredor de almas ao longo da estrada.

Sob seus olhares atentos, adentramos as ruínas da antiga capital.

◆◆◆

Horas depois, nossa lenta marcha começou a adquirir ares fúnebres. Os eguns haviam se dispersado e encarávamos a cidade esquelética ouvindo apenas o farfalhar melancólico do vento. Vez ou outra, nós nos deparávamos com cadáveres mumificados que enfeitavam o chão e as janelas dos prédios destruídos. Cansada de tanta tristeza em tons de cinza, dediquei-me a observar os escombros rochosos que pontilhavam os céus. Alguns flutuavam baixo demais. Cheguei a ter que me abaixar para desviar de uma rocha perdida.

Pelo visto, a magia que sustentava aquele lugar estava toda desconfigurada.

Enquanto isso, meus companheiros se dedicavam a seu passatempo favorito.

Resmungar, quero dizer.

— Melzinho! — começou Lindo, apontando para Kayin. — Agora que o monstrinho aqui chegou em casa, por que ainda estamos andando com ele?

— Pode parar por aí — rosnou Ainá de leve.

Involuntariamente, Kayin se afastou um pouco deles.

— Mas você viu que ele é... — insistiu o ogã, fofoquento.

— Eu sei o que ele é — interrompeu a princesa, certeira.

Kayin apenas ergueu uma sobrancelha, trocando um olhar intenso com Ainá.

— Devíamos apressar o passo... — Tentei avisar.

Mas ninguém deu a mínima, obviamente.

— Ele não é um monstro... — rebateu a garota, impaciente. — Pelo menos não o mesmo monstro que nos tomou Dayo. Esse paspalho é... algo misturado. Uma criança com a alma manchada por algo maligno. Idiota demais para ser mau de verdade, saca?

— E como é que você sabe disso? — perguntou Kayin.

Longe de estar ofendido, o garoto tinha adorado a resposta, uma das mais completas sobre si mesmo que ouvira até aquele momento.

— Ué, mas você também sabe quem eu sou... — respondeu Ainá, subitamente envergonhada. — Você sabe do que estou falando...

Sem dúvida, Kayin sabia, pois, no dia em que ela o salvara, suas almas haviam se tocado. Ele, então, estancou no meio da estrada, todo vermelho. Ainá resmungava baixinho, subitamente interessada em uma pilha de ossos igual a tantas outras encontradas antes. E Ogã Lindo soltava risadinhas debochadas, apontando para eles e olhando para mim.

— Não devíamos parar de andar... — insisti.

Nem sei por que me dava ao trabalho de insistir. Ansiosa para mudar de assunto, Ainá aproximou-se e me pegou pelos ombros, exigindo:

— Por que você não aproveita a atual pasmaceira para explicar tudo o que sabe sobre essa história de tronos encantados?

— E se eu não souber nada de mais? — desconversei.

— Deixe a gente decidir, que tal?

Ou seja, sobrou para mim.

— Ué, dizem que os tronos são, como é mesmo? — comecei. — Bem... Projeções, concepções metafísicas que ditam a existência ideal dos seres humanos.

— E em língua de gente como fica isso? — chiou a princesa.

— Rainhas e Reis de Tronos Encantados são heróis de um mundo antigo, da época em que os deuses e a humanidade andavam lado a lado. Eles reencarnam sempre que a realidade como um todo está ameaçada. São quase deuses, mas não são deuses de verdade porque, como bem sabemos, todas as divindades são espíritos imortais e invisíveis, e vocês dois aí estão vivos e respirando. Eu diria que são semideuses, sabe como é? Do posto divino mais baixo possível. Resumindo, seria isso.

— E por que você não me contou isso antes? — Kayin se somou à conversa.

"Porque você ia surtar", pensei, mas deixei quieto.

— Tudo isso aí que você disse... é real? — Ainá parecia assustada.

— E eu vou lá saber? São histórias...

Pronto! Agora os moleques andavam em círculos, entregues às próprias conclusões.

— Melzinho, que marmota é essa? — Lindo estava irritado.

— Pergunte pra ela! — respondeu Ainá, apontando para mim.

— Mas se a gente é herói, por que sofre tanto? — filosofou Kayin.

— Gente, me escuta — implorei. — Precisamos voltar a andar!

Mas era tarde demais.

Um grito de gelar a alma quebrou o silêncio sepulcral do reino arruinado.

Paralisados, vimos cadáveres e ossadas de humanos e animais se erguerem. Uma avalanche de energia pérfida foi preenchendo as órbitas vazias daquelas criaturas com o brilho azulado e sinistro que conhecíamos tão bem. E aquela energia tomou o ambiente. Entranhou-se em nossos corpos, corações e mentes, achincalhando qualquer esperança que ainda restasse ali.

Sim, estávamos cercados por ajoguns.

Eu mal conseguia ficar de pé. Lindo caiu de joelhos, com a lança em riste. Apesar da prova de coragem, era evidente que o ogã não estava em condições de se defender. O mais provável era que não voltasse a lutar.

Nunca mais.

Trêmula de medo, Ainá foi a primeira a se colocar em posição de combate. Kayin fez um esforço valente para acompanhá-la.

— Princesa Ainá de Oxum — clamou o garoto, empunhando seu arco. — Vamos eliminar essas monstruosidades juntos?

Exibia um sorriso sincero, quando pousou a mão gelada no ombro da princesa.

— Humpf... — resmungou Ainá, desvencilhando-se dele.

Em seguida, a princesa soltou um ilá tão poderoso que, literalmente, rasgou os céus. Os ajoguns mais próximos foram pulverizados sobre as ruínas, explodindo em uma nuvem de poeira. Ainá deslizava rumo aos mais distantes, dilacerando-os com golpes de sua lâmina estendida. Enquanto isso, Kayin disparava em direção aos céus, fazendo chover centenas de flechas que atingiam as criaturas na cabeça.

Naquele dia, testemunhei o impossível. Vi ajoguns — a encarnação do medo por excelência — temerem a sorte que a feiticeira de Ijexá e o caçador de Irubim lhes conferiam. Estava lá e vi com meus próprios olhos.

Ninguém era páreo para aqueles dois.

No entanto, para cada ajogun destruído, centenas de novas criaturas surgiam tentando nos agarrar. Sim, porque seu objetivo final era nos devorar. Apavorados ou não, eram muitos e estavam programados para não desistir.

— Temos que fugir! — gritei, arrastando Lindo avenida afora.

Ainá entendeu. Passou a nos dar cobertura, concentrada nas criaturas que bloqueavam o trajeto. Kayin também se aproximou, abrindo caminho pelos cantos, mas o enxame de espíritos foi se avolumando atrás de nós.

Estavam chegando cada vez mais perto...

De repente, vi-me enlaçada pela cintura, acolhida nos braços de Kayin. A nosso lado, Ainá resgatou o irmão ogã. Então, Kayin e Ainá se agacharam, tomando impulso. Saltaram na direção de uma estrutura alta, piramidal, aterrissando no topo daquele prédio em ruínas.

Foi apenas o começo do jogo. Ainda perseguidos por alguns ajoguns alados, quicamos de ruína em ruína, contando com a proteção do idá de Ainá. A princesa e o abiã saltavam, escudados pela lâmina estendida, enquanto Lindo e eu chacoalhávamos em seus braços como sacos de batata.

E o pique-pega já estava para lá de cansativo! Na tentativa de ser útil, comecei a buscar algum lugar onde pudéssemos nos abrigar em segurança. Acabei avistando um barracão, aconchegado em uma ilhota flutuante poucos metros acima.

— Ali! — apontei, animada.

O barracão parecia alto o suficiente para que os ajoguns não nos incomodassem mais. Quando aterrissamos, Kayin fez seu papel de caçador. Inspecionou os arredores e o interior do barracão, informando que estava tudo bem.

Então, entramos na antiga construção apodrecida.

• • • • •

ANTIGO REINO DE KETU
RUÍNAS DA CAPITAL
OJÓ ???
OXU COROA ???
ODUN 4997 ???

— Eu mal me lembro. — Kayin suspirava, os olhos travados em um canto do cômodo escuro. — Sei que minha mãe passou pelos Desafiantes. Foi difícil, mas ela passou. E eu só fiquei olhando...

Ainá ouvia o relato, certa de que Lindo e eu estávamos dormindo. Uma meia verdade, né? Eu não perderia aquela conversa por nada neste mundo! Ainá e Kayin equilibravam-se nas cadeiras bambas que a residência provisória nos fornecia, esforçando-se para abrigar-nos da melhor maneira possível.

Sim, porque estávamos em um barracão dedicado a Oxum e Oxóssi. Assim que entramos, descobrimos que o otá respirava com dificuldade, resistindo à destruição. Ali, o maquinário de subsistência era muito avançado, mas nada que se pudesse comparar às engenhocas com que estávamos acostumados. Dava uma tristeza vê-lo apodrecer assim, em meio ao descaso...

Oferecemos o que pudemos à pedra sagrada — umas poucas frutas e nacos de carne encontrados no terreno da ilhota flutuante. Rezamos e cantamos para ela, felizes ao ver que as paredes do barracão voltavam a pulsar. Foi o suficiente para ativar o fornecimento de água e algum tipo de aquecimento central. Então, lavamos nosso corpo e nossas roupas, preparamos refeições diminutas e capotamos, jogados no chão.

Quer dizer, nosso ogã mais lindo capotou.

Porque Kayin e Ainá tinham coisas demais na cabeça.

E eu... Bem, adoro fofocar!

— Não me lembro de ajogun nenhum — prosseguiu Kayin em suas rememorações. — Quer dizer, acho que tinha uns poucos... Agora, tem um monte! Não sei por quê.

"Ah, filhote!", quase exclamei. "Depois de um milênio de ódio acumulado, o que você esperava?" Mas eu não podia interromper aquele momento. Kayin estava totalmente entregue à escuta de Ainá, confessando o inconfessável. Falava abertamente, pela primeira vez, sobre a aventura que os unia. E a princesa ouvia, atenta, estudando cada gesto do garoto como se desejasse memorizá-los.

Se conseguissem prestar atenção em qualquer outra coisa, veriam que o otá respirava um pouco mais tranquilo ao som daquelas palavras.

— Qual era o nome dela? — perguntou Ainá, doce como o mel.

— Iremidê. — Uma lágrima rolou pelo rosto de Kayin. — Iremidê Odé Wunmi Akueran.

— A bênção, Mãe — pediu a princesa, respeitosa.

— Ela se livrou dos ajoguns em instantes... E me lembro que subiu aos céus, subiu como sempre fazia, uma flecha veloz, a mais veloz de todas, para caçar uma fera espacial...

Ainá arregalou os olhos.

— Peraí, você tá dizendo que sua mãe saltou... — queria saber a princesa, de fato impressionada. — Ela saltou para além desta dimensão?

— Hã... Sim... — respondeu Kayin, constrangido. — Eu me confundo, às vezes... Fica tudo meio nebuloso, sabe? Mas tenho certeza de que ela...

— Isso... não é possível.

Pronto! Ogã Lindo estava acordado e interessado na conversa.

— Vocês dois já se conheciam? — indagou, confuso.

— Não! — responderam Ainá e Kayin ao mesmo tempo.

— Se bem que... — Ainá hesitou.

— Às vezes, eu acho... — interrompeu Kayin.

— Seja como for — Lindo apenas ria —, até que estão se conhecendo bem demais agora...

— Não! — retrucou Ainá.

Kayin engasgou, mortificado.

— Mas como assim sua mãe voou até o espaço? — questionou Lindo, desconfiado. — Sem equipamento nenhum?

Kayin apenas assentiu, voltando-se para a princesa, à espera de um veredito.

Àquela altura, virei-me também, deixando claro que estava acordada.

— Eu acredito nele — disse Ainá, por fim.

E as paredes do barracão passaram a pulsar um pouco mais rápido. Quase tão animadas quanto eu.

— Cê não tá falando sério, melzinho... — Lindo estava bem menos animado.

— Estou falando seríssimo! — insistiu a princesa, convicta. — Minha mãe, a todo-poderosa feiticeira, também chegou até aqui e aconteceu alguma coisa com a gente... Ela quase morreu! Mas aí eu fiz alguma coisa... ou melhor, me recusei a... Sim, acho que agora começo a entender.

E, talvez, naquele momento, Ainá realmente tenha entendido...

◆◆

Fato é que não podíamos ficar naquele barracão para sempre. Então, assim que nos sentimos minimamente recuperados, voltamos a nos dedicar ao terrível pique-pega com ajoguns. Parecia mais seguro saltar entre as ilhotas flutuantes do que enfrentar aqueles espíritos lá embaixo. Ficávamos expostos demais. E, à medida que o tempo passava, as criaturas foram nos deixando em paz.

Pula-pula de dia, abrigos provisórios à noite. Quer dizer, no que calculávamos ser dia e noite, já que perdíamos a noção das horas naquele reino eternamente escuro e nublado. Pelo alto, fomos seguindo o traçado da interminável avenida central, confiando que aquela estratégia nos levaria a nosso destino.

Certa vez, enquanto nos instalávamos em um barracão bem mais doente do que nosso primeiro anfitrião, Ogã Lindo puxou conversa:

— Dói imaginar como este lugar era em seu auge, não é?

Teríamos que dormir sem nenhum conforto, já que o otá não respondera com veemência às nossas tentativas de reavivá-lo. Ainda assim, cantamos, honrando a força daquela pedra. Diante da fome, do frio e da tristeza, conversar era a única forma de relaxar até pegarmos no sono.

— Você, que sabe tanta coisa... — falou Ainá — ...faz ideia de como este reino caiu em desgraça?

— Você sabe a resposta — respondi, um tanto irritada. — Seres humanos e tal.

— Sim... — insistiu a princesa — ...mas eu queria saber como aconteceu.

— Quer os detalhes sórdidos?

— Sim!

Foi o suficiente para arrancar alguns risos de meus companheiros. Ponto para mim.

— Posso perguntar o motivo? — questionei.

— "Para que isso nunca mais aconteça novamente?" — cantarolou Ainá em falsete. — É esse tipo de clichê que você quer ouvir? O problema é que as pessoas adoram repetir os mesmos erros...

Nem dei trela. Agora que eu tinha uma plateia, não pararia tão cedo.

— E você já parou para pensar por que isso acontece?

— Porque nós somos cópias malfeitas das divindades? — arriscou Ainá.

Kayin e Lindo abriram a boca para acrescentar algo, mas eu fui mais rápida:

— Você acredita nisso, princesa?

— Sim e não.

— Por quê?

Ainá estava encafifada, sem entender o motivo pelo qual estava sendo interrogada. E eu ali, só me divertindo. Tenho direito, não? Os garotos desistiram de se intrometer, tão interessados quanto eu na resposta.

— Acredito... — começou Ainá, escolhendo cuidadosamente suas palavras — ...que nossas deusas e deuses já viveram o que vivemos agora. Acredito nas profecias de Orunmilá... e na vontade das Mães Ancestrais. Só que eu sou eu mesma! Tenho meus próprios sonhos e desejos! Não sou uma marionete, seja das deusas ou de quem for!

Trágico! A garota tinha muitas certezas. Enfim, as coisas são o que são. Ela não seria Rainha sem a ilusão de acreditar tanto em si mesma.

— Sei... — comentei, encerrando aquele papo.

— Mas você não respondeu à pergunta dela. — Kayin me confrontou. — Por que esta metrópole caiu?

— Olhe, não posso dizer que sei todos os detalhes... — falei, aliviando, ao máximo, a relevação que faria. — Mas, ao que parece, houve uma guerra entre Rainhas e Reis de Tronos Encantados.

— O quê?! — exclamou Ainá.

— Pois é! — E nesse ponto deixei escapar um risinho amarelo. — Grandes e superpoderosos heróis míticos também são... pessoas.

— Mas esse lance de Rainha e Rei de Tronos Encantados não tem a ver com guiar e proteger as pessoas? — Ogã Lindo estava confuso.

— Teoricamente, sim... — confirmei. — Mas cada um tem as próprias ideias em relação a como fazer isso, né? Independentemente da vontade dos deuses. — E, virando-me para Ainá, completei: — Você mesma disse isso, princesa.

Se pudesse, a garota me daria uns tabefes só para extravasar a raiva. Sorte a minha que ela já estivesse começando a perceber a contradição entre suas palavras e suas ações.

— Os Orixás vivem lutando para expandir seus domínios! — berrou Ainá. — Usam de todos os meios necessários, da intriga dissimulada à guerra aberta...

— Você aprendeu bem, princesa — comentei. — Mas por que está me dizendo o óbvio aos berros?

— Devíamos ser melhores que isso, ué! — exclamou ela.

Àquela altura, Kayin e Lindo concordavam, balançando a cabeça com gosto.

— Está decepcionada porque pessoas são pessoas? — alfinetei.

— Escute aqui... — Ainá se levantou, ouriçada. — Não posso nem quero mudar o que as pessoas são. Só que, enquanto eu estiver viva, vou fazer tudo ao meu alcance pra evitar que esse tipo de tragédia se repita. Por mais clichê que possa soar! Se eu... se sou mesmo uma... "Rainha do Trono Encantado do Amor"... Então eu vou trazer amor pro mundo! Nem que seja na base da porrada!

Lógico que eu quis rir, né?

Porém, em respeito à coragem dela, engoli minha gargalhada.

Não era fácil dizer aquele tipo de coisa em voz alta.

Depois da declaração de Ainá, o barracão se aquietou, mas ninguém conseguia dormir. Kayin se revirou de um lado para o outro até desistir de ficar deitado, deixando o cômodo e batendo a porta ao sair. Quando voltou, estava tão assustado que nos pusemos de pé imediatamente.

— Venham! Venham! — disse, ofegante. — Vocês precisam ver uma coisa!

Acompanhamos o garoto, correndo até a borda da ilhota rochosa em que estávamos e...

...era horrível.

Ajoguns. Centenas de milhares deles. De várias formas e tipos.

Mas não estavam vindo nos atacar.

Em ondas massivas de peles pálidas e olhos azulados, transbordavam pelas fronteiras do Pássaro Colossal, atirando-se contra as nuvens, rumo ao mundo humano.

— Não! — berrou Ogã Lindo, transtornado.

— Temos que ir — disse Ainá, por fim. — Agora!

· · · · ·

ANTIGO REINO DE KETU
RUÍNAS DA CAPITAL
OJÓ ???
OXU ???
ODUN 4997

— O Lago do Príncipe Pescador — murmurou Kayin.

Mais parecia uma poça gigante de águas escuras. Sim, porque aquelas eram águas estranhamente paradas, de aspecto maquiavélico. Não havia traço de lodo ou musgos, nem de nada particularmente nojento à beira do lago. Na verdade, não vimos sinais de nenhuma forma de vida por ali. Em busca de respostas, olhávamos para o lago, e ele simplesmente nos ignorava.

Afinal, tudo indicava que estava morto.

Estávamos em uma espécie de parque central da antiga metrópole, um campo limpo, cercado de prédios e casas modestas. Descemos assim que vimos o lago, ao final da imensa avenida, embora resistíssemos à ideia de que a massa parada de águas que ali se abrigava fosse mesmo um lago.

Fustigados por um vento rançoso, começamos a explorar o terreno. Havia restos de altares e ibás por todo o perímetro, como em um gigantesco barracão a céu aberto. Foi quando Kayin se aproximou do lago, confirmando o que já intuíamos.

— Minha mãe e eu chegamos até aqui — disse, reconhecendo o local.

— E você sabe o que marmotas a gente faz agora? — perguntou Ainá.

Kayin deu de ombros. Não se lembrava de mais nada.

— Bom... — Ogã Lindo arriscou dizer. — Que tal oferecer alguma coisa ao lago? Acho que é de bom grado.

— O quê, Lindinho? — retrucou Ainá. — Não tem nada aqui. E nossa comida acabou faz tempo.

Kayin se remexia. Abriu e fechou a boca algumas vezes, antes de dizer, apontando para cima:

— Foi aqui que minha mãe... Vocês sabem! O bicho do espaço...

Acabamos olhando para cima, sem ideia de como reagir àquilo.

Até que Ainá rompeu o silêncio.

— Tá certo! Vamos lá, paspalhão.

— Quê? — Kayin se fez de desentendido.

— Hora de brilhar, melzinho! — exclamou Ogã Lindo, caindo na gargalhada.

Conformado, Kayin se virou de costas para nós. Não deixava de ser fofo! Afinal, parte dele ainda insistia em ser um bom abiã. E um abiã muito tímido, diga-se de passagem.

Especialmente diante de Ainá.

Por sorte, também era obediente. Sob o comando de seu ilá, o vento cessou e as nuvens se abriram sobre nossas cabeças, revelando um céu alaranjado de sol poente. Ainá se aproximou de suas costas, agarrando-lhe o pescoço por trás. De imediato, os olhos da dupla brilharam, lançando faíscas de intenso dourado. Kayin se virou para a princesa, levou as mãos à cintura dela e flexionou as pernas, rosnando, enquanto seu corpo acumulava a energia de que precisaria.

Então, saltou.

Agora, Kayin e Ainá atravessavam as barreiras invisíveis de proteção que separavam a atmosfera das Terras Encantadas do Aiê do plano astral. Como flechas certeiras, romperam múltiplas dimensões, voando alto, e mais alto, e mais alto, até que houvesse apenas a imensidão escura, pontilhada por uma infinidade de estrelas.

Ainá estava rendida. Nunca, nem em seus mais belos sonhos, imaginara algo tão lindo. Em estado de êxtase, contemplava aquela maravilha, trocando olhares afetuosos com seu caçador...

...quando uma orca espacial — um predador de pele negra, olhos muito pequenos e bocarra cheia de dentes — se lançou para cima deles.

De fato, formavam um casal impressionante. Enquanto Kayin acertava uma flecha à queima-roupa na cabeça do bicho, Ainá estendia sua lâmina, moldando-a como um cesto, que embrulhou a caça sem desperdiçar um tantinho sequer. Em seguida, Kayin pegou impulso em um asteroide que vagava por ali, saltando de volta para as Terras Encantadas do Aiê.

Um exemplo de eficiência e elegância.

Não que se possa dizer o mesmo da aterrissagem.

— Mas que paspalho! — resmungou Ainá. — Não sabe pousar, não?

Todo torto, Kayin acabara soltando Ainá, que caíra, com orca espacial e tudo, por cima dele.

— Que marmota... — Kayin estava prestes a sufocar.

Tudo o que Ogã Lindo e eu fizemos foi gargalhar.

◆◇◆

Oferecemos o ejé desta fera para Mãe Oxum e Pai Oxóssi! — declarou Ainá.

Tratava-se de um esforço conjunto. Kayin segurava a orca. Ogã Lindo gastara toda sua paciência, abrindo-lhe o pescoço imenso com sua lança... E eu? Eu me controlava para não arrancar uns bons nacos de carne daquele bicho antes do ebó, né? Afinal, estávamos todos mortos de fome! Só que a orca era nossa única oferta. Não dava para arriscar.

— Ó, Ancestrais! — clamou Ainá novamente. — Por favor, aceitem nossa oferenda!

O sangue brilhante da orca se espalhava pela beira do lago, enquanto Kayin segurava o pescoço aberto do bicho sobre as águas paradas.

Paradas estavam. Paradas permaneceram.

— Vamos oferecer juntos, princesa? — convidou Kayin.

Ele deitara a orca bem perto e tomara as mãos de Ainá entre as dele. Então, inspiraram profundamente, declamando em uníssono:

— Ó, deusas e deuses do multiverso! Em nome dos povos oxunsi e odessi, nós oferecemos este sacrifício para tornar nossos sonhos realidade!

As águas começaram a se mexer.

Na verdade, estavam fervilhando.

De início, foi um leve borbulhar onde o ejé havia sido despejado. Em instantes, o lago inteiro fervia, grosso e quente como lava.

— Yinka! — chamou Kayin, voltando-se para mim. — O que a gente faz agora?

Só que eu, sinceramente, não sabia.

Quem salvou o dia, ou melhor, o ebó, foi Ogã Lindo.

— Os pedidos de vocês, que tal?

Então, Ainá e Kayin se ajoelharam. Fecharam os olhos. E pediram.

A água parou de borbulhar.

— Boa noite, crianças! — grasnou a voz de seus pesadelos. — Que bom ver vocês vivas e bem!

O corpo esquálido voava em rasante sobre nossas cabeças, surgido sabe-se lá de onde. Lindo e eu fomos jogados para trás, quando aqueles olhos azuis sinistros passaram a centímetros de nosso rosto.

— O assassino de Dayo! — berrou o ogã.

A criatura soltou uma gargalhada rouca e gutural.

Ainda ajoelhada diante do lago, Ainá olhou para o lado, mas não viu nem sinal de Kayin. Encolheu-se de medo. Não estava preparada para enfrentar aquele Pássaro de novo. Ainda mais sozinha.

— Rá! — exclamou o Pássaro. — A garotinha assustada resolveu parar de fingir que é lutadora feroz?

Calou-se, sobrepujado por uma saraivada de flechas. Kayin surgira por trás do monstro, atacando-o com toda a velocidade de que dispunha, mas o Pássaro se esquivava ainda mais veloz. O rapaz pousou no chão, furioso.

— Olha só! — regozijou-se o Pássaro. — Meu filhote se tornou gente!

— Pare de me chamar de filhote!

— Mas é isso que você é! Ainda não entendeu? — provocou o Pássaro, gargalhando. — Você é meu filho! E filho de monstro, monstrengo é!

"Por que minha mãe nunca me falou sobre meu pai?" A pergunta estalava na mente de Kayin como um espinho infeccionado, à medida que sua expressão passava da fúria à confusão. "Não, eu nunca tive pai!" Postou-se de quatro e tapou os ouvidos, tentando bloquear a zombaria do Pássaro.

— O que o Adebayo faria, hein? Que tal perguntar pra ele?

Por pouco, Kayin escapou de um golpe que o teria decapitado ali mesmo. Pulando para trás, com os sentidos novamente em alerta, viu o ser de pele macilenta, armado com duas adagas de pedra.

— Foi vo... — sussurrou o garoto, entredentes. — *Você* matou Babá Alabi!

— E todos os falsos chefes da linhagem odessi... — acrescentou o assassino, curvando-se, reverente, e agradecendo a aplausos invisíveis.

— Matou todos! — gritou Kayin.

— Meu dever é matar todos os traidores! Afinal, sou Adebayo Odé Leye!

"Meu pai é um monstro?", pensou Kayin, deixando o arco escorregar das mãos. "Meu herói é um monstro?" Já não se importava se aquelas criaturas atacassem. De fato, quando o assassino, com as adagas em riste, avançou novamente...

...foi interceptado pelo idá de Ainá.

Agora, Kayin estava escudado pelo poder da garota.

— Você tentou matar minha mãe... — gritou a princesa, comandando sua lâmina com a mão direita erguida.

— Tentamos, tentaremos e conseguiremos! — O assassino sorria. — Somos vários e um só. Não há como nos matar! — E, olhando para o escudo ao redor de Kayin concluiu: — Podemos esperar, sabe? Temos todo o tempo do mundo!

— Que marmota é essa? — questionou Ainá.

— Depois de tudo o que fiz por vocês, ser aprisionado nesse lago? — O homenzinho pálido ressurgiu, e já não parecia tão orgulhoso. — Mil anos! Fiquei mil anos aqui, na escuridão!

— Pois é! — escarneceu o Pássaro, que assistia a tudo lá do alto. — Vocês vacilam com os próprios heróis e querem se sentir melhores do que nós!

— Corta essa! — rosnou Ainá. — Vocês, ou você, sei lá, não passam de monstros! Fizeram nossos reinos entrar em guerra! Mataram nossa gente! Chega dessa marmota!

Veloz, Ainá recolheu seu idá, preparando-se para acabar com aquilo. Igualmente veloz, Kayin tomou a mim e ao ogã nos braços, carregando-nos para longe do lago. Apoiados contra a parede de uma casinha em ruínas, nós três assistimos ao espetáculo. Com um golpe transversal, a princesa bifurcou a realidade à sua frente, dividindo tudo em dois: prédios distantes, as nuvens, o ar, o lago...

Agora, havia duas poças de água em vez de uma. Junto a elas, estrebuchavam as duas metades do assassino, cuja expressão era de terror incrédulo. Em questão de segundos, somaram-se a ele os restos do Pássaro, despencando lá do alto como se fossem merda de pombo.

Ainá fincou seu idá no chão e gritou de raiva.

Kayin abandonou nosso posto, indo ao encontro da garota.

Começaram a chorar ao mesmo tempo.

— Valeu a pena? — perguntou Ainá.

Ogã Lindo correu para abraçar a irmã de barco.

— A vingança valeu a pena? — insistiu Ainá. — Pedi ao lago que a guerra acabasse! Eu pedi! Só que no fundo, bem no fundo, eu queria mesmo era matar esses desgraçados! Então, valeu a pena?

— Só você pode dizer — respondeu Lindo, tentando confortá-la.

Restou-me ir até Kayin, mas pedir que eu o abraçasse seria demais, né?

— Eu pedi que ninguém mais morresse — confessou Kayin — e que a guerra nem acontecesse... No fim das contas, o que eu mais queria era uma resposta para a minha... hum... condição...

— Valeu a pena? — repetiu Ainá, imersa numa tristeza raivosa. — Lago miserável! Odeio você! Odeio este mundo cheio de merda!

Ela não percebia que, quanto mais se afundava naqueles sentimentos, mais o lago se regenerava. Enfim, a princesa urrou, pondo para fora todo o seu ódio, seu desprezo, sua inveja e sua dor de uma só vez. Quando deu por si, Kayin também estava urrando. E que alívio era soltar todas as frustrações e medos que sempre guardara dentro de si.

O lago voltou a ser um. Senti, como um soco na boca do estômago, as energias nefastas que se avolumavam ao redor da feiticeira e de seu caçador. A certa altura, elas se tornaram tão poderosas que Ogã Lindo e eu fomos arremessados para longe dali.

— Odeio toda esta merda de mundo fedorento... — A voz de Kayin se amplificou à medida que nomeava suas mazelas. — Tão cheio de pessoas inúteis e mentirosas! Cheio de traidores! Odeio!

— Odeio os deuses! — Ainá se somou ao coro. Gritava tão alto que meus ouvidos começaram a sangrar. — Odeio os Orixás que nos acorrentam a essa Hierarquia de merda!

Impropérios, palavrões... Aqueles dois não paravam, mas eu já não ouvia nada. Sangrava por todos os poros, sentindo que minha cabeça explodiria a qualquer momento. A meu lado, Ogã Lindo se contorcia, em estado bastante pior. A cicatriz em seus ombros pulsava como se estivesse prestes a reabrir.

Então, a realidade ao nosso redor começou a se distorcer.

O espaço em si apodrecia, carregado de maldade e ignorância.

Logo, os ajoguns surgiram, como era de se esperar. Em ondas, saíam das ruínas de prédios e casas, pulavam das rochas flutuantes entre as nuvens, brotando de todos os buracos imundos naquele reino maldito. Passavam por mim e por Lindo sem nos incomodar. Não que ajudasse! Entre nossas feridas e a dificuldade de respirar o ar podre, estávamos incomodados o suficiente.

Os ajoguns dirigiam-se ao lago, que, agora, fervia de novo. Quando atingiam suas margens, atiravam-se nas águas incandescentes. Busquei Ainá e Kayin em meio à confusão, reparando que já não berravam. Foi quando os vi pairando acima de nós, tão alto que eu mal conseguia divisá-los.

Nesse momento, Ainá e Kayin finalmente despencaram no chão a meu lado, e notei que Ogã Lindo jazia na poça do sangue vertido pela ferida, enfim, reaberta.

A maldade assumira o controle. A maldade era a realidade.

E batia suas asas. Imensas. Gigantescas. Colossais. Asas capazes de tapar o sol por toda a extensão das Terras Encantadas do Aiê. Não havia sons. Não havia nenhum som em lugar algum do multiverso. Tudo estava parado. Morto.

Só quem se movia era ele.

O Pássaro de sete asas.

Todo torto. Alquebrado. Um aborto dos deuses.

O Pássaro do Silêncio.

Nós havíamos libertado uma Abominação do mundo antigo...

Kayin se vestiu de sombras, abrindo suas asas e disparando com tudo para cima do gigante. "Você matou minha mãe!", tentava gritar, mas as palavras agonizavam naquele limbo sem som. Com um olhar, o Pássaro maldito despedaçou a forma monstruosa do garoto. Desfigurado, Kayin foi ao chão, caindo sobre os próprios ossos quebrados.

Furiosa, Ainá chicoteou a realidade com seu idá, cortando tudo à sua frente em pedaços. Tudo, exceto o Pássaro do Silêncio. Em instantes, viu-se imobilizada, enquanto a poderosa arma se desintegrava em suas mãos, mas o pior ainda estava por vir...

Em um último e nobre esforço, Ogã Lindo se jogou na frente da princesa.

Dele, nada restou. Evaporou-se da existência no cumprimento de seu dever.

Com um sopro, o Pássaro lançou Ainá e Kayin para dentro do lago. As águas tornaram a escurecer assim que seus corpos afundaram, desaparecendo de vista.

Com um varrer de asas, ele me atirou para fora do Antigo Reino de Ketu.

Então, o Pássaro do Silêncio gritou.

E o mundo inteiro gritou junto com ele.

Era o som de vários cérebros entrando em colapso.

Era o som de vários seres sendo destroçados pelas próprias almas.

ODU 12
OTURUPON MEJI

Terra firme.
Você conhece os mistérios
Que envolvem a criação da terra?
Ou você é mais um aborto dos deuses?
Cuidado para não se tornar um furúnculo
do universo...

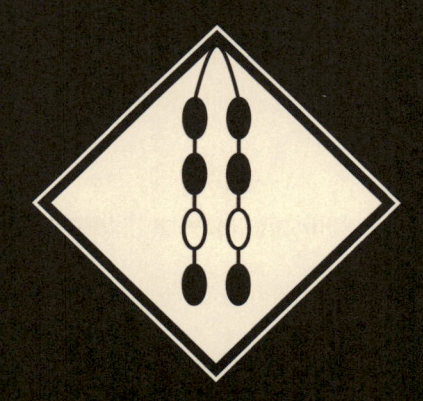

INTERLÚDIO DAS ALTURAS

Eles vieram.
Eles o libertaram.
Os traidores das linhagens cumpriram seu papel.
Agora, era a vez dele.
Sim, causaria dor.
Rainha e Rei seriam esquecidos.
Assim como ele havia sido esquecido e abandonado.
Não mais.
Cumpriria sua missão.
Caçadores e feiticeiras sofrerão.
Já estão sofrendo.
Seu grito destroçava a mente de todos eles.
Então, ele reinaria nos céus, entre as estrelas.
Ele, o verdadeiro Rei do mundo...

ATO

FINAL

13
AINÁ & KAYIN

???
???
OJÓ ???
OXU ???
ODUN ???

Era hora de Ainá dormir. E era isso o que estava fazendo.

Deixava-se levar pelo rio, cujas águas eram feitas das trevas que antecederam o universo. Podia nadar sem preocupações... Exatamente o que ela queria!

Não, Ainá era um peixe, e peixes não dormem. Então, mergulhava veloz, quicando à vontade no fluxo das águas. Estava muito feliz. Era a vida que desejava.

As estrelas existiam dentro e fora do rio. Cada estrela tinha seu próprio sistema, repleto de planetas e satélites. Ainá navegava o rio, saltando de sistema estelar em sistema estelar e mergulhando em cada planeta. Sorria, muito satisfeita, sem obrigações a cumprir ou pessoas a quem responder.

Na verdade, Ainá era uma labareda, um peixe de fogo que fazia o rio ferver por onde percorresse. Sempre que passava por uma estrela, o astro se fundia a ela, e aquele sistema deixava de existir. Às vezes faíscas de Ainá ficavam para trás e viravam novas estrelas, dando origem a novos sistemas. Sim, a labareda chamada Ainá tinha que seguir todo o fluxo da existência para acender e apagar milhares de mundos, pois era esse seu destino.

E, às vezes, Ainá sentia.

Não podia ver, mas sentia.

A presença de suas iguais.

Suas irmãs.

Aquelas que existiam na escuridão primeva do ventre que pariu o universo...

"Peraí... irmãs?", pensava.

Sim.

Do ventre primordial, suas irmãs haviam saído.

E, do ventre das irmãs, eram paridos novos universos, novas realidades.

Ainá não queria se preocupar com nada daquilo. Desejava apenas continuar brincando nas águas. Mesmo que as águas fossem o próprio universo.

Ela não se importava. Seguia navegando, saltando, mergulhando...

E suas irmãs iam atrás, atraídas pela chama do rio.

◆◆◆

Ainá era um passarinho, voando contente por entre as folhas. Diante de si, esparramava-se uma floresta infinita, multicolorida, muito cheirosa e barulhenta. Havia perfumes doces e suaves, dourados e brilhantes. Havia chiados cor-de-rosa, piados brancos e guincharés amarelos. Ainá voava livre, sem pensar nem se preocupar, como sempre deveria ser.

Então, viu suas irmãs, mães e avós sentadas em suas moradas nas árvores.

Primeiro, Ainá passou pela árvore do Orobô e pensou: "Como seria bom se eu pudesse trazer felicidade para que as pessoas vivessem bem nas Terras Encantadas."

Em seguida, passou pela copa da Araticuna-da-areia e pensou: "Como seria triste se tudo de que alguém gostasse fosse destruído."

Junto aos galhos do Baobá, Ainá pensou em como conferir o que era de bom grado a alguém de quem gostasse.

Já sob o pé da Gameleira-branca, pensou que seria terrível se seus desafetos sofressem acidentes sem ter como escapar.

Pousada em um galho do pé de Apaocá, visualizou mortes rápidas para seus inimigos.

Como a sexta morada era séria demais, decidiu contorná-la, voando diretamente para a sétima, a Figueira. Aos pés daquela árvore, prostrou-se, de asas abertas contra o chão, implorando perdão, pois sabia que a graça lhe seria concedida.

Acontece que, ao pedir perdão ali, também concedia perdão a si mesma.

Ainá era um passarinho.

Mas também era mais do que isso.

Era uma das eleié, as mulheres-pássaro, donas do eié.

Decidiu, portanto, voar rumo à sexta árvore, a Cajazeira. Chegava, assim, à sua fonte de poder, a principal casa de suas semelhantes. E entendeu que, se pensasse em alguém enquanto estivesse ali, essa pessoa teria o poder de fazer o que quisesse, para a felicidade ou infelicidade da humanidade.

O conciliábulo de suas irmãs, mães, tias e avós estava reunido na Cajazeira. Era um momento importante, que decidiria os rumos do multiverso e de tudo o que nele existia.

Só que Ainá não queria saber.

Desejava apenas voar livre. Iupi!

◆◇◆

Sim, estava atenta a tudo. Mas doía demais. Havia muita confusão. Intrigas mesquinhas. Falas problemáticas. Promessas de violência. Disputas sangrentas. Notícias medonhas.

Não! Era melhor brincar.

Até queria se aprofundar mais. Talvez, escolher melhor as palavras. Demonstrar genialidade por meio do discurso, mas para quê?

Só queria se divertir.

Adorava suas bonecas. Elas andavam, faziam café, brincavam com ela. E vestiam roupinhas bonitinhas, com lacinhos e tudo! Por que não podia brincar com suas bonequinhas? Era isso que Ainá queria.

Lá fora era perigoso. Queriam que ela se ajoelhasse, que respeitasse. Queriam que ela mandasse, que castigasse. Que humilhasse e oprimisse. Mas Ainá não queria nada daquilo. Não fazia parte de seu modo de pensar.

Só queria ficar no quarto, brincando de boneca.

E queria sair para nadar no rio.

Para subir em todas as árvores.

Para correr debaixo da chuva.

E montar nos animaizinhos.

Queria escalar a montanha e saltar lá do alto.

Queria nadar na cachoeira.

As águas... talvez lhe trouxessem alguma resposta.

E Ainá tinha dúvidas.

Então, mergulhou na cachoeira, afundando-se ainda mais.

Tchibum!

◆◆◆

Já chega, filha.

— O quê?! — exclamou Ainá.

Fugir das responsabilidades não vai mudar nada.

— Não estou fugindo de nada! Só estou levando a vida que sempre quis levar!

Você deve cumprir sua função.

— Não tenho nada a cumprir! Não devo nada a ninguém!

Se não cumprir agora, vai ter que cumprir na próxima vida.

Nada vai mudar e você permanecerá estagnada.

Não foi isso que combinamos...

Você tem que cumprir sua parte no acordo!

— Não sei do que vocês estão falando!

Chega.
Chega...
CHEGA.
C-H-E-G-A!!!
Ainá se calou. Teria se encolhido, se pudesse, mas não dispunha de um corpo naquele momento. Ou não estava sentindo seu corpo. Ou não queria sentir o que seu corpo estava sentindo. Ou...
— Eu... só quero chorar. Só queria poder chorar.
Devia ter chorado faz tempo.
Ninguém a proibiu de chorar.
Fazer pose enfraquece sua essência.
Em algum lugar, um rio inteiro se formou com as lágrimas de Ainá.
— Eu... não queria nada disso.
Você quis.
Você tem que aceitar as consequências de seus atos.
Você não foi atrás de nosso filhote para proteger seu reino.
Foi atrás dele para se vingar.
— Aquela coisa horrorosa, que matou minha irmã, é criação de vocês?
E sua também.
Nós o criamos juntos.
— O quê? Como? Por quê?
Você sabe muito bem.
Nossos pássaros vivem para realizar as tarefas que damos a eles.
Vivem nas nossas cabeças até que os soltamos.
Criamos esse Pássaro porque não nos convidaram para a festa!
Um absurdo completo!
— Só... por causa disso? Vocês colocaram um mundo inteiro em perigo porque não foram convidadas para uma festa?
Olhe como fala!
Você foi quem mais se escandalizou por não ter sido convidada!
Foi quem mais nos incentivou quando soltamos o Pássaro!
— Não!
Você não se lembra porque está aprisionada nessa forma mortal.
Exatamente como queria.
Mas, no fundo, sabe a verdade.
Não era só uma festa.

Você fundou o reino junto com ele. Ele se tornou Rei da metrópole. E você não foi lembrada. Um absurdo! Então, as crianças pararam de nascer. Você estava no seu direito. Todas estávamos! As crianças pararam de nascer, já que as mulheres não engravidavam mais. Os homens se desesperaram! Vieram até nós e se ajoelharam. Imploraram por perdão no pé da Figueira. E nós os perdoamos.

Porque o mundo só existe graças a nós. Tudo o que existe é gerado no nosso ventre. Tudo o que sai pela vagina é filha e filho nosso. Pertencem a nós todas e todos que são capazes de gerar vida no ventre. Não há magia mais poderosa que essa.

Nunca haverá.

Então, volte a se lembrar.

Nós geramos os pássaros. Eles devem cumprir sua função. Devem punir quem não cumpre o acordo. A cidade que você fundou não quis cumprir sua parte. Então, teve que ser destruída. Destruiu-se sozinha! As pessoas enlouqueceram e mataram todas umas às outras.

É exatamente o que está acontecendo agora.

O que vai continuar acontecendo, se você não acordar.

Acorde!

◆◇◆

Quando Ainá abriu os olhos, estava dentro de um coração gigante. Ela era um peixe nadando por aquelas artérias, mergulhada em sangue.

O coração batia, e Ainá ressoava junto.

— Por que estou aqui? — perguntou.

Porque você é o centro, filha.

O centro de todas as coisas.

A estrela que ilumina o caminho.

O fogo que queima no meio do rio.

— Nunca pedi para ser nada disso...

Realmente, você nunca quis.

Mas é o que você é.

É como foi feita.

Pode negar, se quiser.

Porém, se ficar aqui, parada nestas águas estagnadas, nada vai mudar...

— Não quero ficar aqui... Aliás, onde eu estou?

Isto aqui é um otá.

Você não está aqui de verdade.

Nós é que fizemos você achar que está.

Porque já nos cansamos de estar onde você gostaria de estar.

Você pode fazer o que quiser.

Lógico que pode.

Mas o que faz ou deixa de fazer tem consequências no mundo.

— Por que eu? Não gosto desse lance de "escolhida"... É horrível! E muito clichê!

As histórias sempre se repetem. Vá reclamar com Orunmilá! Você vive num mundo onde as pessoas são literalmente escolhidas pelas divindades para serem seus avatares na terra. E está reclamando de ser uma escolhida? Você é a Escolhida. Vive num universo onde lendas e magia são a realidade. Foi você que escolheu existir aqui. Você que escolheu guiar as pessoas para que alcançassem o melhor de si.

— E por que eu escolheria ter um trabalhão desses?

Porque você ama as pessoas.

— Humpf.

Ama o mundo onde elas vivem.

Ama seus parentes e amigos.

— Hum...

Para proteger o mundo onde seus amores vivem, você escolheu ser Rainha. Para cumprir sua missão de caçar as oito Abominações que nós criamos. Antes que destruam tudo o que você ama.

— Como assim? Vocês criaram o quê...?

Ainá pensou ter ouvido gargalhadas.

Ah, já falamos demais. Estamos com preguiça. Detestamos nos explicar.

— Então, por que as senhoras ficam atazanando meus sonhos?

Porque você pediu nossa ajuda. Não há mãe que não atenda quando o filho chama. Nós somos assim. Você é assim. Mas chega de papo! Agora é hora de acordar. Você já brincou o suficiente.

— Mas meu idá foi desintegrado... junto com meu... — Ainá se lembrava. Mais rios foram criados.

Ainá se esvaía em toneladas de lágrimas por seu irmão de barco morto.

Sentimos a sua perda. Sentimos a perda de todos os nossos filhos que se foram. Ele se foi cumprindo seu dever. Ele se foi tornando o sonho dele realidade.

— Não...

"Morrer protegendo a quem mais ama."

— Mas e quem fica? Como isso pode ser amor?

Respeite o amor de seu irmão. Se ele não tivesse feito o que fez, você não estaria aqui. Ele teria morrido de qualquer forma. Lindo Odé Tunji cumpriu seu dever. Falta o moleque Rei cumprir o dele.

— Kayin.... Ele também está aqui?

Lógico. Onde vocês acham que estão? Você vai ter que ir até ele. Porque, infelizmente, os homens não são nada sem as mulheres. Nós erramos quando criamos o gênero masculino. Defeituosos, inseguros, precisam sempre provar que são machos.

Uma pena...

Mas ele vai ajudar você também. Você não precisa dele de verdade, mas ele tornará sua tarefa mais fácil. As pessoas precisam umas das outras. Você e ele...

— Podem parar por aí!

As gargalhadas foram subindo de tom até se tornarem quase ensurdecedoras.

Bom, chega de papo, então.

— Mas estou sem minha espada!

Você é a Rainha do Trono da Espada? Chega de brincar com armas inferiores. Hora de despertar seu verdadeiro poder, Rainha do Trono do Amor. Lembre-se de que foi o amor entre Mãe Odudua e Pai Obatalá que gerou o mundo e os seres humanos.

Não há magia mais poderosa que o poder de criar a vida.

Não há força mais poderosa que a capacidade de amar.

Você sempre foi a mais forte entre Rainhas e Reis de Tronos Encantados.

Vá caçar a última Abominação que nós criamos juntas.

A Abominação que acha que é um grande herói...
— Acha?
Chega de conversa.
Vamos, irmã.
Hora de lembrar.
Hora de despertar!

◆◇◆

Ainá abriu os olhos. De verdade, dessa vez.
    Estava imóvel, congelada, enrijecida.
    Praticamente morta, no fundo bem fundo de águas muito escuras.
Então, sua alma soube que queria viver.
Seu corpo foi se aquecendo e espalhando calor ao redor.
Sob a luz daquele calor, viu Kayin, ainda imóvel, a poucos metros de distância.
Nadou até ele e pôs-se a esganá-lo de volta à vida.

• • • • •

???
???
OJÓ ???
OXU ???
ODUN ???

Quanto tempo fazia que Kayin estava afundando? Horas? Dias? Meses? Anos? Não importava. Nada disso realmente importava. Tanto fazia.
    O fundo do poço nunca é fundo o suficiente.
É preciso afundar mais para conhecer melhor a dor.
Precisa doer mais.
Sempre mais.

◆◇◆

Você é um monstro.
>   Feriu pessoas.
>   Gritou e feriu pessoas.
>   Filho de monstro, monstrengo é...
Não é à toa que seu grande herói é um monstro.
Você é um erro imperdoável da natureza.

◆◆

A água escura foi se enchendo de sangue.
>   É que Kayin chicoteava as próprias costas.
>   *Continue, por gentileza.*
>   *Precisa doer.*
Precisa pagar por seus crimes.
Precisa se punir.
Sim, já que não havia ninguém ali, ele mesmo se puniria.
Alguém precisava fazer isso.
Alguém precisava pagar pelas dores do mundo.

◆◆

Algo — ele? — estava imerso em águas quentinhas...
>   Esse algo-ele ainda não era, estava prestes a se formar.
>   Sim, ele estava se formando como ser humano.
>   E aquele era um local tão confortável, tão cheio de amor, tão lindo...
Kayin — este seria seu nome — foi concebido com amor e esperança.
No lugar mais poderoso entre todos os lugares mais poderosos do mundo.
Não pretendia sair de lá.
Nunca.
Então, a invasão!
E a dor!
Um espinho pálido.
Um bico.
Perfurando,

envenenando,
maculando sua morada sagrada!
Kayin se contorcia...
Havia sido contaminado.
Mas borbulhou, borbulhou e borbulhou.
Até sentir calor de novo...
Até sentir amor de novo...
E se acalmar...
Estava tudo bem novamente.

◆◇◆

O Pássaro pequeno perfurou a mamãe!
Perfurou você.
E você não reagiu...
O Pássaro pequeno matou o papai!
Seu verdadeiro pai,
você lembra?
Papai tentou proteger mamãe com o próprio corpo...
E o Pássaro pequeno perfurou papai,
perfurou mamãe!
Perfurou você...
Você virou filho do Pássaro pequeno!
Porque seu pai de verdade morreu
E você não fez nada.
Você estava destinado a mudar o mundo.
Então, o Pássaro decidiu mudar você.
A culpa é sua...
Sua!

◆◇◆

O Pássaro devorou a mamãe!
Saiu da água e devorou a mamãe!
Você viu!
Viu e não fez nada!

Mamãe venceu todos os desafios!
Venceu o desafio junto com suas amigas...
Você lembra agora!
Mamãe e suas amigas venceram os quatro bichos fortes do lugar estranho!
Elas venceram os mortos de olhos azulados!
Junto com suas amigas mais fortes ainda.
E até o bicho do espaço que virou sacrifício!
Só que o Pássaro era mais forte que tudo isso junto!
Devorou mamãe inteirinha...
Quase matou a menina e a mãe dela...
A menina...
A menina de que você gosta...
Ela quase morreu.
Mamãe morreu para salvar todo mundo.
Você viu tudo...
...e não fez nada.
Nada!

◆◇◆

Inútil. Depravado. Incompetente. Infeliz.

Im-per-do-á-vel.

Fraco fraco fraco fraco fraco fraco fraco fraco fraco fraco fraco fraco fraco.

Kayin queria afundar para sempre.
Esse era o seu sonho.
Morrer não era suficiente.
Precisava mergulhar no poço mais profundo de toda a existência.
Merecia aquilo.
E um pouco mais.
Afundar...
Chicotear-se...
Sofrer.

◆◇◆

— Muito bem, Kayin. — Ainá soltou o pescoço do garoto, vendo que ele abria os olhos. — Vamos acordar...

— Não... — respondeu ele, num fiapo de voz. — Não mereço... Não devo...

— Escute — disse Ainá, muito calma, ajudando Kayin a se erguer. — Nunca serei capaz de sentir o que você sente. Mas respeito seus sentimentos. E gostaria que você se respeitasse também. Você é humano. Precisa sentir. Nossa medicina espiritual vai equilibrar sua energia. Infelizmente, não conseguiremos fazer isso agora. Precisamos sair daqui. Agora.

— Mas eu não sou humano... Eu sou um ajog...

— Pare — interrompeu Ainá, subitamente séria. — Palavras têm poder, e você sabe muito bem disso!

— Então, eu sou...?

— Você sabe quem é. Não precisa que ninguém diga.

Foi quando Kayin se lembrou de seus sonhos.

— Eu sei — disse, surpreendendo-se com a própria convicção.

— Você se lembra! — Ainá sorriu. — Fundamos esta metrópole juntos, Rei.

— Sim, minha Rainha. Mas não deixa de ser verdade que eu falhei...

E a Rainha abraçou o corpo frio de seu Rei.

— Falhamos juntos... — respondeu Ainá. — Deixei meu irmão morrer...

— Não! — exclamou Kayin, apertando-a com força contra o peito. — Foi escolha dele! Ele morreu por amor a você!

— A dor não é menor por isso...

Rei e Rainha choraram e se acolheram da melhor maneira que aquelas condições permitiam.

— Olhe nos meus olhos, Kayin — pediu a Rainha, momentos depois.

E ele olhou, suas íris azuladas emolduradas por uma pele pálida.

Ainá olhou bem dentro dele, permitindo que Kayin olhasse bem dentro dela.

E Kayin viu Adebayo caindo no fundo do lago do universo...

...até encontrar a chama que brilhava no meio do rio de estrelas e planetas.

A chama eram os olhos de Ainá.

E os olhos de Kayin brilharam dourados.

Ainá era a estrela, e Kayin era seu satélite.

Os olhos de Kayin refletiam o brilho dos olhos de Ainá.

Protegeria sua estrela por todos os meios necessários.

— Agora, eu entendo... — sussurrou Kayin. — Entendo o motivo pelo qual somos tão inconformados com o mundo.

— Viver no mundo mortal é um fardo pesado para nossa verdadeira essência... — completou Ainá.

— Mas é hora de acordar — decretou Kayin.

— Hora de tornar nossos sonhos realidade — concluiu Ainá.

Estava feito. O Lago do Príncipe Pescador evaporava, emanando partículas multicoloridas e brilhantes, carregadas com a magia daquele encontro. E as nuvens sinistras, que por mil anos nublaram o Antigo Reino de Ketu, foram se desfazendo no contato com aquele vapor até sumirem por completo.

— É meu dever caçar a fera mais perigosa do mundo e proteger a comunidade — declarou Kayin. — Com uma flecha só.

Então, abriu suas novas asas, agora pontilhadas de estrelas, e ganhou os céus, abraçado à sua Rainha.

ODU 13
OTURA MEJI

A separação das coisas.
A união de tudo o que existe.
A regência da matéria
Por meio da dissociação de átomos.
A sabedoria da força mágica por meio da fala humana.
A boca pode tanto proferir pragas e maldições
Quanto conselhos e orientações.
Será que é possível unir
Os eternamente distantes céu e terra?

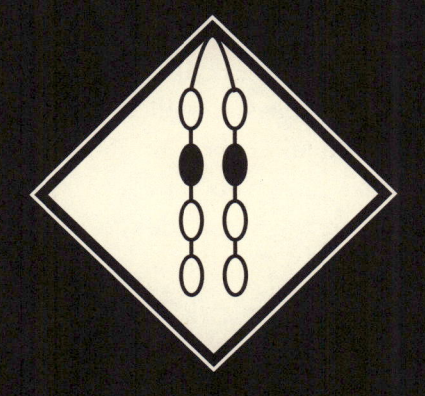

14
MORAYO & YEMI

**PRINCIPADO ILÊ AXÉ IRUBIM
RESIDÊNCIA DO BABALORIXÁ,
MADRUGADA
OJÓ OBATALÁ 20
OXU CORUJA
ODUN 4990**

— Por que a senhora teve de ir assim.... numa aventura estúpida com aquela caçadora idiota?!

Morayo Odé Bunmi Dana Dana chorava na solidão de seu quarto. Com a cabeça enterrada entre os joelhos, encarava o chão de barro. As paredes gotejavam, chorando com ele, enquanto o chão bebia todas as lágrimas, a saliva e o catarro expelidos pelo menino.

Era uma noite sem lua. O axexê de sua mãe, a Princesa Consorte Iakekerê Ayo Odé Yomi Dana Dana, estava ocorrendo naquele momento, à beira do rio Erinlé, nas cercanias do território Irubim. Toda a população do principado estava presente. Exceto seu filho, que se trancara no quarto havia uma semana.

Não adiantava tapar os ouvidos nem praguejar. Os cânticos em homenagem à sua mãe e aos ancestrais de sua família invadiam a mente de qualquer maneira.

E quanto mais Morayo chorava e chorava, mais se afogava dentro de si mesmo.

◆◇◆

Era melhor não fazer mais nada.

A floresta era escura e profunda, mas o caçador Dana Dana não teme a mata da morte. Morayo via a si mesmo afundando por entre as árvores na tenebrosa noite sem lua.

Era melhor assim.

Sumiria do mundo e a dor sumiria junto com ele...

◆◇◆

O menino Morayo abriu os olhos a contragosto.

— Filho! — Seu pai o sacudia, com os olhos vermelhos de cansaço e preocupação. — Acorde, filho!

— Não! Por quê? — perguntou o garoto, sonolento. — Ainda tá escuro...

— Você estava indo embora... — explicou o babalorixá.

— Do que você tá falando?

Mas Morayo nem teve tempo de ouvir a resposta. Levantou-se num pulo assim que viu o pequeno Kayin, todo tímido, bem atrás de seu pai.

— Que que esse moleque tá fazendo aqui? — rosnou ele.

— Filho, não fale assim... — disse Babá Alabi. — Ele também perdeu a mãe...

— E foi bem-feito! — gritou Morayo. — Mamãe morreu porque seguiu a doida da mãe dele!

Kayin caiu de joelhos, chorando muito. E Babá Alabi...

...se virou para confortá-lo!

Morayo não conseguia acreditar.

Juntou todas as forças que tinha em seu corpo infantil e deu um soco bem dado nas costas do pai.

— Eu que sou seu filho! — berrava, raivoso.

Não esperava pelo olhar duro e cruel que Babá Alabi lhe lançou. O pai parecia ter crescido dois metros quando lhe disse, em tom sombrio:

— Um filho deve respeitar o pai.

Então, Morayo se ajoelhou para beijar os pés do babalorixá.

— Me desculpe, pai! — implorou ele, beijando seus dedos. — Me desculpe, me desculpe, me desculpe...

Babá Alabi deu as costas para o filho, sem nada dizer.

Ainda ajoelhado, Morayo ergueu os olhos para espiar.

Seu pai deixava o recinto de mãos dadas com Kayin.

Esperou que partissem e pôs-se a socar o chão de barro.

Até que sua mão começou a sangrar.

• • • • •

???
???
OJO ???
ODUN 4997

Morayo estava de novo na floresta escura.

Dessa vez, não pela própria vontade. Havia sido arremessado para a mata no instante em que Kayin gritara para o Ilê Axé Irubim.

Morayo havia sido um dos primeiros a gritar com ele.

O lugar estava ainda mais assustador. Árvores mortas, arbustos secos, silêncio ensurdecedor... Não havia nada vivo em lugar algum.

Deitou-se em posição fetal na lama. Queria, ao menos, sentir a podridão de um chão fecundo, sentir os vermes entrando por sua boca, mas não havia vermes por lá. Nem baratas, ratos ou cobras. Não, não havia nada.

Morayo estava sozinho na escuridão.

Restava a ele revisitar suas memórias. Todas as suas memórias. Não apenas as mais gloriosas e inebriantes. Porque Morayo ficou muito tempo por lá. Sozinho.

Pôs-se a revisitar todas as vezes que brigara com o pai. Quase sempre por causa de Kayin. Seus motivos costumavam ser mesquinhos, teve que admitir. Sentia saudade de ser resgatado da mata escura. Sim, seu pai vira daquela vez, pois enxergara quão perdido e carente Morayo estava.

Por que deixara de vê-lo?

Por que só via Kayin?

Porque Kayin é especial. Filho da grande heroína. Você sempre a detestou! Sempre odiou o modo como sua mãe se sujeitava àquela mulher. Sua mãe satisfazia todas as vontades da tal Iremidê! Como pode um negócio desses? A mãe de Kayin levou sua mãe embora. E temos que pagar pelos crimes de nossos ancestrais. Você sabe disso.

— A culpa é dele, então...

Isso! Seu pai não deveria criar o assassino de sua mãe!

Certo?

Certo...?

Ah, parou de responder, é?

Pois bem, você merece estar onde está!

Filhote birrento que acha que é macho alfa!

As gargalhadas ecoaram por toda a floresta.

Finge que é macho, mas é só um valentão covarde!

Como é que um moleque imaturo e briguento que nem você vai herdar Irubim?

Fique aí afundando na lama da própria miséria, que é melhor para você...

Kayin se vingou de tudo o que você fez com ele. Com um só grito, Kayin arremessou você para o fundo do poço da sua alma! Um só grito! Isso, sim, é que é vingança!

Fique aí, seu merda.

É bem menos do que você merece...

Assim passaram-se os meses.

Quando Morayo admitiu para si mesmo que se arrependia de todos os maus-tratos cometidos contra Kayin, conseguiu chorar.

Chorava por ter sido um "menino mau".

Tadinho! Se eu estivesse lá, ofereceria um lencinho...

...mas levantar mesmo, que é bom, só depois de um ano.

— Que Pai Dana Dana guie meus passos... — sussurrou Morayo para si mesmo.

E seguiu perambulando, sem destino, na esperança de um dia sair da mata escura...

• • • • •

PRINCIPADO ILÊ AXÉ IRUBIM
RESIDÊNCIA DO BABALORIXÁ, NOITE
OJÓ EXU 25
OXU COROA
ODUN 4997

Morayo acordou sendo sacudido por Ogã Peralta.

— Acorde, cara, acorde!

Havia urgência na voz do jovem ogã, mas Morayo tinha dificuldade de reconhecer onde estava. A floresta escura simplesmente desaparecera, de repente, depois de anos...

— Que...? — perguntou Morayo, com dificuldade. — Q-que dia é hoje?

— Ojó Exu 25! — respondeu Ogã Peralta. — Cê ficou um mês em coma, cara!

— Só um mês?

— E foi muito! — Ogã Peralta parecia apavorado. — As feiticeiras tão aí! Na nossa porta!

De imediato, Morayo se levantou da esteira. Vestiu camisu e calção limpos, amarrou um ojá na cabeça e foi lá fora ver. Era noite. A população se amontoava junto aos limites do círculo de proteção. Notou, com tristeza, o número reduzido de pessoas e lembrou-se do massacre ocorrido ali no dia do julgamento de Kayin.

Felizmente, esgotara seu quinhão de lamúrias. Então, limitou-se a correr para junto dos seus. O povo olhava para algum ponto do rio Erinlé. Acompanhado por Ogã Peralta, Morayo foi abrindo passagem e se aproximando até conseguir ver.

— O Palácio Dourado! — exclamou, estarrecido.

Sim, pois ali estava. O peixe colossal que abrigava o palácio oxunsi vinha nadando tranquilamente na direção de Irubim. Em uma das diversas varandas do palácio, um grupo de feiticeiras gesticulava ferozmente, manejando as águas do rio Oxum, que, agora, devorava o curso do rio Erinlé.

"O encontro das águas", pensou Morayo. "Pai Dana Dana, me dê discernimento!"

Na vanguarda do palácio, uma horda de caçadores logunsi vinha a pé pelo leito artificial de seu rio, empunhando lanças, arcos e espadas encantados. Seus capacetes brilhavam com joias e plumas, azuis e douradas.

— Peralta! Certeira! — gritou. — Embainhem suas armas e venham comigo... Demais ebomis, fiquem aqui pra proteger a população, caso o pior venha a acontecer.

Desarmado, Morayo correu para atravessar a barreira de proteção de Irubim. Não pretendia guerrear, a menos que tivesse de defender sua gente. Aguardava pacientemente seu destino, quando o Palácio Dourado estancou. Coordenados, os logunsi estancaram com ele, em posição de sentido.

Então, uma jovem feiticeira oxunsi, linda e vultosa, vestida com saia, pano da costa e calçolão, armada da cabeça aos pés, abriu caminho entre os guardas reais. Trazia até mesmo um adê de combate na cabeça. Um idá dourado repousava embainhado em sua cintura.

Era a mulher mais linda que Morayo havia visto na vida.

Pararam frente a frente, a poucos metros um do outro.

— Boa noite, senhora.

— Boa noite, senhor.

— Sou o Babakekerê Morayo Odé Bunmi Dana Dana, comandante militar de Irubim.

— Sou a Princesa Ebomi Yemi Oxum Funke Abotô.

— Muito bem, princesa. E o que traz a senhora, sua família e sua residência real a nossos territórios?

Yemi cuspiu no chão.

— Viemos reclamar uma dívida de sangue — rosnou ela. — Uma criatura que diz ter sido enviada por vocês vitimou minha irmã. É bom que tenham uma boa explicação ou afogaremos isso que vocês chamam de Ketu em lágrimas e morte.

— Parece que estamos num impasse. — Morayo tentava não se alterar. — Pois uma criatura que diz ter sido enviada por vocês assassinou meu pai, o antigo babalorixá de Irubim.

Yemi desembainhou a espada. Com um gesto, Morayo impediu que Ogã Peralta fizesse o mesmo. A princesa apontava sua lâmina para o jovem babakekerê.

— Não me venha com essa! — exclamou Yemi. — Sua melhor desculpa é uma acusação?

— Não estou acusando ninguém. Só estou relatando um fato. Como acredito que a senhora também esteja.

O golpe de Yemi teria partido Morayo em dois...

...mas a princesa largou a espada antes de desferi-lo.

Levando as mãos à cabeça, Yemi pôs-se a gritar.

Logo, contorcia-se no chão em profundo desespero.

Assim como os logunsi, que caíram a seus pés, aterrorizados.

E as demais feiticeiras, que desabaram do Palácio Dourado, sendo tragadas pelas águas do rio Oxum.

Era o fim. De quê? De tudo.

Tremendo muito, Morayo não sabia como ainda se mantinha de pé. Tudo desabava, dentro e fora dele, sob a força do ódio, da desesperança. "Do nada", pensou. A seu lado, Ogã Peralta e Ajoié Certeira agarravam as próprias pernas, com o rosto colado na lama, clamando por salvação. A cena se repetia infinitamente ao redor à medida que todos — adultos e crianças — sucumbiam àquele poder descomunal de destruição.

Mas não! Morayo não podia voltar para a floresta escura. Suava e tremia, sustentando-se sobre os joelhos que insistiram em se dobrar. Não perderia mais tempo. Não aguentaria mais nenhum dia aquele suplício...

Com muita dificuldade, ergueu os olhos.

E viu uma silhueta monstruosa de pássaro tomar os céus, esparramando-se até recobrir todo o horizonte além de onde sua vista alcançava.

Com o pássaro, surgiram seres, vindos de todos os cantos. Pálidos, abrutalhados e disformes, invadindo o terreno. Animais e bestas mágicas possuídos, distorcidos, destroçados. Pulavam sobre as pessoas, que não lhes ofereciam nenhum tipo de resistência, a fim de devorá-las.

"Para devorar suas almas."

Trincando os dentes, tudo o que Morayo conseguiu fazer foi sacudir Certeira e Peralta até que entendessem o que estava acontecendo. Juntos, correram de volta para a barreira de proteção de Irubim.

Morayo carregava a princesa de Ijexá em seus braços.

· · · · ·

**PRINCIPADO ILÊ AXÉ IRUBIM
RESIDÊNCIA DO BABALORIXÁ
OJÓ ONILÊ 2
OXU ÁRVORE
ODUN 4997**

— Que bom que acordou, princesa — saudei Yemi, toda gentil.

A garota pulou da esteira.

— O que você fez com minha arma? Responda ou mato você agora!

Pois é! Aparentemente, a falta de educação é um mal de família. Ainda mais quando estão desorientadas. Tudo bem que qualquer lugar seria melhor do que aquele em que a princesa estivera antes... Mas por que não estava mais lá? Como saíra? E que roupa branca sem graça era aquela que ela vestia?

Posso dizer que o cômodo era até bastante agradável. As paredes pulsavam, abafadas, pingando seiva adocicada e perfumada. Eu, certamente, não reclamaria. Afinal, eu tinha sido resgatada por Ebomi Bajo segundos antes de me esborrachar no chão e, agora, estava ali, protegida, ajudando como podia.

— Meu nome é Yinka, iaô do Ilê Axé Irubim. — Resolvi facilitar as coisas. — Você está em um dos cômodos da residência do babalorixá de Irubim... Quer dizer, quando tivermos um babalorixá de novo. Foi trazida para cá após o Grito.

— Grito...? — Yemi levou uma das mãos à cabeça.

— Melhor se sentar um pouco, princesa — sugeri. — Estive cuidando de você por bastante tempo e creio que ainda não esteja recuperada.

— Recuperada do quê? Eu não estava aqui... Estava...

— É melhor esquecer o lugar sinistro onde esteve. O que importa é que está aqui agora, neste mundo visível sob o sol.

— Mas... — Yemi insistia em ficar de pé, apesar de estar muito tonta.

— Certo... — Desisti. — Vá lá fora. Veja com os próprios olhos.

Cambaleando, a princesa se dirigiu até a entrada.

Deu de cara com a Praça de Irubim e...

...estava tudo escuro, mas não como se fosse noite. Não havia estrelas nem lua no céu. Um véu cinzento, estagnado e antinatural, recobria a praça. E havia pessoas caídas pelas ruas, jogadas ao chão. Quase não se moviam, apenas balbuciavam palavras incompreensíveis. Algumas jaziam inconscientes, assim como a maioria dos animais. Galinhas, lagartos, feras de estimação se largavam ao lado de seus donos, entregues à melancolia.

Sim, caminhando pelo centro de Irubim, Yemi foi se dando conta de que estávamos vivendo — ou melhor, sobrevivendo — em um mundo de depressão intensa e incapacitante. O que era uma terra mágica se os seres que nela viviam se mantinham aprisionados na própria tristeza, inaptos a desfrutar de prazeres?

Yemi tentou ajudar aquelas pessoas. Território inimigo ou não, tinha que tentar. Agachou-se perto de uma garotinha que chorava muito, embora quase não se mexesse. Começou a acarinhá-la, a conversar com ela, mas não houve reação.

— Ela... não está aqui... — concluiu Yemi, virando-se para mim.

— Nenhum deles está — confirmei. — Assim como você não esteve por, pelo menos, um mês.

— Pareceram anos...

— É, os poucos que acordam dizem isso.

— Poucos?

— Pelo que me consta, desde o Grito o mundo inteiro está assim.

— O mundo inteiro... destruído... com um grito.

Yemi caminhava cada vez mais rápido. Olhava a destruição ao seu redor, em estado de choque, tentando acordar algumas das pessoas que encontrava pelo caminho. E era cada vez mais difícil acompanhá-la. Mesmo depois de um mês em coma, ela continuava bem mais em forma do que eu.

— Princesa... — Tentei alertar, ofegante. — É melhor não andar por aí...

Não adiantava. Já está comprovado que a família real oxunsi não me ouve. Num pique, Yemi correu. Dirigiu-se aos limites da barreira. Quando finalmente a alcancei, vi que parara ao lado de Morayo. Observavam a destruição à sua frente.

Àquela altura, mal se via o Palácio Dourado. A barreira estava intumescida de ajoguns de todos os tipos. Viam-se bocas, tentáculos, braços, cabeças, garras, chifres pontiagudos... Uma mescla de partes podres forçava a entrada por todo o perímetro, emitindo um constante chiado seco, quase inaudível.

Estavam famintas.

— ...e foi isso o que aconteceu — disse Morayo.

— Entendi... — Yemi assentiu, frustrada.

— O Grito ou esses ajoguns, não sabemos ao certo... — completou Morayo. — Tornaram o ar lá fora venenoso para nós. Fato é que sua família não pode vir buscá-la. Mas parece que estão todos bem... na medida do possível.

Como alguém poderia estar remotamente bem naquela situação? Nem eu nem Morayo sabíamos. Mas deem um desconto ao garoto, né? Ele só queria acalmar a princesa. E disfarçava bem mal a mentira, por sinal...

— E o que marmotas você está fazendo aqui? — perguntou Yemi, desconfiada, reparando que Morayo estava armado.

— Estou guardando a entrada — respondeu ele, lançando um olhar triste para o cabo das azagaias. — Logo mais será o meu turno de cuidar das pessoas.

— E como você tem ajudado sua gente? — quis saber Yemi.

— Converso. Não apenas com minha gente... Alguns sobreviventes de outras comunidades conseguiram chegar aqui... exaustos, tristes, apavorados. Quem está consciente troca ideias com quem está incapacitado. E todos recebem boris e ebós...

— Medicina para equilibrar a alma... — Yemi parecia satisfeita. — Quer dizer que o senhor comandante militar virou um doutor conversador...

— Bem... — falou Morayo, virando-se para a princesa. — Conversei bastante com você. Em seus sonhos... ou pesadelos.

Constrangida, Yemi contorceu o rosto de raiva.

— E o que foi que eu disse?

— Tenho certeza de que sua irmã vai voltar... E não é culpa sua que a mais velha de vocês tenha falecido...

— Humpf...

A princesa deixou escapar uma lágrima. Delicadamente, Morayo ergueu um dedo, pedindo permissão para tocar-lhe o rosto. Quando

Yemi assentiu, ele colheu a lágrima aninhada na bochecha da princesa, sorrindo tristemente para ela.

De súbito, os ajoguns se atiçaram. Os caçadores se aproximaram de seu babakekerê, sacando as armas. Ajoié Certeira, Ogã Flecheiro, Ebomi Bajo e Ogã Peralta postaram-se em pontos estratégicos da barreira de proteção, enquanto suas feras de batalha rosnavam, mostrando dentes e garras.

Yemi, mesmo desarmada, colocou-se em posição de guarda, bem em frente ao Palácio Dourado. Na certa, imaginava que, se a barreira se rompesse, preferia morrer defendendo seu povo a se proteger covardemente em território odessi.

Sim, porque os ajoguns estavam prestes a cruzar nosso círculo mágico de proteção. Tudo indicava que seria nosso fim, para valer.

Então, o Antigo Reino de Ketu se tornou visível nos céus.

E, pela primeira vez em meses, a luz do sol voltou a iluminar nossa terra.

Todos olhavam para cima. Não havia como não olhar. Mesmo os ajoguns erguiam seus torsos apodrecidos, sob o intenso dourado que tomava os céus de assalto. Seria apenas o sol? O brilho renovado do antigo reino? Não podia ser! Desacostumados de tanta luz, levamos um tempo para ajustar nossos olhos à intensidade do que ocorria lá em cima.

O que eu vi? Um pássaro. Imenso, glorioso, alçando voo do Antigo Reino de Ketu e mergulhando com tudo no chão bem na nossa frente. Às vezes, brilhava tão forte que se confundia com uma estrela cadente. Sua queda abriu uma cratera bem ao lado do palácio, lançando uma onda de choque que vaporizou todos os ajoguns ao redor.

De uma vez.

E, da cratera, saíram duas figuras humanas, ofuscadas pelo dourado intenso que as cercava. Atravessaram a barreira como se não fosse nada. Os odés apontaram as armas naquela direção, mas Bajo ordenou que as recolhessem.

A ebomi sabia quem estava chegando.

Assim como Yemi, que foi correndo ao encontro de Ainá. Sem dizer nada, as irmãs se abraçaram, chorando, diante do grupo de odés atônitos.

Mas ninguém estava mais atônito do que Morayo.

— Kayin...? — perguntou o babakekerê, poupando-me o trabalho.

Sim, porque Kayin trajava a luz negra de uma verdadeira noite de estrelas. Não se viam traços do moleque assustado que Morayo tanto maltratara. Nos olhos do agora Rei, Morayo viu milênios de histórias ancestrais e feitos lendários; viu a sabedoria, a coragem e a majestade dos caçadores míticos do mundo antigo.

— A bênção, Babá Odé Leye — pediu Morayo, ajoelhando-se e baixando a cabeça para Kayin.

Depois, foi a vez de Peralta, Certeira, Abiona e até mesmo Flecheiro.

Um a um, todos se ajoelharam e bateram cabeça perante o rapaz, confusos, incrédulos e impressionados.

— A bênção, Caçador Ancestral — disseram, em coro.

— Hã... — Kayin estava bastante constrangido. — Oi pra vocês também...

Ebomi Bajo foi a única a permanecer de pé.

Olhava Kayin com orgulho, o rosto cheio de lágrimas.

— Ah... Oi, irmã da minha mãe — falou Kayin, para completa surpresa de Ebomi Bajo.

ODU 14
IRETE MEJI

*Não importa o que aconteça,
O espírito da terra nunca morre.
Longevidade e saúde para todos.*

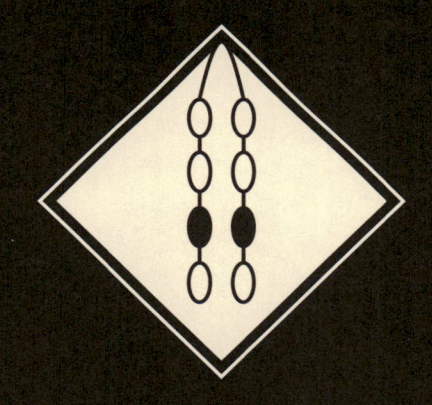

15
AINÁ & KAYIN

RUÍNAS DO ANTIGO REINO DE KETU
ILHA FLUTUANTE DO PÁSSARO, MANHÃ
OJÓ OBATALÁ 16
OXU CORUJA
ODUN 4990

— Iremidê! Iremidê! — exclamou Daramola, o olhar fixo no Lago do Príncipe Pescador. — Temos que tirar as crianças daqui!

As águas do lago borbulhavam, ameaçadoras. Flutuando acima delas, estavam os pequenos Kayin e Ainá. Kayin convulsionava, alternando-se entre a forma de pássaro e a humana, enquanto Ainá chorava, incapaz de entrar em transe.

— Eles não estão prontos! — insistiu Daramola.

— Não podemos recuar agora! — rebateu Iremidê em resposta, temendo que sua companheira estivesse certa. — Estamos quase lá!

Mas, àquela altura, seria difícil dizer o que era "quase lá"... Ebomi Ayo, esposa de Babá Alabi e uma das melhores amigas de Iremidê, tinha sido a primeira a morrer. Restavam Bajo e Daramola, além da própria Iremidê, abatendo ajoguns surgidos sabe-se lá de onde, pois a realidade ao redor se contorcia, remodelando-se para cuspir mais monstros a cada investida das guerreiras.

Às margens do lago, jazia a fera galáctica, caçada pouco antes, já apropriadamente imolada. Uma ventania inexplicável erguia frutas, peles, perfumes e flechas, fazendo dançar as oferendas recém-consagradas em redemoinhos selvagens. E, em meio àquele caos, flutuava o corpo de Ogã Feliz, perfurado várias vezes pelos monstros animalescos que ele mesmo havia abatido, na tentativa de proteger a irmã, Daramola, e suas companheiras.

O ogã ainda se mexia, mas seria impossível alcançá-lo.

Tampouco saber se ainda estava vivo.

— Acabou, Iremidê! — berrou Daramola. — Vamos voltar pra casa antes que algo pior aconteça!

Com um suspiro resignado, a grande heroína odessi se preparou para resgatar as crianças. Foi quando o lago começou a fervilhar com fúria ainda maior...

...e um bico gigante de pássaro emergiu na intenção de abocanhar Kayin e Ainá.

Iremidê só teve tempo de se jogar entre o monstro e as crianças, lançando-as ao chão.

Foi engolida inteira.

Ebomi Bajo se acovardou, fugindo antes de ver o desfecho da história.

Ogã Feliz provou-se ainda vivo, arremessando Daramola e as crianças para longe do Antigo Reino de Ketu antes de fechar os olhos pela última vez.

— Iremidê... Iremidê... — Daramola choramingou, carregando, com dificuldade, as duas crianças desacordadas para bem longe daquele caos.

• • • • •

TERRITÓRIO KETU/IJEXÁ ???
PALÁCIO DOURADO
OJÓ ONILÉ 2
OXU ÁRVORE
ODUN 4997

Iá Daramola, a Rainha de Ijexá, estava sendo assombrada por lembranças da morte terrível de sua companheira, Iremidê. Não se lembrava de quando dormira pela última vez. Desde o Grito, quase todos os cômodos do Palácio Dourado haviam se tornado salas de atendimento, com iaôs e ebomis se revezando no tratamento dos inúmeros enfermos. Cargos já não importavam — quem quer que estivesse minimamente bem precisava ajudar os demais.

Caminhando de lá para cá pelos extensos corredores do palácio, Daramola parava em cada sala para verificar a situação de seu povo e atender aqueles que estivessem em pior estado. Feito o diagnóstico, sentava-se na esteira e tomava a mão do paciente, aplicando seu poder. Ajustando os líquidos do corpo adoecido, entrava nos pesadelos em que cada mente se escondia. E, quase sempre, conseguia curar as pessoas conversando com elas. Salvo nas raras ocasiões em que a tristeza extrema desafiava suas possibilidades.

Fosse qual fosse o resultado, o procedimento era desgastante, mas a Rainha não podia parar. Havia muitos seres para socorrer. Sim, seres em geral, porque, talvez, quem lhe exigisse mais cuidados fosse o próprio Palácio Dourado.

A ilha em forma de peixe definhava — e tudo que a ela se conectava —, afogando-se em uma lenta e pavorosa amargura. Várias feiticeiras haviam sido destacadas para tratar da criatura. Só que ninguém conseguia, de fato, alcançar a mente alienígena do ser. Que dirá sua alma! Nem mesmo a Rainha se via capaz de tanto. Tratava-se de uma escolha entre cuidar da casa ou das pessoas.

E, embora não desistissem de sua casa, as pessoas tinham prioridade.

Daramola sabia que estava chegando a seu limite. Em breve, seu corpo lhe cobraria o preço de tanto esforço. Não esperava desmaiar em cima de uma paciente. Pois foi isso que aconteceu! A ialorixá simplesmente apagou. De imediato, várias ebomis e iaôs se levantaram para acudir Sua Majestade.

No entanto, foi Ogã Esbelto quem tomou a esposa no colo, levando-a para seu quarto.

◆◇◆

Quando a Rainha acordou, Ainá estava a seu lado, segurando sua mão.

— Filha! — Daramola tentou se levantar, mas a filha logo a impediu.

— Descanse, mãe... Estou cuidando de seu corpo. E a senhora já trabalhou bastante. Dorme, pode deixar que eu assumo daqui...

Iá Daramola não tentou resistir. Voltou a dormir. Dessa vez, com um sorriso no rosto. E Ainá sorriu com ela, ao se levantar para deixar o quarto.

Do lado de fora, o pai a aguardava. Ele não conseguia evitar andar de mãos dadas com a filha por onde quer que ela fosse. Tinha lágrimas permanentes nos olhos desde que soubera do destino de seu filho espiritual, Ogã Lindo. Eram lágrimas de tristeza, gratidão e orgulho.

Naquele momento, Ainá se dirigia ao Barracão do palácio. Como era de se esperar, o local estava moroso e triste, pulsando muito devagar, em um ressoar inaudível de dor. No salão, encontrou as três tias e a avó. Estavam exaustas, pois haviam se autoincumbido da tarefa de ressuscitar o otá de Ijexá.

A pedra sagrada sentira os efeitos do Grito intensamente. Jazia inerte, como um fruto murcho, em lento estado de decomposição. Se o otá morresse, o Palácio Dourado morreria com ele.

— Tias. Vó... — disse Ainá. — Eu falei pras senhoras que ia cuidar disso. Vão descansar...

Como se aguardasse aquela permissão, Iá Oyedele desmaiou de cansaço. Iá Adejumo a acolheu, sentando-se a seu lado. Iá Kokumo aproveitou para se sentar também. No chão, já que o palácio estava fraco demais para produzir móveis.

Então, Ainá se aproximou do otá.

E pousou as mãos sobre a pedra.

Ouro líquido, com a textura de mel e a fragrância das mais cheirosas flores. Esse era o brilho poderoso que se esparramava pelos quatro cantos do palácio, irradiando desde seu centro de força. Por onde passava, trazia uma aura de vigor e felicidade.

Cuidadores se sentiam subitamente descansados. Pacientes sorriram, transmutando pesadelos em sonhos tranquilos. E houve aqueles que despertaram, envolvidos em uma onda de amor e afeto.

Aos poucos, o Palácio Dourado voltou a respirar com leveza. Suas paredes foram ganhando vida à medida que a pulsação se acelerava, acentuando-lhes as cores. As louças dos ibás, espalhadas pelos vários roncós, voltaram a cintilar intensamente. E o otá se recobriu de verde, galhudo e veiudo, sugando a alegria das plantas renascidas ao seu redor.

As tias e a avó de Ainá conseguiram se levantar, sentindo-se quase inteiramente recuperadas.

Iá Kokumo se aproximou para dar uma boa olhada na neta. E viu, por trás do brilho dourado que recobria a princesa, uma força milenar. Viu, ali, uma jovem anciã de tempos imemoriais, uma Mãe Ancestral dos tempos antigos.

Então, a Rainha-Mãe de Ijexá se ajoelhou perante a neta, dizendo:
— A bênção, Iami.
— A bênção, Iami — repetiram Iá Oyedele e Iá Adejumo, ajoelhando-se também.
— Levantem-se... — pediu Ainá, calmamente. — Não desejo que ninguém mais tenha de se ajoelhar aqui.

Foi quando Iá Ademola correu até a sobrinha, erguendo-a pela cintura.
— Mas tá toda metida, essa menina! Que orgulho estou sentindo da minha fofinha!
— Ai, tia, pare! — queixou-se Ainá, constrangida.

Depois, caíram todas na gargalhada.

● ● ● ● ●

TERRITÓRIO KETU/IJEXÁ ???
ÁREA ENTRE IRUBIM E O PALÁCIO DOURADO, DIA ???
OJÓ OLOKUM 3
OXU ÁRVORE
ODUN 4997

— Vamos sozinhos! — decretou Ainá.

— Somos mais que suficientes — reforçou Kayin.

A ordem do dia era um ataque rápido e direto ao Pássaro do Silêncio para encerrar de vez seu reinado de terror.

Apesar dos evidentes efeitos benéficos do retorno da Rainha e do Rei do Trono Encantado, as asas do Pássaro do Silêncio seguiam tapando o sol. Se era dia ou noite? Ninguém sabia, por mais que o Antigo Reino de Ketu estivesse visível nos céus. E, obviamente, alguém tinha que dar um jeito naquilo...

Fora que os ajoguns ainda eram uma praga séria em outras áreas, embora houvessem sido exterminados naquela região. Cada vez mais refugiados chegavam ao reino em busca de abrigo, levando relatos pavorosos de monstros devoradores de gente, assim como de gente devorada pelos próprios pesadelos.

O miasma fatal, que deixava as pessoas prostradas em depressão, também seguia sendo um problema. Usávamos adês customizados, máscaras orgânicas que filtravam o ar para que pudéssemos respirar. Elas recobriam inteiramente nossa face, conectando-se por cabos maleáveis às mochilas-tanque que armazenavam o oxigênio filtrado às nossas costas.

Estávamos prestes a explorar a dimensão realmente hostil do Espaço Astral.

O que eu estava fazendo ali com aquela galera de alto naipe?

Ah, gente, depois de tudo o que fiz, acham mesmo que não ganhei passe livre?

Pois bem! Além de mim, os maiores odés dos cinco principados se apresentavam, lado a lado, com as mais poderosas feiticeiras de Ijexá, lideradas pela Rainha em pessoa, além de suas irmãs.

E, no centro de tudo isso, estavam Kayin e Ainá, vulgos Caçador e Feiticeira Ancestrais, alcunhas pelas quais eram conhecidos agora.

Não que se sentissem muito confortáveis com isso. O fato é que estava todo mundo ali, parado, olhando para aqueles dois.

— Iremos sozinhos — insistiu Ainá. — Sei que vocês querem ajudar, mas, acreditem, conseguiremos dar conta.

— Por mais poderosos que os exércitos de Ketu e Ijexá sejam, aquela fera tem poderes divinos — lembrou Kayin, e ainda era estranho ver o garoto todo seguro de si.

— E Kayin e eu somos deuses... — completou Ainá, bem menos modesta.

— Tecnicamente, semideuses.... — corrigiu Kayin.

— Isso aí que o cabeçudo disse! — concordou Ainá, impaciente. — Não joguem a vida de vocês fora contra um inimigo que não podem vencer... Fiquem aqui e ajudem as pessoas na terra! Tanta gente morrendo! Tanta gente já morta por dentro!

Para desgosto dos dois, muita gente acabou se ajoelhando.

— A bênção, Babá! A bênção, Iá! — exclamaram.

— Olhem, a gente precisa conversar sobre esse lance de se ajoelhar... — comentou Ainá, constrangida.

Kayin resistiu ao impulso de esconder o rosto entre as mãos. Ainda estava processando o fato de não ser mais tímido.

— Deusa ou não, vou proteger minha filhota! — disse Ogã Esbelto, o primeiro a se levantar.

— Como Rainha de Ijexá, é meu dever liderar a ofensiva! — disse Daramola, pondo-se também de pé. — Além do mais, tenho contas pessoais a acertar com esse monstro...

— Nós também! — exclamaram Yemi e Morayo, em uníssono.

— Gente... — começou a dizer Ainá.

— Sabemos dos riscos, ó Rainha Ancestral reencarnada, mas vamos mesmo assim! — declarou Daramola, dando a questão por encerrada.

Só que havia alguém mais querendo participar da aventura.

Muito sem graça, Ebomi Bajo se levantou. E foi até Kayin.

— Eu preciso ir com vocês... — falou ela, hesitante.

— Tia... — Kayin encarou Ebomi Bajo, que mal conseguiu sustentar aquele olhar, tão sério, tão diferente do que estava acostumada. — A senhora me criou da melhor forma que pôde. Se hoje sou um caçador, é graças à senhora! A senhora cuidou de mim quando precisei e sempre me salvava quando eu estava em apuros. Isso é tudo o que importa pra mim!

Então, Ebomi Bajo caiu no choro. A surpresa era que Kayin também chorava. E Ainá viu dignidade naquelas lágrimas.

— Você cresceu mesmo, hein, paspalho? — comentou a princesa, admirada.

◆◆◆

— Caçadores! — bradou Ebomi Bajo. — Montem suas feras agora!

— Feiticeiras! — gritou Iá Daramola. — Sigam com os caçadores! Guardem a energia das magias de voo para o combate!

Apesar dos protestos de Kayin e Ainá, a pequena comitiva estava decidida a acompanhá-los. E foi assim que, pela primeira vez em milênios, a elite de combatentes dos dois reinos alçou voo rumo ao Espaço Astral.

A Rainha e o Rei do Trono Encantado simplesmente voavam, enquanto o resto de nós montávamos as costas de feras voadoras. Ebomi Bajo dividia sua sela com Iá Daramola, enquanto eu dividia a minha com Yemi. Obviamente, era ela quem conduzia a fera, já que eu não sabia fazer essas coisas muito bem, né?

Meus dotes são outros!

Fora casos particulares, havia sido decidido que os caçadores iriam na frente, lidando com embates imediatos e proteção, enquanto as feiticeiras dariam conta do poder de fogo bruto e da cura quando necessário.

O voo acabou sendo mais lento do que Kayin e Ainá gostariam, mas rápido o suficiente, pois se tratava de uma comitiva de, no máximo, vinte pessoas. Ninguém falou nada durante o percurso, concentrados como estávamos no pavoroso desafio diante de nós.

Após um tempo, chegamos ao pináculo do céu, no limite entre a atmosfera terrestre e o Espaço Astral. As feiticeiras invocaram magias para fortalecer as feras, que, a partir dali, poderiam aumentar a velocidade.

O batalhão começou a entrar em outra dimensão.

• • • • •

ESPAÇO ASTRAL
TOCA DO PÁSSARO DO SILÊNCIO
OJÓ OLOKUM 3 ???
OXU ÁRVORE ???
ODUN 4997 ???

Sim, havíamos chegado ao Espaço Astral.

Podia não ser novidade para Kayin e Ainá, mas a maioria dos combatentes nunca tivera a oportunidade de vislumbrar tamanha beleza. Estavam imersos em um misto de ansiedade, medo, orgulho e vontade de lutar, sabendo que a possibilidade de não retornar para casa era enorme.

Estranhamente, não havia nenhuma fera espacial por perto. E não precisamos procurar muito para saber o motivo — bem diante de nós, a sombra cinzenta e pálida de nosso adversário se estendeu, com seu bico colossal e retorcido. Bloqueava boa parte da luz das estrelas com suas imensas asas.

Era impossível não estremecer perante uma Abominação.

Os olhos do Pássaro do Silêncio continham universos mortos em si. Eram abismos de terror que prometiam destinos cem vezes piores do que qualquer coisa pela qual nossos reinos estivessem passando.

— Concentrem-se! — ordenou Iá Daramola. — Fortaleçam as barreiras e ajudem quem mais precisa!

Só que era difícil avançar. E todos esforçavam-se para não enlouquecer de pavor. Muitos quiseram tirar a própria vida ali mesmo, tamanho o terror causado pelo Pássaro. Foi quando Kayin e Ainá, sinalizando para que todos permanecessem onde estavam, apresentaram-se para o embate. Aproximavam-se do monstro quando Ainá lhe perguntou, em alto e bom som:

— Qual é seu nome e o que quer?

Uma voz cavernosa e perversa ressoou em resposta, mas não ecoou pelo espaço. Ocupou cada recanto de nossa mente, ao dizer:

— Meu nome não importa. Eu mesmo já esqueci. Qualquer um esqueceria se fosse aprisionado na escuridão por milhares de anos... O que quero? Quero eliminar toda a sua raça de bastardos. Só isso.

— Por que quer nos eliminar? — questionou Ainá.

— Porque esta é minha missão — respondeu o Pássaro.

— E se eu lhe disser que as Mães Ancestrais me enviaram para detê-lo?

— Vou responder que você é uma imbecil como elas. As Mães Ancestrais são apenas relíquias de um passado maldito. Mas não se preocupem. Em breve, vocês serão relíquias também.

— Se quer tanto acabar conosco, por que ainda não fez isso?

— Porque quero que sofram o que sofri. Se querem tanto morrer, morram agora.

Tentáculos de sombra despontaram do bico do Pássaro, que partiu para cima de Ainá, mas Kayin a defendeu com seu ofá. Então, os tentáculos se multiplicaram para além do que o garoto conseguia rebater. Ao entrarem em contato com a luz dourada que recobria o corpo da princesa, desapareciam.

— Devíamos conversar mais... — insistiu Ainá.

— Eu devia é apagar esta luz, sua *escrota* arrogante! — berrou o Pássaro, dando-lhe um tapa tão forte com uma das asas que a princesa perdeu o equilíbrio, rodopiando para longe.

— Ainá! — gritou Kayin, virando-se para tentar alcançá-la.

No entanto, acabou sendo envolvido por vários dos tentáculos sombrios, que o sufocavam como serpentes constritoras. Quanto mais ele se mexia, mais as sombras apertavam. Aos poucos, sentiu seus ossos fraquejarem, fraturando-se, um a um...

Yemi deixou nossa montaria, voando em auxílio de Ainá, ao passo que Ebomi Bajo avançou na tentativa de salvar o sobrinho. Teve que usar toda sua força para resistir aos gritos da criatura em sua mente, o mesmo encantamento que a impelira a fugir sete anos antes. Foi seguida por Morayo, que liderava uma investida de caçadores. Juntos, atiraram incontáveis flechas encantadas enquanto as feiticeiras ainda suficientemente despertas disparavam uma chuva de feitiços ofensivos sobre o monstro.

Nada parecia adiantar.

O Pássaro do Silêncio gargalhava na mente de todos, divertindo-se com cada tentativa de aniquilá-lo.

Bajo decidiu, então, aproximar-se de Kayin. Buscou, desesperadamente, cortar os tentáculos com sua lança, mas eles se regeneravam tão logo eram danificados. Kayin urrava de dor, sentindo seus ossos se transformarem em pó, quando viu que o Pássaro lançara um novo tipo de arma contra ele e sua tia.

Era um tentáculo em forma de foice.

Estava prestes a decapitá-los.

Foi tudo tão rápido que não tinham como reagir.

Então, joguei-me na frente deles.

A foice sombria retalhou minha fera e perfurou minha barriga...

— Não! — Ouvi Kayin berrar.

— Aí está! Finalmente chegou sua hora! — exclamou o Pássaro do Silêncio, dirigindo-se a mim. — Sua fingida!

Fiquei lá, dependurada naquele tentáculo balouçante.

Olhem, não recomendo...

Quando o Pássaro se cansou de mim — sim, porque eles sempre se cansam —, decidiu me jogar lá de cima, de volta ao mundo humano.

Kayin deu um grito, furioso. Aos poucos, foi cedendo às trevas em seu coração. Recoberto de sombras pálidas, libertou-se dos tentáculos que o aprisionavam como se nada fossem. Com os olhos faiscando, azulados, pôs-se a atacar a Abominação, emitindo apenas urros de dor e frustração.

— Isso, meu filho! — O Pássaro regozijava. — Foi pra isso que criei você! Me ataque com mais dor! Mais fúria!

E Kayin obedecia. Gastava todo seu poder ali. Atacava com o bico e com as garras, fazendo de tudo para dilacerar o corpanzil sombrio à sua frente. Mas o Pássaro se regenerava de todos os golpes. Na verdade, intumescia-se de um prazer perverso à medida que Kayin ia se perdendo em sua fúria animalesca.

— Eu venci! — clamava o Pássaro — Eu venci! Eu venci!

E sua gargalhada ecoou pelo universo...

...até se transformar num urro de dor.

Uma de suas enormes asas tinha acabado de explodir.

Foi quando o monstro viu a estrela, irradiando uma energia tão calorosa e poderosa quanto a do sol. Sim, o sol que o Pássaro tanto odiava estava de volta.

Na figura de Ainá, é claro.

— Que merda é essa, sua desgraçada? — indagou o Pássaro. — O que você pensa que está fazendo?

Na mão esquerda de Ainá havia uma imensa espada, feita de luz, muitas vezes maior do que a princesa. Sem o menor esforço, Ainá fez deslizar aquela bela extensão de si mesma. E as outras seis asas que restavam ao monstro explodiram.

— Ahhhhh!!! Porra! — praguejou ele. — Isso dói, cacete!!!

— Cale essa boca suja — ordenou Ainá, com firmeza.

Ainá deslizou a espada mais uma vez, e o enorme bico retorcido do Pássaro virou pó.

A criatura gorgolejava, sem conseguir formular palavras.

Então, Ainá voou até Kayin. O garoto chorava de emoção, hipnotizado pelo brilho de sua estrela. A princesa tomou o rosto dele nas mãos, beijando-o suavemente nos lábios.

— Volte a ser você mesmo, Kayin Odé Leye — pediu ela, em seguida.

— Eu sou... Odé Leye.

— Vocês não são porra nenhuma, seus merdas! — urrou o resquício do Pássaro.

Agora, as palavras da criatura brotavam de uma estranha bocarra disforme, uma espécie de buraco negro que tentava sugar tudo ao redor. O batalhão de Irubim e Ijexá estava quase sendo tragado para dentro do monstro, mas Ainá ignorou a cena.

Apenas abriu os braços.

Agora, brilhava mais do que o próprio sol.

A bocarra perdeu seus poderes, mas não foi apenas isso. O batalhão estava desperto. Caçadores, feiticeiras, feras, todo mundo que sobrevivera viu-se curado de suas feridas. Naquele momento, já sacavam suas armas, apontando-as para o Pássaro.

— Vocês pensam que podem me deter assim?

Só que Ainá não tinha acabado.

Seu brilho se expandiu até iluminar as terras conjuntas de Ketu e Ijexá.

Vocês querem saber qual era o nome desse poder?

Pensem bem, vocês já sabem. Chama-se convicção.

A sombra lançada pelo Pássaro do Silêncio sobre a terra estava se dissipando. Quem havia caído no coma de desespero estava acordando. Todos os ajoguns cuspidos para o mundo estavam sendo pulverizados. E as pessoas voltavam a sorrir, com a esperança renovada.

O monstro se descontrolou. Já não se parecia com nada que lembrasse um pássaro. Verdade que fez nascer de si treze asas sombrias e também quatro cabeças, além de infinitas patas e tentáculos. Como em uma infecção, os olhos se espalharam por seu corpanzil totalmente deformado.

— Morra, desgraçada! — Cuspiu ele. — Morra, morra, morra!

Então, disparou centenas de milhares de pássaros menores e humanoides assassinos, tais como os que haviam vitimado Babá Alabi, Dayo e tantas outras pessoas. Kayin nunca reagiu tão velozmente ao rebatê-los para proteger Ainá. Os pássaros perfuravam a realidade, materializando-se ao acaso, uma de suas táticas favoritas, e Kayin os destruía sem dificuldade. Para ele, tempo e espaço eram apenas ilusões.

Pois é, o garoto tinha mesmo aprendido algumas coisas...

E o melhor: não estava sozinho.

Morayo e Bajo foram em seu auxílio, convocando os odés para uma investida direta contra o monstro. Ogã Flecheiro disparava chuvas de flechas ao lado de Ajoié Certeira. Ebomi Abiona e Ogã Peralta atacavam com suas lanças.

— Isso é pelo meu pai! — berrou Morayo, atingindo a cabeça da criatura.

— Isso é pela minha irmã! — Ebomi Bajo acertava vários olhos com sua lança.

E já não era tão fácil para o Pássaro do Silêncio se regenerar a tempo. Estava gastando tudo de si para criar mais e mais pássaros, mas Ainá permanecia intocada, brilhando, de braços abertos.

— Irmãs, me ajudem — pediu a princesa. — Agora.

As feiticeiras entenderam. Lideradas pela Rainha Daramola, recorreram a seus poderes de voo para se posicionar ao redor de Ainá. Então, todas juntas, ressoando com a imensa energia de sua irmã-sol, começaram a invocar um feitiço.

Quem estava na terra viu as águas dos rios Oxum e Erinlé dançar.

E também entendeu o sinal.

Lideradas pela Rainha-Mãe Kokumo e pela Iakekerê Ademola, centenas de feiticeiras oxunsi e curandeiras odessi puseram-se a realizar um grande ebó coletivo no encontro entre os dois rios, com as melhores oferendas de frutas, animais, joias e pertences preciosos, para fortalecer e energizar quem lutava lá em cima. Toneladas e mais toneladas de água se ergueram...

Sim, os dois rios subiram aos céus até chegar à Toca do Pássaro do Silêncio.

Suas águas foram se avolumando diante de Ainá e de suas irmãs feiticeiras, tomando uma forma circular.

— Chega! — berrou o Pássaro com suas muitas cabeças. — Eu sou o Pássaro do Silêncio! Sou o Terror Ancestral do Mundo Antigo! Sou a Abominação da Paralisia! Nasci milhares de anos antes de sua raça de inúteis!

Agora, a criatura recolhia seus pássaros, inchando-se, orgulhosa. Com o bater de suas novíssimas treze asas, livrou-se dos caçadores. Nem Kayin resistiu. O Pássaro do Silêncio multiplicava o próprio tamanho, multiplicando também a quantidade de cabeças, asas, tentáculos e olhos. Porque era isso o que ele fazia, não é mesmo? Multiplicava sombras sem fim e, em breve, engoliria as oxunsi em seu corpo.

Àquela altura, estava imaginando que gosto teriam...

Foi quando Ainá completou o feitiço:

— Já dizia minha tia: "O espelho de Oxum sempre reflete todo o mal de volta ao malfeitor!"

Então, o Pássaro do Silêncio viu a si mesmo refletido no maior espelho d'água que este universo já presenciou.

— Não! Não! Não! — gritou de agonia a criatura, enquanto murchava.

— Que você possa renascer um bom passarinho — desejou Ainá, sinceramente.

O Pássaro sorriu e fechou os olhos.

Desceria à terra como uma estrela cadente.

ODU 15
OSE MEJI

*Degeneração, decomposição.
Putrefação da matéria.
Doenças, perdas e tabus.
Tudo o que exala mau cheiro no mundo...*

16
KAYIN & AINÁ

NOVO REINO DE KETU E IJEXÁ
CIDADE DAS ALTURAS, TARDE
OJÓ OBATALÁ 8
OXU LAMA
ODUN 4997

Estavam todos reunidos para assistir à coroação de Ainá e Kayin.

Quando digo todos, eram todos mesmo! Em um esforço conjunto de feiticeiras e caçadores, espelhos mágicos haviam sido espalhados pelos quatro cantos de Ketu e Ijexá, das cidades até as mais isoladas comunidades. Agora, a população do novo reino se aglomerava na Praça Central, ao redor do Lago do Príncipe Pescador, para testemunhar aquele evento histórico.

A Cidade das Alturas vinha se tornando um local realmente muito bonito. Havia quem ainda a chamasse de "Antigo Reino de Ketu", porque velhos hábitos são difíceis de largar. De qualquer forma, o lugar estava em pleno processo de revitalização. Artistas odessi e oxunsi, saídos de todas as partes, trabalhavam cotidianamente para reviver os prédios locais. Cerca de um terço das residências havia se tornado habitável novamente, um feito extraordinário, considerando que a metrópole flutuante era dez vezes maior que as grandes cidades lá embaixo.

Uma infinidade de ebós jazia ao redor das águas límpidas e coloridas do lago. Cada um ofereceria o melhor que podia, sem que isso os prejudicasse. Estavam todos de pé. Não se viam mais abiãs e iaôs sentados de cabeça baixa em esteiras. Aliás, ficavam juntos e misturados — abiãs, iaôs, ebomis, sem distinção.

Quer dizer, nem tanto, mas digamos que as pessoas se esforçavam.

Acontece que, três meses após a Batalha do Espaço, Ainá e Kayin fizeram o possível para tentar convencer seus povos de que não deviam usar a Hierarquia para humilhar as pessoas. Por que demorou três meses? Oxe, porque, depois daquela batalha, eles passaram três meses inteiros dormindo, né?

Lógico que os dois encontraram muita resistência no que dizia respeito a suas "ideias subversivas de igualdade". Lógico que os mais velhos não quiseram ceder tão fácil. Por outro lado, é superchato não concordar com deuses ancestrais encarnados — e, agora, extremamente educados — pedindo que você reconsidere sua conduta.

Ninguém queria arriscar chatear uma divindade.

Mas todo diálogo tem dois lados, né? Convencer os mais velhos a tratar as pessoas de maneira igualitária não significava que a Hierarquia deveria deixar de existir por completo. Assim sendo, aqueles que eram realmente mais velhos deveriam receber as devidas homenagens, assumindo os cargos que lhes eram devidos.

Conclusão: Kayin e Ainá foram convencidos a serem coroados Rei e Rainha do Novo Reino de Ketu e Ijexá, para marcar a unificação das duas nações depois de mais de mil anos de rivalidade e conflito.

Sentados em tronos posicionados de frente para o lago, nenhum dos dois conseguia disfarçar o constrangimento. Trajavam roupas bufantes e brilhantes, repletas de panos, penas, búzios e pedras preciosas. As pessoas se seguravam para não dizer "a bênção, Iá" e "a bênção, Babá", já que Ainá proibira terminantemente o uso daquelas saudações referindo-se a eles.

— Estou me sentindo ridículo — sussurrou Kayin ao ouvido de Ainá.

— Pare de reclamar, que tô no mesmo barco — sussurrou ela de volta.

Ao redor dela, estavam sua mãe, suas tias, seu pai e sua irmã. Kayin contava com Ebomi Bajo, Morayo e os odés de Irubim. Em pé, atrás dos dois, a Rainha-Mãe Kokumo segurava os adês consagrados com os quais coroaria a cabeça deles.

— É uma imensa honra estar aqui, neste momento, escolhida pelo oráculo para coroar minha neta e seu companheiro, divindades de imenso brilho...

Então, a anciã discursou perante a multidão emocionada. Ainá se segurava para não fazer caretas, mas não teve jeito. E Kayin não sabia onde enfiar a cara.

Depois, os ogãs entraram em cena com os atabaques, e aí a festa começou para valer, com o xirê rolando solto do início ao fim. Vários ali estavam tendo a primeira oportunidade de experimentar a deliciosa carne de feras alienígenas, caçadas para serem imoladas e oferecidas aos Orixás.

Cortesia da Rainha Ainá e do Rei Kayin.

Passada a confraternização, Ainá e Kayin começaram a se despedir dos familiares. Havia chegado a hora.

— Vá, minha filha — disse a Rainha Daramola. — Vá tornar seus sonhos realidade.

— Para seu próprio bem e para o bem do mundo! — declarou a Rainha-Mãe Kokumo, muito emocionada.

— Afinal, o mundo é muito maior do que este reino — pontuou Ogã Esbelto.

— Vocês vão mesmo deixar o reino? — perguntou Ebomi Bajo a Kayin.

— Sim... — confirmou o novo Rei. — Temos que ir atrás das outras sete Abominações. E, quem sabe, encontrar Yinka, se ela estiver viva...

Morayo se aproximou, apertando a mão de Kayin.

— Espero que você encontre sua amiga. E lhe desejo o melhor possível!

— Obrigado, irmão! — respondeu Kayin. — Tudo de melhor para nós!

— Isso aí! Vão se amar lá no além-mar! — disse Yemi para todo mundo ouvir. — Namorar em paz sem tanta gente xeretando.

Todos caíram na gargalhada. Inclusive Ainá e Kayin.

— Tchau, gente! — exclamou Kayin. — Obrigado por tudo!

— Vamos nos ver em breve! — anunciou Ainá.

Foi quando um raio caiu bem diante de Kayin e Ainá, fazendo ecoar um estrondo ensurdecedor. E, apesar de não ferir ninguém, a energia do raio não se dissipou, avolumando-se em faíscas que estalavam rente ao chão, inchando em uma esfera de eletricidade que torceu a realidade ao redor até assumir forma humana.

Era uma jovem que aparentava cerca de trinta anos, embora houvesse mais antiguidade em seus olhos do que em qualquer um dos presentes. A pele preta do tipo dendê e os cabelos vermelhos, longuíssimos e encaracolados, indicavam que se tratava de uma mulher do povo de Oiá. Trajava uma saia volumosa e uma fita arrematada em laço-borboleta, que lhe cobria os seios. Eram panos vermelhos como brasa, combinando com os rubis que adornavam seus anéis e braceletes de bronze. Em sua bainha, repousavam um pequeno idá, um eruexim e um chifre de búfalo.

Obviamente, todos olhavam para ela, embascados.

Quer entrada mais triunfal do que esta, minha filha, bem no finzinho da história?

— Espero que já tenham se despedido, crianças — comunicou a mulher, casualmente, a Kayin e Ainá. — Hora de tratar de assuntos de gente grande. Vamos?

— Quem marmotas é você? — perguntou Ainá, em tom desafiador. — E por que pensa que pode invadir nossos domínios assim, do nada?

Boquiaberto, Kayin permanecia em silêncio. Não o culpo! A oiássi era de cair o queixo... Ainá não demorou a notar o estado de seu Rei e esforçou-se, em vão, para disfarçar o ciúme.

— Não se preocupe, princesa — escarneceu a recém-chegada. — Não vou roubar seu garotinho... Prefiro homens e mulheres mais maduros, sabe?

Enquanto Ainá se contorcia toda, tentando manter a pose, Kayin apenas se engasgava com a própria saliva. Foi assim. E, antes da revelação que se seguiria, algo dentro deles já reagia àquela presença, conectando-se a ela.

— Eu sou Abayomi de Oiá, a Rainha do Trono dos Espíritos.

Sim, a declaração da mulher apenas confirmava o que os dois já sabiam.

De fato, o destino deles estava interligado.

— Vocês dois são os últimos dos sete a despertar — prosseguiu Abayomi. — E, como eu imaginava, não passam de uns moleques! Têm muito a aprender...

Ainá ia desatar a falar, mas desistiu, vencida. Perante aquela deusa-mulher, realmente se sentia uma criança. Porque, obviamente, Abayomi era uma deusa. Foi Kayin quem acabou tomando a palavra:

— Últimos a despertar? Sete?

— Vou ter de explicar no caminho. — Abayomi se aproximou, catando os dois pelas roupas. — Estamos de partida.

Então, ela saltou, levando Kayin e Ainá. Em meio às nuvens, transformou-se novamente em raio. Restou à multidão do Novo Reino de Ketu e Ijexá acompanhar a cena, enfeitiçada, enquanto as divindades vivas sumiam no horizonte...

Todas as características dos Odu.
Ou seja, todos os segredos do universo.
O poder sobre tudo o que é vivo.
O poder de ressuscitar os mortos.
Nunca diga seu nome em voz alta!
Em vez disso, bata palmas três vezes
E siga seu caminho.

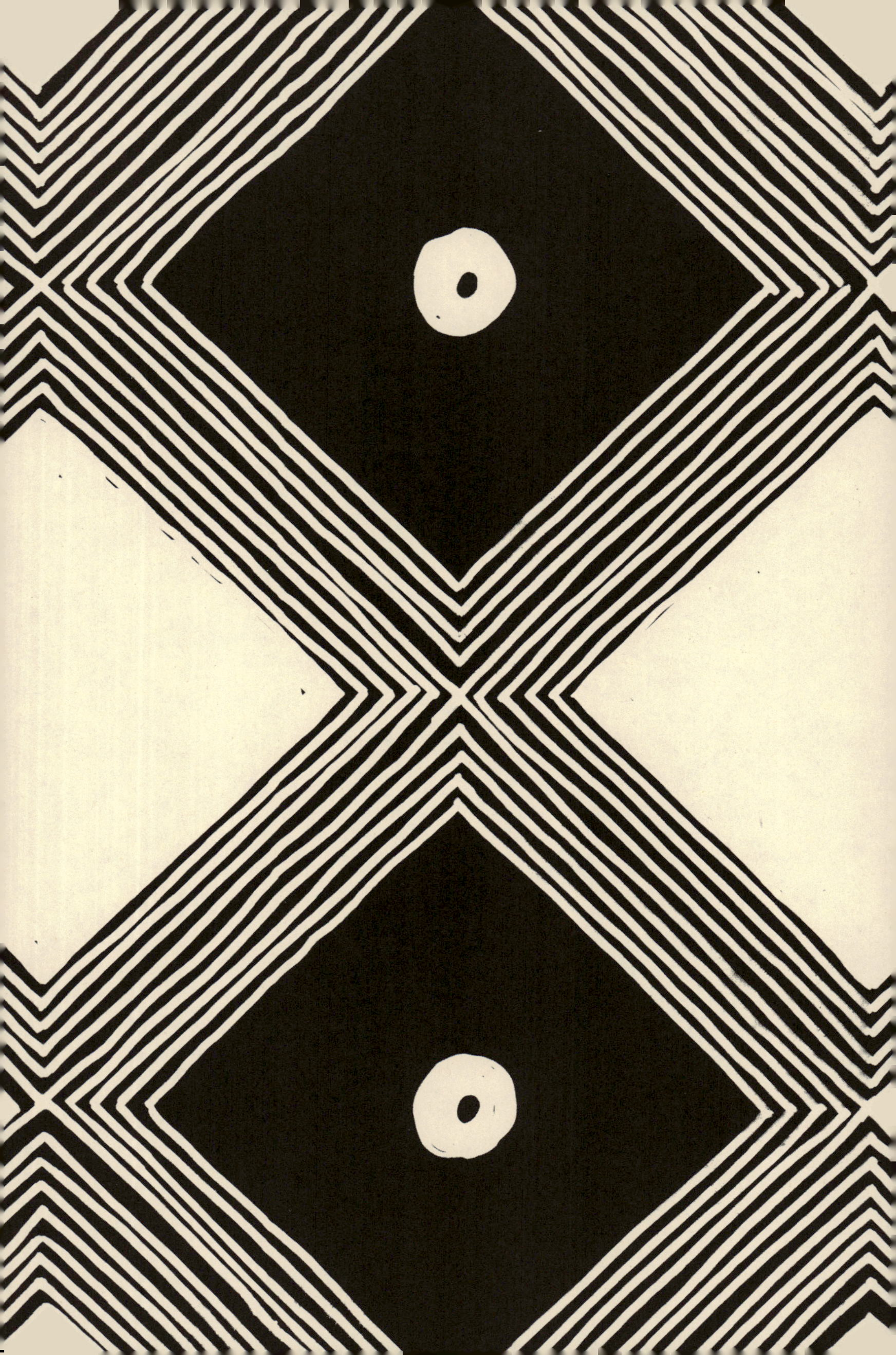

1ª EDIÇÃO
Junho de 2024

PAPEL DE MIOLO
Pólen Natural 80g

TIPOGRAFIA
Domaine Text

IMPRESSÃO
Imprensa da Fé

- intrinseca.com.br
- @intrinseca
- editoraintrinseca
- @intrinseca
- @editoraintrinseca
- editoraintrinseca

DIA = OJÓ

Cada dia corresponde a um quadrante do universo e a um dos quatro primeiros Odus de Ifá.

DIA 1	Ojó Exu
DIA 2	Ojó Onilé
DIA 3	Ojó Olokum
DIA 4	Ojó Obatalá

CONFIGURAÇÃO DAS SEMANAS

	OJÓ EXU	OJÓ ONILÉ	OJÓ OLOKUM	OJÓ OBATALÁ
SEMANA 1	1	2	3	4
SEMANA 2	5	6	7	8
SEMANA 3	9	10	11	12
SEMANA 4	13	14	15	16
SEMANA 5	17	18	19	20
SEMANA 6	21	22	23	24
SEMANA 7	25	26	27	28

CALENDÁRIO

A linha temporal da história se baseia no calendário lunar. Cada semana tem 4 dias. Cada mês tem 28 dias e 7 semanas. Cada ano tem 364 dias, 91 semanas e 13 meses.

ANO = ODUN

A história se inicia no odun 4990, quando Kayin e Ainá têm dez anos, e se desenrola em grande parte no odun 4997 e também em temporalidade desconhecida e ancestral.

MÊS = OXU

MÊS 1	Espada
MÊS 2	Folha
MÊS 3	Pássaros
MÊS 4	Mel
MÊS 5	Coroa
MÊS 6	Árvore
MÊS 7	Coruja
MÊS 8	Serpente
MÊS 9	Lama
MÊS 10	Relâmpago
MÊS 11	Enxada
MÊS 12	Pomba
MÊS 13	Rio

ODÉS, CAÇADORES DE ELITE
(Ajoié) Certeira Odé Kaiodê Erinlé
(Axogum Ogã) Flecheiro Odé Tobi Otí
(Ebomi) Bajo Odé Sona Wawá
(Ebomi) Abiona Odé Dara Akueran
(Ebomi) Ajayi Odé Lanu Oluerê
(Ogã) Peralta Odé Kemi Dana Dana

IAÔS, OS RECÉM-INICIADOS
(Iaô) Yinka Odé Kunle Otin

ABIÃS, OS NÃO INICIADOS
(Abiã) Kayin de Irubim

◆◇◆

REINO ILÊ AXÉ WURA IJEXÁ

ANTIGA REINANTE
(Rainha-Mãe Iaegbé) Kokumo Oxum Funmilayo Abalu

ATUAL REINANTE
(Rainha Ialorixá) Daramola Oxum Demilade Ijimú

Outros membros da realeza
IRMÃOS DE DARAMOLA
(Iakekerê) Ademola Oxum Yomi Iá Mapô
(Ialaxé) Adejumo Oxum Folake Ipondá
(Ianassô) Oyedele Oxum Funmiola Ieiê Karê
(Ogã) Manhoso Oxum Duni Ijimú
(Ogã) Feliz Oxum Leke Opará

MARIDO DE DARAMOLA
(Príncipe Consorte Axogum Ogã) Esbelto Oxum Wale Opará

FILHAS DE DARAMOLA
(Princesa Ebomi) Dayo Oxum Kunmi Ipondá
(Princesa Ebomi) Ainá Oxum Femi Opará
(Princesa Ebomi) Yemi Oxum Funke Abotô

ODÉS, CAÇADORES DE ELITE
(Alabê) Charmoso Odé Bambo
(Ogã) Lindo Odé Tunji

QUADRO DE PERSONAGENS

Os omorixás das Terras Encantadas de Aiê têm seus nomes compostos pelo nome pessoal, o nome verdadeiro (okunkó) e a qualidade de seu orixá. Além disso, muitas vezes o nome pessoal é precedido pelo cargo ocupado na Hierarquia e também por tratamentos que demonstram respeito (por exemplo: Iá, Babá).

NOME PESSOAL: Nome curto, desejado pelos pais, concedido às crianças sete dias (no caso de meninas) ou nove dias (no caso de meninos) após o nascimento.

NOME VERDADEIRO (ORUNKÓ): Nome concedido durante a iniciação, nome da divindade interior que foi despertada no processo iniciático.

◆◆◆

PRINCIPADO ILÊ AXÉ IRUBIM

REINANTE
(Príncipe Babalorixá) Alabi Odé Kole Ibualama

SUA ESPOSA
(Princesa Consorte Iakekerê) Ayo Odé Yomi Dana Dana

SEU FILHO
(Ebomi) Morayo Odé Bunmi Dana Dana

CONSELHEIROS
(Babakekerê) Bodé Odé Dola Walé
(Axogum Ogã) Flecheiro Odé Tobi Otí
(Ajoié) Certeira Odé Kaiodê Erinlé

e espiritual da comunidade pela qual é responsável, respondendo somente à ialorixá ou ao babalorixá que o iniciou e à Rainha ou ao Rei.

FILHOS DA IALORIXÁ E DO BABALORIXÁ: Não é um cargo oficial, mas, na prática, são pessoas que não respondem a ninguém, exceto aos pais carnais.

IAKEKERÊ E BABAKEKERÊ: "Mãe-pequena" e "pai-pequeno", respectivamente. Ebomi de alto prestígio que é a segunda ou o segundo em comando do ilê.

IYANIFA E BABALAÔ: Sacerdotisa e sacerdote, respectivamente, responsáveis pelo jogo de búzios. Pessoas capazes de determinar o futuro de toda a nação.

EQUEDE: "Segunda pessoa". Também chamada de "ajoié". Sacerdotisa mão direita da ialorixá ou do babalorixá, tradicionalmente responsável por policiar e administrar as pessoas de uma egbé. Guardiã dotada de grande prestígio, capaz de auxiliar e anular qualquer elegun, incluindo a ialorixá ou o babalorixá a que serve. Nunca entra em transe.

OGÃ: "Mestre". Sacerdote mão esquerda da ialorixá ou do babalorixá. Homem de grande prestígio, digno de honrarias. Tradicionalmente responsável por ações diretas, como caça, guerra, cortes sacrificiais, toque dos atabaques, entre outras. Guardião capaz de anular qualquer elegun, inclusive o babalorixá ou a ialorixá a que serve. Há vários cargos de ogã, tais como: alabê (chefe dos ogãs), axogum (sacerdote responsável pelo sacrifício de animais), entre outros. Nunca entra em transe.

EBOMI: Omorixá com mais de sete anos de iniciado. Na prática, qualquer membro da nobreza que não seja ialorixá ou babalorixá nem equede ou ogã. Goza de grande prestígio perante o restante da população. Ebomis ocupam vários cargos importantes, tais como iakekerê/babakekerê, iagbé, ialaxé/babalaxé, iabassê, ianassô, iaefun, ajibonã, dentre outros.

IAÔ: Omorixá com menos de sete anos de iniciado. Na prática, pessoa comum que tenha sido iniciada para Orixá.

ABIÃ: A maioria da população, os não iniciados.

HIERARQUIA DAS TERRAS ENCANTADAS DO AIÊ

RAINHA-MÃE: Mãe carnal da Rainha ou do Rei. Líder do conselho de mais velhos. Sua posição é apenas simbólica, mas algumas agem como se fossem as governantes de fato, o que é malvisto.

MEMBRO DO CONSELHO: Indivíduo mais velho, presumidamente com anos e anos de sabedoria e iniciação. Eleito pelos pares para integrar um conselho deliberativo e resolutivo. O papel dos anciãos é aconselhar a Rainha ou o Rei.

RAINHA E REI: Autoridades máximas da nação. Eleguns de imenso poder mágico. Sacerdotisa ou sacerdote máximo do Orixá regente, pessoa que detém o axé do reino, responsável pelas cabeças de toda a nação. Não deve tomar nenhuma decisão importante sem consultar o conselho de mais velhos.

PRINCESA E PRÍNCIPE: Não são uma autoridade oficial, mas, na prática, não respondem a ninguém, a não ser à Rainha e/ou ao Rei.

IALORIXÁ E BABALORIXÁ: Maior cargo hierárquico possível para um elegun abaixo de Rainha e Rei. Sacerdotisa e sacerdote responsáveis pelos filhos espirituais que iniciaram. Máxima autoridade estatal

ODÉ: Caçadores. Quando utilizado junto ao nome do personagem, refere-se aos deuses internos descendentes do Orixá Oxóssi.
ODU: Caminho, destino. Odus são como presságios e vão reger a pessoa do início ao fim da vida. Tem-se dezesseis Odus maiores/principais, interpretados nos búzios.
ODUN: Ano. *Ver Calendário.*
OFÁ: Arco e flecha de Oxóssi. Instrumento de caça, arco de uma flecha só.
OGÃ: Sacerdote de grande prestígio, responsável por diversas ações nos rituais. *Ver Hierarquia.*
OJÓ: Dia. *Ver Calendário.*
OMORIXÁ: Os povos das Terras Encantadas do Aiê utilizam o termo para se referir a si mesmos, que significa "filho dos Orixás".
OPON-IFÁ: Tábua sagrada em que são jogados os búzios.
ORIQUI: Saudação ao Orixá, epíteto, louvação dedicada ao Orixá.
ORIXÁS: Deuses, as maiores e mais imponentes divindades.
ORUNKÓ: *Ver Quadro de personagens.*
ORUM: O mundo espiritual, mundo dos Orixás.
OSSUM: Substância em pó utilizada em rituais, de origem vegetal, na cor vermelha. Também é encontrada na cor amarela.
OTÁ: Pedra sobre a qual se assenta o Orixá. É ali que se fixa a força sagrada, o axé, por meio de rituais e oferendas.
OUÔ: Búzios, dinheiro, riqueza.
OXU: Mês. *Ver Calendário.*
QUARTINHA: Recipiente de barro. Utensílio utilizado nos assentamentos e na obtenção de axé.
PADÊ: Cerimônia na qual se oferece a Exu alimentos, bebidas votivas e animais sacrificiais.
RONCÓ: Espaço sagrado onde ficam recolhidos os iniciados.
UÁJI: Substância em pó utilizada em rituais, de origem mineral, na cor azul.
XIRÊ: Festas públicas em que se canta e dança para os Orixás.

BORI: Junção de "ebó" (oferenda) e "ori" (cabeça). Rito de assentar, reverenciar e ofertar ao Orixá de cabeça.
BÚZIOS: Oráculo sagrado. Também representa dinheiro.
EBÓ: Oferenda, sacrifício. Ritual votivo dedicado a um Orixá ou em sua intenção.
EBOMI: *Ver Hierarquia.*
EKODIDÉ: Pena utilizada nos ritos de passagem, na feitura de santo e pelos eleguns, simbolizando honra, realeza e imponência.
EFUN: Substância em pó utilizada em rituais, de origem mineral, na cor branca.
EJÉ: Sangue de animal votivo, imolado em ritual.
EGUM: Alma ou espírito de pessoa falecida. Os mortos.
ELEGUM: Médium, rodante. Iniciados do candomblé sujeitos a transe de incorporação.
EQUEDE: Zeladora dos orixás. Ajoié. *Ver Hierarquia.*
ERUEXIM: Instrumento sagrado de Oiá. Ao girá-lo, a Orixá move os ventos do mundo físico e encaminha os mortos no mundo espiritual.
IÁ: Mãe. Tratamento que demonstra respeito. Precede o nome próprio.
IABASSÊ: A mãe da cozinha. Responsável pelo preparo dos alimentos sagrados. *Ver "Ebomi" em Hierarquia.*
IAEGBÉ: Conselheira responsável pela manutenção da ordem, da tradição e da hierarquia. *Ver "Ebomi" em Hierarquia.*
IAEFUN: Sacerdotisa encarregada do preparo de efum e das pinturas corporais. *Ver Hierarquia.*
IAKEKERÊ: Mãe-pequena, ajibonã. *Ver Hierarquia.*
IALAXÉ: A zeladora do axé do terreiro. *Ver "Ebomi" Hierarquia.*
IALODÊ: Termo honorífico dado às Orixás femininas.
IAÔ: *Ver Hierarquia.*
IBÁ: Assentamento das divindades.
IDÁ: Instrumento da Orixá Oxum, espada.
ILÁ: Som, grito ou brado ritual, emitido pelo Orixá para manifestar sua presença na terra.
ILÊ: Casa, lar. Espaço onde vive a comunidade.
IYANIFA: *Ver Hierarquia.*
OBÉ: Faca, em geral utilizada nos sacrifícios rituais.
OBI: Fruto utilizado na feitura de santo.

GLOSSÁRIO

ABIÃ: *Ver Hierarquia.*
ADÊ: Indumentária de cabeça, em geral na forma de coroa ou tiara, utilizada nas cerimônias do candomblé. Feita de metal ou seda, pode ter bordados e costuma trazer uma franja frontal de miçangas.
ADJÁ: Sineta sagrada de metal utilizada para invocar os orixás, convidar os presentes a reverenciá-los e a participar do ritual de dar comida ao santo.
AIÊ: O mundo físico, a terra.
AJÉ: Feiticeira.
AJIBONÃ: Mãe-pequena, iakekerê. *Ver "Iakekerê" em Hierarquia.*
AJOGUN: Força muito negativa, inimiga da humanidade. Engloba oito coisas ruins: mortes, doenças, prejuízos, paralisia, tribulações, pragas, aprisionamento e preocupações.
AJOIÉ: Zeladora dos Orixás. Equede. *Ver "Equede" em Hierarquia.*
AJUNTÓ: Orixás que acompanham os orixás de cabeça, buscando o equilíbrio e o crescimento interno do ser.
ALABÊ: *Ver "Ogã" em Hierarquia.*
AXÉ: Força sagrada dos Orixás; energia vital que transforma o mundo.
AXEXÊ: Ritual fúnebre.
AXOGUM: *Ver "Ogã" em Hierarquia.*
BABÁ: Pai ou ancestral. Tratamento que demonstra respeito. Precede o nome próprio.
BABAKEKERÊ: *Ver Hierarquia.*
BABALAÔ: *Ver Hierarquia.*
BABALAXÉ: O zelador do axé do terreiro. *Ver "Ebomi" em Hierarquia.*
BABALORIXÁ: *Ver Hierarquia.*
BARRACÃO: Espaço onde são realizadas as festas públicas do candomblé e que pode abrigar grande parte dos convidados.

O UNIVERSO DE SOPRO DOS DEUSES

AGRADECIMENTOS

A Lúcia Regina, minha mãe.
Neste ano de 2024 completa dez anos que ela foi para o Orum e nos acompanha como uma estrela no céu.

— Que bom pra você... — disse alguém.

— Pare de fingir desdém — falou outro alguém. — Isso significa que estamos mais perto do nosso objetivo.

— Sim, estamos — confirmei.

— Elas nunca saberão do que se trata — disse um outro.

— Aquelas velhas senhoras nem vão perceber! — afirmou um outro.

— Não chegamos até aqui subestimando nossos oponentes — observou um outro.

— É verdade... — concordou alguém ou algo.

— Muito bem! — disse o exclamador. — Espero que você esteja disposta a pagar o preço!

— Estou — respondi.

— Então, não se apegue demais a este mundinho aí em que vive... — comentou um outro.

— Não se preocupe com isso — falei.

— Sugiro que não se meta com as Abominações — instruiu um outro. — Deixe que os deuses reencarnados cuidem disso.

— Isso se eles conseguirem cooperar entre si — escarneceu mais um.

— Você extirpou aquele pobre passarinho! — disse aquele que sempre exclamava. — Pelo menos fez o ritual como se deve! Gostou de chafurdar nas tripas dele?!

Obviamente ignorei aquela provocação barata porque não sou obrigada.

— ...de qualquer forma, o ebó foi realizado com sucesso — ponderou alguém. — Não há necessidade de devorar a alma das outras Abominações.

— Você já recuperou poder suficiente — afirmou um outro.

— Entendo... — respondi.

— Muito bem! — disse alguém. — Agradecemos pelas informações. Agora, temos mais o que fazer. Audiência encerrada...

Então, deixaram o recinto metafísico.

Já eu resolvi ficar por lá um pouquinho.

Afinal, fazia tempo que não desfrutava de um pouco de poder divino.

Até me permiti um sorriso satisfeito ao dizer:

— Eu, Yinka de Exu, prometo que tornarei meu sonho realidade, mesmo que, para isso, este universo tenha que ser destruído.

EPÍLOGO

**EM ALGUM LUGAR
EM ALGUM PLANO ASTRAL
EM ALGUMA DIMENSÃO METAFÍSICA**

— Você conseguiu atingir seu objetivo — disse alguém (ou alguma coisa).

— Parece que sim... — respondi.

— Melhor não se gabar por enganar simplórios! — exclamou outro alguém.

— Longe de mim me gabar de uma conquista tão pequena — falei.

— Acho admirável o que você conseguiu alcançar em poucos anos de existência mortal... — disse outro ser.

— Não consigo nem imaginar mais como são as limitações da carne... — comentou outro alguém, suspirando.

— Me parece repugnante — disse alguma coisa.

— Depois que você se acostuma, não é nada de mais — respondi.

— Nada de mais! — ecoou aquele que exclamava. — É triste ver você reduzida a isso! A uma sombra do que já foi! Quem mandou vacilar?! Agora, tem de se virar!

— É... é o que estou fazendo — repliquei.

— Certo... — continuou alguém (ou alguma coisa), que parecia mais ponderado. — E podemos saber o motivo dessa audiência?

— Podem saber, sim... — respondi. — Quero informar que a Rainha do Trono dos Espíritos localizou nosso casal de jovens deuses. Ou seja, tudo ocorrendo conforme previsto.

As vozes-que-não-eram-vozes se calaram. Talvez, se tivessem forma, demonstrassem emoções. Como não era o caso, manifestavam-se com palavras.

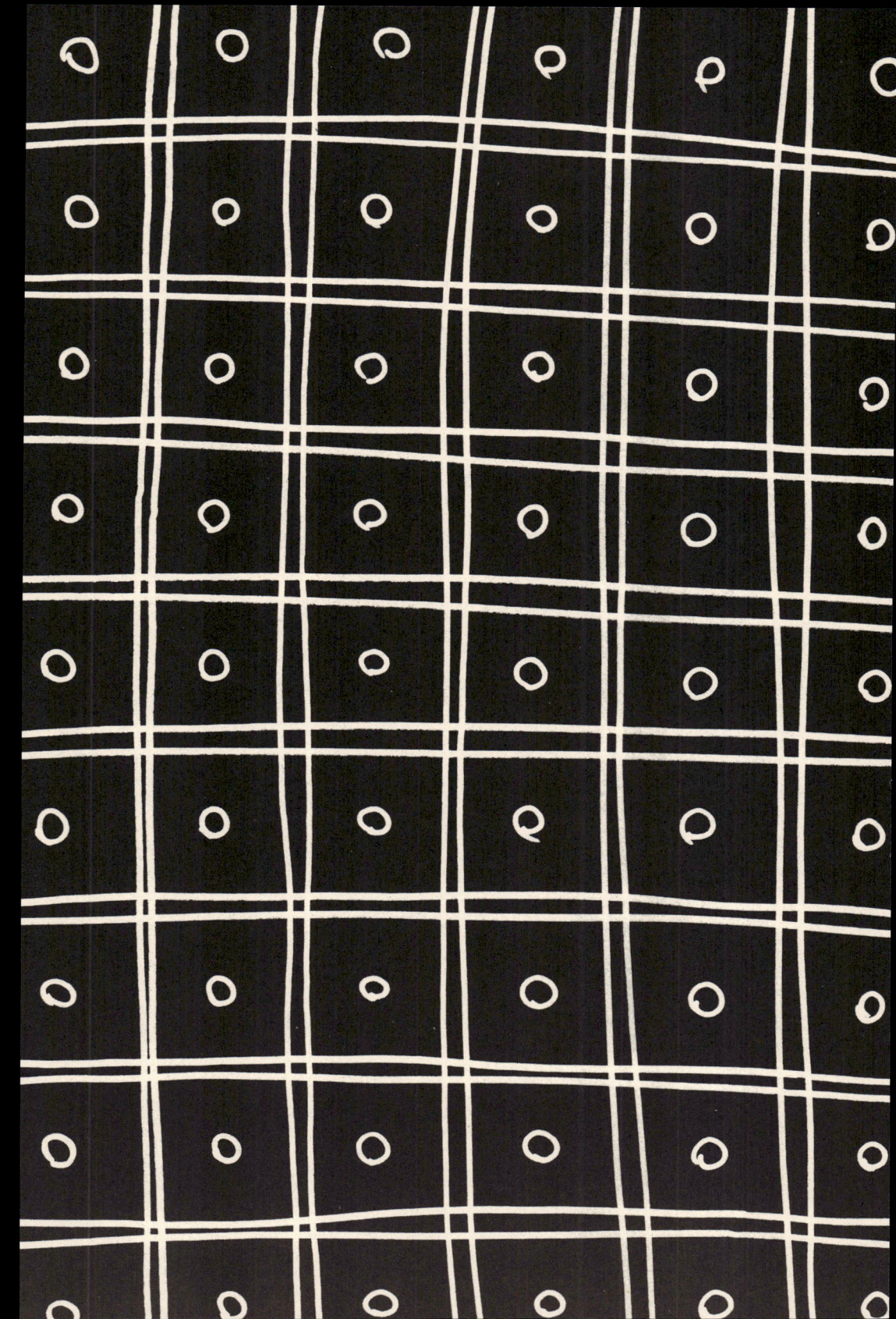

INTERLÚDIO DA QUEDA E DA ASCENSÃO

Em algum lugar esquecido,
Uma cratera enorme,
Um corpanzil havia despencado do céu...
Você finalmente caiu.
Criatura tola...
Achou que estava acima das Mães?
Agiu conforme planejei.
Olhem só, que bonito!
Achou mesmo que ia renascer como um "bom passarinho"?
Você realmente acreditou nessa bobagem?
Cale-se.
Pare de se remexer!
Suas entranhas são minhas!
Agora, você vai me dar o seu poder...
Porque é hora de eu ascender!
Sua vida antinatural acaba
Para que minha naturalidade retorne
Ao que era antes,
Antes mesmo de você nascer!
Criatura arrogante!
Você, "Pássaro do Silêncio",
Vai se silenciar para sempre...